私が先生を殺した

桜井美奈

Watashi ga Sensei wo Koroshita by Mina SAKURAI

Copyright © Mina SAKURAI, 2023

All rights reserved.

Original Japanese edition published by SHOGAKUKAN.

Korean translation rights arranged with SHOGAKUKAN through JM Contents Agency Co.

이 책의 한국어판 저작권은 JM 콘텐츠 에이전시를 통한
저작권사와의 독점 계약으로 (주)바이포엠 스튜디오에 있습니다.
신저작권법에 의해 한국 내에서 보호를 받는 저작물이므로 무단전재와 복제를 금합니다.

사쿠라이 미나 지음。 박선영 옮김。

私が先生を殺した

내가 선생님을 죽였다

桜井美奈

시옷북스

일러두기
1. 본문 속 각주는 옮긴이 주입니다.
2. 인물의 성격과 특징을 살릴 수 있도록 입말을 사용하였기에 맞춤법에 맞지 않은 말이나 비속어가 포함되어 있습니다.
3. 외래어는 국립국어원의 외래어 표기법을 따랐으나, 일반적으로 통용되는 경우에는 관용에 따라 표기했습니다.

차례

프롤로그 • 7

제1장 도베 리쓰 • 11

제2장 구로다 가논 • 69

제3장 모모세 나오 • 127

제4장 고미나토 하루토 • 183

제5장 오쿠사와 준 • 239

에필로그 • 329

프롤로그

　운동장에 줄지어 선 학생들은 너 나 할 것 없이 따분한 눈치였다. 10분 넘게 이어진 교장의 훈화가 도무지 끝날 기미가 보이지 않았기 때문이다.
　"예로부터 재난은 우리가 방심할 때 닥친다고 했어요. 요즘 해마다 전국적으로, 아니 세계 여기저기에서 대규모 재난이 일어나고 있죠? 자연재해에다가 화재까지. 지금 당장 천재지변이 닥쳐도 이상할 게 없어요. 그런데 어떻습니까? 다들 자기와는 상관없다는 듯 신경도 쓰지 않죠. 그저 막연히 나는 괜찮겠거니, 하는 겁니다. 만일을 대비해 피난 용품을 마련하고 때마다 대피 장소를 확인하라고 되풀이하지만, 실제로 따르는 사람이 얼마나 됩니까? 여러분은 어떤가요? 다들 완벽하게 대비하고 있습니까? 지진은 언제 어디에서 일어날지 연구자들조차 정확히 예측하지 못해요. 그런데도 나하고는 상관없다고 생각하는 게 바로 인간의 심리입니다."

이따금씩 마이크가 하울링을 일으켜 귀가 찢어질 듯한 소리를 냈다. 하지만 학생들은 이마저도 교장의 훈화처럼 들리는 모양이다. 무슨 말을 하는지 아무도 관심이 없는 듯했다. 그 증거로 교장의 물음에 반응하는 학생은 단 한 명도 없었다.

"그래서 이번에는 방법을 바꿨습니다. 평소와 다른 상황을 가정하고 피난 훈련을 했어요. 보통은 수업 시간에 교실에서 했지만, 오늘은 점심시간이었죠? 생각해 보세요. 점심시간이라는 게 무슨 뜻이겠어요? 다들 그 시간에 어디 있었는지 기억합니까? 체육관이나 운동장, 아니면 교실에 있었겠죠. 동아리실이나 계단, 복도, 화장실도 마찬가지입니다. 왜 이런 훈련을 했을까요? 재난은 우리가 방심할 때 닥치기 때문입니다. 지진이 일어났을 때 선생님들이 여러분 곁에 있으리라는 보장이 없어요. 그럴 때 자기 몸을 어떻게 지킬 수 있겠어요? 재난은 남의 일이 아니에요. 각자가 판단하고 행동해야 합니다. 오늘 훈련은 그 사실을 깨닫기 위한 시간이었습니다."

고학년일수록 반응이 무뎠다. 대놓고 하품하는 학생도 있었다.

"자, 마지막으로 한 가지 전달 사항이 있습니다."

달력상으로는 이미 가을이었지만, 오후 1시의 햇살에는 여전히 여름의 기운이 남아 있었다. 그나마 운동장에는 상쾌한 바람이 불었다.

3학년 학생들이 이곳 사이카 고등학교에서 보낼 시간은 겨우 다섯 달 남짓이었다. 물론 그 전에 대학입시라는 벽을 넘어야 한다. 목표를 향해 열심히 공부하는 학생도 있고, 아직 목표를 찾지 못했거나 이미 잃은 학생도 있었다. 제각기 상황은 달라도 대부분이 대학에 진학하는 이곳에서 입시는 모두의 고민거리였다.

삐이익.

교장은 하울링이 일어날 때마다 마이크 테스트라도 하듯 두세 번 '아, 아' 하는 소리를 내뱉고는 말을 이었다.

분명 마지막이라고 해놓고 이야기가 이어지자 학생들의 인내심이 한계에 다다랐는지 운동장이 술렁대기 시작했다.

그때, 한 여학생이 외쳤다.

"저기 좀 봐. ……누가 있는 거 아니야?"

"응?"

목소리에 이끌린 학생들이 하나둘 고개를 들었다.

학교 건물의 옥상 난간 바깥쪽에 사람의 형상이 보였다.

"뭐야, 말도 안 돼."

"이거 실화냐?"

"대박!"

웅성거림은 이내 여러 의미가 담긴 몇 마디와 함께 퍼져 나갔고 비명이 들리기 시작했다.

건물 옥상까지 꽤 거리가 있는 탓에 정확한 이목구비는 보이지 않았다. 하지만 이 학교 학생이라면 큰 키에 작은 얼굴, 균형 잡힌 몸매의 그 형체가 낯설 리 없었다.

옥상 난간 바깥쪽에 서 있다는 사실이 무슨 뜻인지 모르는 학생 역시 없었다. 모두가 최악의 사태를 상상하고 있었다.

"그대로 있어요!"

"움직이지 말아요!"

"멍청한 짓 하지 마세요!"

교사들이 목이 터져라 고함을 질렀다.

하지만 그 외침은 닿지 않은 모양이었다.

옥상의 인물은 더 이상 나아갈 수 없는 곳을 향해 발을 내디뎠다.

장면 하나하나가 슬로우 모션으로 보이는 순간이었다.

신체가 고꾸라진 채 허공을 날았다.

묵직한 덩어리가 지면에 내리꽂혔고, 둔탁하게 부서지는 소리가 운동장을 울렸다.

자지러지듯 울부짖는 비명이 뒤따랐다.

소란스러운 운동장과는 다르게 학생이 없는 교실은 한적했다.

다만 칠판에 큰 글씨로 쓰인 문장 하나가 격렬한 감정으로 꿈틀거리고 있었다.

내가 선생님을 죽였다.

제1장

도베리쓰

카레 사진은 좋아요 다섯 개.

운동화 사진에는 세 개.

라면 곱빼기는 네 개.

내 딴에는 큰맘 먹고 산 재킷인데 좋아요가 겨우 두 개다.

손도 대지 않은 여름방학 숙제는…… 뭐야, 고작 한 개?

마지막 한 개는 올리는 사진마다 좋아요를 눌러대는 데라이 거다. 녀석은 사흘에 한 번꼴로 모든 사진에 좋아요를 몰아서 누른다. 아무리 그래도 너무 영혼 없는 거 아닌가?

"녀석, 분명히 내용은 보지도 않고 누를 거야."

자동으로 좋아요를 눌러주는 프로그램이라도 쓰는 건 아닌지 의심스럽기까지 하다. 본인은 유료 앱이라서 안 쓴다고 주장했지만, 무료라면 쓸 생각인지 따지고 싶다.

하지만 그런 데라이의 존재조차 고마울 정도로 좋아요가 달리지 않는다. 재킷 사진만은 살짝 기대했는데, 역시나였다.

"이게 뭐야……."

가볍게 혀를 차는 소리가 교실 안에 울렸다. 그 소리에 판서 중이던 가와마타 선생의 손이 멈췄다.

나는 순간 죽었다 싶은 마음에 서둘러 스마트폰을 책상 안에 던져 넣었다.

30대 중반의 아줌마 선생은 좀 성가시다. 그야 성가시지 않은 선생이란 없겠지만.

잠시 멈추었던 가와마타의 손이 다시 움직이기 시작했다.

지금은 5교시 현대문 시간이다. 내가 제일 어려워하는, 아니 싫어하는 과목이다.

점심을 먹고 난 뒤라 졸리기만 했다. 현대문에는 흥미가 없거니와 선생이 무슨 소리를 하는지 이해도 안 된다. 스님 염불처럼 들리는 가와마타의 목소리는 분명 일본어인데도 영어만큼이나 못 알아들을 정도였다.

창밖을 내다보았다.

9월로 들어섰는데도 유리창 너머의 햇볕이 따가울 정도로 내 왼팔을 태웠다. 반면 천장에 달린 에어컨은 무시무시한 냉기로 오른팔을 공격했다. 도대체 더운 건지 추운 건지 스스로도 헷갈렸지만, 햇볕만큼은 어떻게든 피하고 싶었다.

"쌤, 커튼 좀 치면 안 돼요?"

이번만큼은 가와마타도 무시할 수 없었나 보다.

표정만큼이나 귀찮음과 짜증이 묻어나는 목소리로 대답했다.

"맘대로 해."

그러고는 분필을 쥔 손에 한층 더 힘을 주며 칠판을 내리찍듯이 글자를 꾹꾹 눌러썼다. 나보다 더 신경질이 난 사람이 있다는 생각에 기분이 조금 나아졌다.

사실 가와마타가 짜증을 낼 만도 했다. 칠판 글씨가 잘 안 보인다고 딴지를 놓은 지 채 5분도 안 돼서 또 불러댔으니 말이다.

10분 전에는 필통을 떨어뜨렸다. 안에 든 거라고는 달랑 샤프 네 자루인 알루미늄 필통은 요란한 파열음과 함께 땅으로 낙하했다. 책상 가장자리에 두었더니 팔꿈치로 슬쩍 건드리기만 해도 떨어졌다. 가와마타는 느닷없이 닥친 불쾌한 금속음에 움찔하더니 몸을 부르르 떨었다.

아아, 여름방학이 끝내줬는데.

나는 지난달까지 방에서 종일 에어컨을 틀어놓고 침대에 누워 스마트폰을 만지작거리며 놀았다. 수시로 SNS를 확인하고 동영상을 봤다. 만화도 보고 게임도 했다. 그게 일과의 전부였다.

부모한테 떠밀려 꼬박 일주일 동안 입시학원 여름방학 특강에 다니기는 했다. 하지만 주로 먹고 자고 스마트폰 보는 것. 그게 대학입시를 눈앞에 둔 나의 여름방학이었다.

나는 책상 밑에서 몰래 스마트폰을 만지기 시작했다.

대학생이 된 한 살 많은 선배의 SNS는 꽤 즐거워 보였다. 자주 올라오는 내용은 나와 다를 바 없는 라면이나 옷 사진인데도 왠지 들뜬 느낌이었다.

들키기 전에 스마트폰을 다시 책상 안에 집어넣었다. 그리고 가와마타의 설명을 듣고 있는 반 애들을 둘러보았다.

나처럼 멍 때리는 애도 있었지만, 대부분 성실히 수업을 듣고 있었다.

대학은 가고 싶지만, 공부는 하고 싶지 않다.

모순되지만 솔직한 심정이다. 다 같이 교실이라는 한배에 탔는데 나만 물에 빠질 수는 없지 않나, 하는 마음으로 뱃머리에 매달려 있는 느낌이었다.

책상 안에서 스마트폰 불빛이 깜빡였다. 소리를 내면 당장 압수이기에 무음 모드로 설정해 두었다.

스마트폰을 꺼내다가 시선을 느끼고 고개를 들었다. 순간 가와마타 선생과 눈이 마주쳤다.

나는 움찔하고 황급히 스마트폰을 책상에 다시 던져 넣었다.

수업 중에 사용하다가 들키면 압수다. 반성문을 쓸 때까지 돌려주지 않는다.

칠판 앞에 서 있던 가와마타가 한 발 한 발 내 쪽으로 다가왔다.

오지 마. 이쪽으로 오지 말라고.

필사적으로 기도하는데 도중에 걸음을 멈춘 가와마타가 창문 쪽으로 손을 뻗었다.

"해가 들이치면 뜨거우니까 앞쪽 커튼도 닫아."

그러고는 커튼을 쳤다. 누구 짓인지, 중간 부분의 찢긴 틈으로 햇빛이 새어 나왔다. 그래도 없는 것보다는 훨씬 나았다.

가와마타는 내 쪽으로 오지 않고 다시 칠판 앞에 섰다.

"그럼 지금까지 설명한 방법으로 프린트 9번 문제를 풀어보자."

다만, 말과 달리 시선은 계속 내 쪽을 향하고 있었다.

뭐야, 눈치챈 거야? 문제 학생으로 찍혔을까?

뭐, 어찌 되었든 무슨 상관이람. 스마트폰을 뺏기는 것보다는 백배 낫다.

쓱쓱, 프린트를 메우는 소리가 교실 안에 울려 퍼졌다.

나는 하얀 프린트에는 눈길도 주지 않고 의자를 살짝 뒤로 빼서 책상 안을 보았다. 새 알림을 표시하는 스마트폰의 불빛이 또 반짝였다.

쉬는 시간이 되자 데라이 녀석이 히죽거리며 내 자리로 왔다.

"너, 아까 일부러 그랬지?"

"당연하지."

데라이가 말한 '아까'는 수업 시간을 뜻했다. 내 시력은 좌우 모두 1.5로 칠판 글자가 또렷이 보인다. 필통도 일부러 책상 끝자락에 둔 거다.

수업을 방해한 이유는 별거 없다. 그냥 죽을 만큼 지루해서였다.

"초딩이냐?"

"시끄러워. 재미없게 수업하는 사람이 잘못이지."

"그건 네 생각이고. 난 가와마타 선생 수업 괜찮던데?"

"너야 그러시겠죠. 현대문을 잘하시니까요. 양아치가 무슨 문학을 좋아하냐? 안 어울리게."

"양아치 아니거든?"

데라이는 누가 봐도 양아치다. 선생들이 아무리 야단쳐도 꿋꿋하게 머리를 갈색으로 물들이고 셔츠 깃에 닿을 정도로 기른 놈이다. 넥타이는 한 번도 제대로 매는 법이 없었다. 신발 뒤축을 구겨 신은 채 학교 안을 어슬렁거리기도 했다. 그런데 책은 곧잘 읽는다.

"소설이 뭐가 재밌냐? 진짜 이해가 안 된다."

"이해해 달라고 한 적 없거든? 어쨌든 내가 좋아하는 건 무시하지 마. 하긴, 나도 이과 애들은 도저히 이해가 안 가. 물리하고 수학이 어디가 어떻게 재미있다는 건지, 참."

데라이 녀석의 말을 모르지는 않는다. 누구나 좋아하는 과목과 싫어하는 과목이 있다. 당연하다.

하지만 나는 공부라면 다 싫다. 뭘 위해 하는지도, 나중에 무슨 도움이 되는 건지도 모르겠다.

"그러니까, 나한테 독서가 너의 스마트폰 같은 거지. 아니다, SNS인가? 없으면 심심하잖아."

"그런가?"

아니다. 나는 스마트폰으로 뭘 해서가 아니라 그게 손에 없으면 안심이 안 되는 것뿐이다.

데라이는 좀 별난 놈이었다. 제멋대로에 남한테 맞출 생각이 아예 없어 보였다. 왕따는 아니지만, 무리에 들어가려고 하지 않았다.

"야, 그것보다, 좀 심하지 않냐? 좋아요, 그게 뭐야? 너무 대충이잖아."

"싫으면 관두고."

"아니, 싫다는 게 아니라……."

데라이가 의리로 좋아요를 누른다는 건 알고 있다. 좋아요가 적은 글에 자신의 흔적을 남기는 게 재미있는 모양이다. 이해는 안 되지만, 고맙기는 하다.

데라이 녀석과 나는 죽이 잘 맞는 건 아니다. 우리는 딱히 친구가 없어서 어울릴 뿐이었다. 당연히 방과 후나 휴일에는 만나지 않는다. 학교생활을 하다 보면 말할 사람이 없어서 곤란한 경우가 꽤 있다. 한밤중에 숙제를 물어봐야 하거나 짝을 이루는 활동을 할 때가 그렇다. 우리는 너무 가깝지도 멀지도 않은 적당한 선을 유지하며 어울렸다.

"어?"

데라이의 시선이 나를 지나 앞으로 향했다. 뒤를 돌아보니 하스누마가 서 있었다.

"야, 도베. 아까 뭔 짓이냐?"

갑자기 싸움 모드였다. 원만하게 대화하려는 분위기는 털끝만큼도 느낄 수 없었다.

그렇게 나온다면 나도 질 수 없지. 나는 하스누마를 노려보았다.

"뭐가?"

"현대문 시간 말이야. 애도 아니고 시끄럽게. 그럴 바엔 그냥 자빠져 자."

"뭐? 수업 시간인데 어떻게 자냐?"

"일어나 있으면 시끄럽잖아. 아니면 얌전히 폰이나 하든지."

"스마트폰도 금지잖아."

내 입으로 할 소리는 아니었지만, 녀석을 보고 있으니 짜증이 치밀었다.

하스누마는 보란 듯이 크게 한숨을 쉬고는 고개를 까딱이며 비꼬기 시작했다.

"아, 그러세요? ……멍청한 새끼."

하스누마가 자리를 뜨려는 순간, 열이 받은 나는 근처에 있던 의자를 냅다 걷어찼다.

"네가 무슨 상관인데!"

"수업 중에 떠드는 게 괜찮다는 거냐? 진짜 말이 안 통하네. 됐고, 공부할 생각 없으면 학교에 오지 마."

"맞는 말이지."

하스누마의 편을 든 건 여자애였다.

조금 떨어진 자리에 앉아 있던 미야노가 우리 쪽을 보고 있었다.

"야, 도베. 수업 시간에 조용히 좀 해. 초딩도 아니고. 너, 관종이야? 공부할 마음도 없으면서 학교 오는 거, 의미가 있어?"

하스누마와 미야노의 말은 표현은 달랐지만 결국 같은 소리다.

두 사람이 덤비니까 내가 불리했다.

데라이도 수업에 성실한 편은 아니니 할 말이 없겠지만, 그렇다고 내 편을 들지도 않았다. 팔짱을 낀 채 형세를 관망하고 있었다.

"우린 너랑 상대할 시간 없어."

나라고 교실에 있고 싶겠냐?

그렇다고 이 녀석들한테 오지 말라는 말을 들을 이유도 없다. 하지만 내 편이 되어줄 만한 사람은 아무도 없었다.

인터넷에 확 뿌려버릴까? 반 애들이 학교에 오지 말라고 하면서 괴롭힌다고.

그런 생각을 하고 있는데 미야노가 한 발짝 다가오더니 나를 올려다보며 눈을 째렸다.

"혹시 오해할까 봐 말해두는데, 학교에 오지 말라는 건 아니야. 그러니까 인터넷에 엉뚱한 소리 떠벌릴 생각은 하지 마. 알았어? 네가 가끔 학교 얘기 올리는 거, 다 알거든?"

얼굴이 확 달아올랐다. 내 생각을 들킨 것 같아서 창피했다.

"그렇다고 네 SNS를 체크하는 건 아니고."

"뭐?"

그럼 어떻게 알았는데?

머릿속에 물음표가 떠올랐을 때, 교실 입구 근처에서 이쪽을 쳐다보던 여자애 세 명이 킥킥거리며 웃는 게 눈에 들어왔다.

쟤들이군.

"누가 그래? 난 안 그랬어."

더는 그 자리에서 버티기가 힘들었다. 반 아이들 전부가 날 비웃는 듯한 느낌이었다. 도망치고 싶었지만, 그러면 모양이 더 빠진다. 가까스로 참으며 자리에 앉자 6교시 종이 쳤다. 나는 교과서도 꺼내지 않고 책상에 엎드려 버렸다.

6교시 수업이 끝나고 집에 갈 준비를 하는데 오쿠사와 선생이 교실에 찾아왔다.

"도베. 잠깐 시간 괜찮니?"

선생이 불러서 좋은 일은 없다. 다른 애들이 있는 곳에서 할 수 있는 이야기인데 일부러 부를 리가 없기 때문이다.

"오늘은 힘든데요."

"그럼 내일은? 방과 후가 어려우면 아침도 괜찮아. 교직원 조례 때문에 평소보다 50분 정도 일찍 와야 하지만, 난 상관없어."

내가 상관있다. 아침에는 단 1초라도 더 자고 싶은 법이다. 어물쩍 넘어가려고 해봤지만, 내가 간다고 할 때까지 들러붙을 기세다.

"……오늘 갈게요."

오쿠사와는 고맙다며 웃었지만, 나는 전혀 고맙지 않았다.

물론 그가 무섭지는 않다. 오쿠사와는 여자애들이 입을 모아 말하듯 180센티미터나 되는 키에 다정한 데다 잘생겼고 성격도 좋았다. 선생치고는 젊고 말하기가 편해서 남자애들도 형처럼 따르는 편이었다. 거기다 가끔 까치집 머리로 학교에 오거나 촌스러운 넥타이를 즐겨 매는 허당기까지 있어서 귀엽다며 좋아했다.

물론 모두가 오쿠사와를 좋아하는 건 아니었다. 90퍼센트는 오쿠사와를 따랐지만, 나는 남은 10퍼센트에 속했다. 특별한 이유는 없었다. 왠지 뭔가 구리다는 느낌이 들었을 뿐이다.

말없이 오쿠사와의 뒤를 따라간 곳은 실습실이 늘어선 건물 3층의 복도였다. 오쿠사와는 그중 작은 방의 문을 열었다.

"이런 곳까지 오게 해서 미안하다. 지금은 여기밖에 빈 데가 없어서."

"전 상관없어요. 어디든……."

괜찮다고 하려다가 말을 멈췄다. 방에 들어선 순간 오쿠사와가 왜 미안하다고 했는지 바로 알 수 있었기 때문이다.

방 크기는 내 방과 비슷해 보이는 3평 정도였다. 다만 천장에 닿을 만큼 높은 책장이 방 한가운데를 차지하고 있어서 반대편이 보이지 않았다. 그 앞으로는 실험실에나 있을 법한 큰 책상이 놓여 있었다. 그 책상 위에는 햇빛에 바랜 낡은 교과서가 산더미처럼 쌓여 있었다. 누가 봐도 창고였다. 먼지투성이에 곰팡이 냄새가 났다.

"……여기예요?"

"여기 밖에 없어. 창문 열어줄게. 너무 더우면 교무실에서 선풍기를 가져오면 돼. 어떡할래?"

"아뇨, 뭐, 그렇게까지는……."

오쿠사와는 창문을 열고 뒤를 돌아보며 말했다.

"의자에 좀 앉을까?"

덥긴 했지만, 생각보다 바람이 세게 불어서 참지 못할 정도는 아니었다.

나는 책상을 사이에 두고 오쿠사와와 마주 앉았다. 의자는 낮은데 책상이 교실보다 높아서 가슴팍에 겨우 닿을 정도였다. 높이가 맞지 않는 탓에 어정쩡한 자세가 되어 오쿠사와의 촌스러운 넥타이 무늬만 눈에 들어왔다.

"음…… 갑자기 불러서 미안해. 혹시 짐작 가는 게 있니?"

"스마트폰 때문인가요?"

보나 마나 현대문 시간에 스마트폰을 사용했다고 가와마타가 일러바친 거겠지.

내 예상이 맞았는지 오쿠사와가 고개를 끄덕였다.

"그래. 솔직히 요즘 들어 여러 선생님이 말씀하시거든. 네가 수업 중에 스마트폰을 만진다고."

"뺏으면 되잖아요."

"그야 그렇지. 하지만 그런다고 해결되지는 않잖아. 뺏긴 동안에는 못 쓰겠지만, 돌려주면 또 마찬가지 아니겠어? 앞으로 스마트폰 사용을 줄일 수 있겠니?"

"아뇨. 그럴 수 없어요."

말이 끝나기가 무섭게 튀어나온 내 답에 오쿠사와는 쓴웃음을 지었다.

"수업은 하나도 못 알아듣겠어요."

나는 퉁명스럽게 덧붙였다.

"그렇다고 안 들으면 더 모르지 않겠어? 집에서는 어떤데?"

"집에서도 계속 스마트폰을 하죠. 공부는 안 해요."

어설프게 둘러대 봐야 괴멸된 내 성적은 숨길 수 없다. 그래서 뻔뻔하게 나가기로 했다.

"대학은 어떻게 할 생각이야?"

"모르죠. 어디라도 가고 싶지만, 제 성적으로는 무리잖아요."

"그래. 너도 알 거라고 생각했어. 그래서 무슨 말을 해줘야 하나 고민했지. 본인이 알고 있는데 뭐라고 해봐야 와닿지 않을 테니까."

다 안다면서, 그냥 좀 내버려두면 안 되나?

내가 불만 가득한 표정으로 쳐다보자 오쿠사와는 손에 든 태블릿을 만지작거리며 말했다.

"그래도 말이야."

내 성적을 보는 건가. 오쿠사와는 여자애들이 예쁘다고 난리인 손가락으로 태블릿 액정을 연신 매만졌다.

"입시 일정은 정해져 있으니까, 이대로는 안 되겠지? 부모님도 걱정하실 거고."

비겁하게 부모를 들먹이는 거야?

나는 중학교 때까지는 공부를 곧잘 해서 나름대로 수준 있는 이 학교에 들어올 수 있었다. 부모님은 공부에 극성이었고, 나 스스로도 남들보다 좋은 성적에 우월감을 느끼며 열심히 공부했다.

하지만 고등학교는 중학교와 달랐다. 1학년 때까지 가까스로 유지했던 성적은 2학년이 되자 끝없이 추락했다. 성적과 비례해서 의욕도 사라졌다. 겨우 진급은 했지만, 3학년 때는 완전히 자포자기한 상태였다.

수업 내용을 이해할 수 없었기에 멍하니 시간만 보냈다. 선생의 설명이 귀에 들어오지 않아 더더욱 따라가지 못했다. 악순환의 표본 같은 전개에 짜증이 났지만, 벌써 1년도 넘게 이런 상태였다. 이제 다른 애들을 따라잡을 희망 같은 건 포기한 지 오래였다.

문제는 부모님이다. 그들은 포기를 몰랐다.

우리 애가 머리는 좋은데 공부를 안 해서 그렇다. 마음만 먹으면 얼마든지 할 수 있다, 라고 하며 지치지 않았다. 중학교 때까지 잘했으니 무슨 수를 쓰든 원하는 대학에 가야 한다며 나를 압박했다. 그리고 잔소리의 끝은 늘 같았다.

'학비를 지원받고 싶으면 그럴만한 학교에 가라.'

2학년 때도 담임이었던 오쿠사와는 학부모 면담을 통해 우리 부모님이 어떤 생각을 하는지 잘 알고 있었다. 그리고 나 역시 그런 부모를 거스를 수 없었다.

"그래도 의욕이 안 생겨요."

"네 심정도 이해하지만, 의욕은 네가 스스로 만들 수밖에 없어. 나도 어떻게 하면 네가 의욕이 생길지 고민해 봤어. 그래서 말인데, 우선 이것부터 해보지 않을래?"

오쿠사와는 책상 위에 얇은 문제집 몇 권을 올려놓았다. '기초편'이라고 크게 쓰여 있는, 영어와 현대문 문제집이었다.

"수학은 자신 없지만, 이 정도의 현대문은 나도 가르칠 수 있어. 영어야 당연하고. 오늘부터 여기서 같이 해보지 않을래?"

"네?"

"회의가 있어서 오래는 못 해."

"아니요, 오늘은 이만 가봐야죠."

"그럼 내일부터 할까? 방과 후가 싫으면 아침 시간도 괜찮아."

"아침은 전철 시간이 좀 빠듯한데요."

"좋아, 방과 후로 하자."

방과 후라고 좋을 리 없다. 하지만 오쿠사와는 이미 결정이 났다는 듯 거침없이 내일 공부할 내용에 대해 이야기하기 시작했다.

"근데 저만 이렇게 봐줘도 돼요? 다른 애들도 하고 싶다고 하면 어떻게 해요?"

"그건 그렇지만, 영어는 질문을 자주 받아줬으니까 괜찮을 거야. 아침이나 방과 후가 어려우면 점심시간에 해도 되고."

시간이 문제가 아니거든요?

"전 됐어요."

"하지만 지금 상태로는 너도 힘들지 않겠어?"

"……생각 좀 해볼게요."

오쿠사와는 할 말이 남은 듯했지만 나는 서둘러 의자에서 일어나 방을 나왔다.

거칠게 문을 닫고 주머니에서 스마트폰을 꺼냈다. 오쿠사와와 이야기하는 사이에 열 개가 넘는 알림이 와 있었다.

SNS 속 세상은 즐거워 보였다. 가끔 어두운 내용과 분노로 가득 찬 내용도 있었지만, 결국은 하나같이 나를 좀 봐달라는 호소였다.

"아, 짜증 나. 사람을 이런 데까지 끌고 오냐."

다시 방문을 보니 다른 방처럼 '교무실'이나 '1학년 1반' 같은 플라스틱 팻말이 없었다. 지금은 틀림없는 창고로 보이는 이 방은, 전에는 어떤 용도였을까. 그 거대한 책장의 건너편을 보면 뭔가를 알 수 있을까?

나는 스마트폰으로 방문의 사진을 찍었다. 그러고는 '#취조실'이라고 해시태그를 붙여 SNS에 올렸다.

순식간에 세 개의 좋아요가 달렸다. 하지만 그 뒤로는 여느 때처럼 한 박자 늦게 데라이가 하나를 더 눌렀을 뿐이었다.

승낙한 기억이 없지만, 정신을 차리고 보니 나는 매일 방과 후 30분씩 '취조실'에서 공부하고 있었다. 오쿠사와의 제안을 거부할 수 없었던 이유는 내가 수업 중에 스마트폰을 사용했다는 사실을 부모님에게 알리지 않겠다는 협상 조건을 들이밀었기 때문이다. 그 시간에 나는 스마트폰을 뺏긴 채 오쿠사와가 준비한 문제를 풀었다.

"영어보다는 현대문을 풀어보지 않을래? 영어는 그렇게 나쁘지 않으니까."

"현대문보다야 낫겠지만, 영어도 좋지는 않죠. 게다가 쌤, 영어 선생님이잖아요."

"그건 그런데……."

오쿠사와의 시선이 잠시 현대문 문제집을 향했다. 분명 내가 현대문 시간에 딴짓을 한다는 걸 가와마타에게 듣고 준비했겠지만, 내 알 바가 아니다.

문제를 풀고 있자니 5분도 안 돼서 집중력이 떨어졌다. 나는 문제를 푸는 척하면서 시선을 조금씩 올렸다.

스마트폰 불빛이 깜빡이는지 보기 위해 눈에 힘을 줘봤지만, 각도상 보이지 않았다.

"다 풀었니?"

"아니요……."

아직 두 문제밖에 못 풀었다.

도대체 오쿠사와는 왜 이런 일을 벌인 걸까? 이제 와서 매일 30분씩 공부한다고 한들 입시 준비를 하기에는 이미 늦었다.

내가 다시 한번 스마트폰을 바라보자 오쿠사와가 말없이 스마트폰을 손에 쥐었다.

"이따가 돌려준다니까."

그러고는 책상 밑에 집어넣어 버렸다.

아무래도 문제를 다 풀 때까지 나를 놔주지 않을 심산인 듯하다. 나는 빨리 가고 싶은 마음에 어쩔 수 없이 다시 샤프를 잡고 손을 움직이기 시작했다.

　5번 문제까지 풀었을 때, 노크 소리가 났다.

　오쿠사와는 의자에서 일어나 문을 열었다.

　방 안으로 들어온 건 영어 선생인 나가쓰카였다. 화가 난 것 같은 표정이었다.

　"오쿠사와 선생, 방송 못 들었나?"

　나가쓰카는 1학년 때 담임이었다. 정년이 얼마 남지 않은 깐깐한 할배 선생으로, 입이 험해서 싫어하는 애들이 꽤 있었다. 키는 160센티미터 정도에 체중은 정확히는 모르겠지만, 어쨌든 뚱뚱했다. 넥타이가 목덜미 살을 파고들 것처럼 보였다.

　오쿠사와는 고개를 숙이며 죄송하다고 말하면서 문 근처에 있는 스위치를 만지작거렸다.

　"그동안 사용하지 않던 방이라 방송이 안 들렸어요. 죄송해요. 무슨 일 있나요?"

　나는 나가쓰카가 싫었다. 말투는 그렇다 치고 학생을 대놓고 차별하는 뻔뻔스러운 태도가 영 마음에 들지 않았다. 성적이 좋은 애들한테는 다정하기 그지없는 반면 나 같은 놈에게는 퉁명스럽기 짝이 없다.

　"직원회의 시간이잖아."

　오쿠사와가 손목시계를 보더니 "아!" 하며 놀랐다.

　"죄송합니다. 그게……."

　오쿠사와는 당황했는지 내 쪽을 돌아보았다.

　미안하다고 말하는 듯한 표정이었다.

나는 자리에서 일어나 책상 위에 놓인 프린트를 반으로 접었다.

"내일까지 제출해도 되죠?"

"미안해, 정신없게 만들어서."

무슨 그런 말씀을. 미안하기는커녕 빨리 끝나서 고마울 뿐이다. 이제 나가기만 하면 된다.

문 앞에 선 나가쓰카의 옆을 지나려는데 나가쓰카가 갑자기 내 손에서 프린트를 휙 낚아챘다.

그러고는 쓰윽 훑어보더니 흥, 하고 코웃음을 쳤다.

"이제 와서 이런 걸 하는 거냐?"

영어 선생이다 보니 문제만 보고도 금방 수준을 알아차린 모양이다.

"무리할 필요는 없을 텐데? 이름만 쓰면 들어갈 수 있는 대학도 있어."

"열심히 해보려는 학생이에요. 그런 말씀은 삼가 주세요."

"오쿠사와 선생. 학생들에게 현실을 보여주는 것도 우리 일이야. 열심히 해서 붙을 수 있다면야, 누가 뭐래? 그렇지만 벌써 9월이야. 이런 애 말고 더 가능성이 있는 학생을 봐줘야지."

"뭐요? 지금 말 다 했어요?"

오쿠사와가 나가쓰카에게 덤벼들려고 하는 내 어깨를 잡으며 막아섰다.

내가 걸려들기를 기다렸다는 듯 나가쓰카는 입가에 옅은 미소를 띠었다.

나는 오쿠사와의 팔을 밀쳐내려 했지만, 그는 상상 이상으로 힘이 셌다. 오쿠사와의 손가락이 내 어깨를 파고들었다.

나가쓰카가 또 무슨 소리를 할지 기다렸지만, 그는 내 존재 따위는 까맣게 잊었다는 듯 오쿠사와를 향해 말했다.

"오쿠사와 선생, 5분 뒤 제1회의실."

"금방 가겠습니다."

오쿠사와는 여전히 내 어깨를 쥐고 놓지 않았다.

모퉁이를 돈 나가쓰카의 뒷모습이 보이지 않자 오쿠사와가 고개를 숙이며 말했다.

"미안하다."

"쌤이 뭐가 미안해요?"

"……그래도. 기분 나빴지?"

"상관없어요. 소용없는 짓이라고 확실히 말해주니까 차라리 잘됐어요. 솔직히 쌤도 나가쓰카 선생님이랑 같은 생각 아니에요?"

"그게 무슨 소리야? 난 네가 할 수 있다고 생각해서 부른 거야."

학생 앞에서 대놓고 해봐야 소용없다는 말을 지껄이다니, 나가쓰카는 선생도 아니다. 하지만 오쿠사와 역시 무슨 생각을 하는지 알 수 없다. 과연 진심인지, 아니면 무슨 꿍꿍이가 있는 건지 수상쩍었다.

"내일 방과 후에도 기다릴게."

"……더 늦으면 혼나는 거 아니에요?"

오쿠사와는 내가 나가쓰카가 걸어간 방향을 가리키자 허둥지둥 회의실 쪽으로 달려갔다. 하지만 이내 다시 돌아와서 말했다.

"미안, 돌려주는 거 깜빡했다."

오쿠사와는 내 손 위에 스마트폰을 올려놓고는 순식간에 코너를 돌아 사라졌다.

"선생이 복도에서 뛰어도 되는 거야?"

조용해진 복도로 나오자 학교 건물과 한참 떨어진 곳에서 악기 소리가 들려왔다.

합주부가 연습을 하는 건지, 뒤섞인 악기 소리는 박자도 리듬도 제멋대로라 듣기에 고역이었다.

한참이나 내 손을 떠나 있던 스마트폰에는 새로운 알림이 한 건도 없었다.

점심시간이 되자 나는 교실에서 엄마가 만들어준 도시락을 먹었다. 데라이는 크림빵을 먹었는데, 오늘만 벌써 두 개째다. 등굣길에 카레빵 하나와 크림빵 두 개를 샀다고 했다. 보통 세 개를 살 거면 종류별로 살 텐데, 하여튼 별난 놈이다.

"너, 크림빵 너무 먹는 거 아니냐?"

"나도 그렇게 생각해. 하지만 아직은 괜찮아. 맨날 먹어도 안 질리거든. 아직 일주일밖에 안 됐지만."

보는 사람은 벌써 질렸거든?

"근데, 어제 그거 뭐냐?"

"어? 아…… 그냥."

"흐음……. 그냥이란 말이지."

데라이가 말한 건 내가 올린 SNS 게시물이었다. 평소라면 저녁부터 밤사이에 두세 번 정도 올리는데, 어제는 한 번만 올렸다. 그렇지만 데라이가 묻는 건 횟수가 아니다. 내용이다.

나는 칠판에 '쓰레기 교사'라고 쓴 사진을 올렸다.

실제로 학교 칠판에 쓴 것은 아니다. 교실에서 찍은 칠판 사진에다가 스마트폰으로 글자를 편집해서 넣었다.

"오쿠사와 선생을 말하는 거야? 어제 방과 후에 불려 갔잖아."

"응, 공부시켜서 자습했어."

일부러 오해하도록 말했지만 '쓰레기 교사'는 나가쓰카다. 그 선생의 말투는 정말 사람을 열받게 한다.

"공부 못하는 애는 필요 없다는 식이야."

"필요 없는데 일부러 불러서 공부를 가르치겠어?"

완전히 오해한 데라이는 화를 내지는 않았지만, 나를 책망하는 듯한 목소리로 말했다.

데라이와 나 사이에 침묵이 흐르자 근처에서 점심을 먹던 여자애들 목소리가 하나둘 들려왔다.

"머리를 잘랐더라고, 준준. 어느 미용실에 다니는 걸까?"

'준준'은 몇몇 여자애들이 오쿠사와를 부르는 별명이다. '오쿠사와 준'이라서 '준준'이란다. 아이돌도 아니고 뭐 하는 짓인지, 기가 막혔다.

"더 길렀으면 곱슬머리가 뻗쳤을 거야."

"맞아, 그것도 나름대로 귀엽긴 하지만. 그냥 놔두면 곱슬이 심해지나 봐. 비 오는 날이면 머리끝이 엄청나게 뻗치잖아."

그런가?

확인하듯 데라이를 쳐다보니 녀석이 말했다.

"내가 그런 것까지 보겠냐?"

역시 여자애들의 눈썰미는 소름 끼칠 정도다.

"오쿠사와, 지금 스물일곱 살 아니야? 여자애들은 그런데도 좋다는 거야?"

"그걸 내가 어떻게 아냐? 하지만 연예인 같은 거라고 생각하면 그럴 수도 있지. 거기다 연예인과 달리 가까이에 있고, 공부도 가르쳐주고, 이야기도 들어주니까."

그건 선생이니까 당연히 해야 할 일이라고 생각했지만 말하지 않았다.

"너야 쓰레기 교사로 생각하니까 성가시겠지만, 일대일로 공부 봐주는 건 고맙잖아."

"오쿠사와한테 공부 봐달라고 한 적 없거든? 정말 귀찮다고."

데라이의 놀림에 욱해서 목소리가 커진 모양이다.

그때까지 오쿠사와 이야기를 하던 여자애들이 갑자기 내 주위를 에워쌌다.

"준준이 공부를 봐주다니, 무슨 소리야?"

일이 귀찮게 되었다. 가장 먼저 달려든 건 모모세다. 평소에도 오쿠사와를 좋아하는 걸 감추지 않는 애니까 조심해야 했다.

"나도 요즘에는 따로 봐준 적이 거의 없는데?"

모모세 옆에 있던 다른 여자애가 한마디 거들었다.

"넌 영어 성적이 좋으니까 당연한 거 아니야? 봐줄 것도 없잖아."

모모세가 영어 성적이 좋다는 건 나도 알고 있다. 오쿠사와는 시험지를 돌려줄 때 학생들 앞에서 최고 점수를 발표하는데, 대부분 모모세가 불렀다. 하지만 모모세는 미야노나 하스누마, 구로다와 달리 전 과목에서 최상위는 아니었다. 모모세가 잘하는 건 영어뿐이었다.

"나도 전에는 성적이 나빴어! 열심히 해서 오른 거라고."

"나한테 따져도 소용없어. 내가 부탁한 게 아니니까."

"그럼 안 가면 되잖아. 준준은 바쁘다고."

"나도 바쁘거든?"

"뭘 하시느라 바쁠까?"

나는 모모세가 비아냥대는 모습에 화가 치밀었다.

요즘 다들 나한테 왜 이러는 거야? 지난번에는 하스누마가 그러더니, 미야노와 모모세, 나가쓰카까지. 왜 나만 걸고넘어지는 거지? 입시 때문에 스트레스가 쌓인 건 알겠는데, 그걸 왜 나한테 푸냐고.

"됐고, 그럼 모모세, 네가 오쿠사와한테 말해. 한 사람만 봐주는 건 불공평하다고."

"어떻게 그래? 쌤 곤란하시게······."

그때까지 길길이 날뛰던 모모세가 단숨에 누그러졌다.

모모세가 무엇 때문에 이 난리를 치는 건지 알 수가 없었다. 오쿠사와에게 말해주면 나야 고맙다. 수업 끝나고 바로 집에 갈 수 있으니까.

"도베, 네가 말하면 되잖아."

"자기도 못하면서, 남한테 시키냐?"

"네 일이잖아!"

그러니까 신경 *끄*시라고요.

나는 대학입시 준비를 하고 싶지 않고, 공부도 싫고, 누가 날 탓하는 것도 싫다.

온통 하기 싫은 것투성이라서 하고 싶은 게 뭔지 알 수 없을 뿐이었다.

최근 반 애들의 SNS 게시물이 줄었다. 집에 가면 스마트폰을 부모에게 맡긴다는 애들도 있고 전용 케이스에 넣고 잠근다는 애들도 있었다. 입시 준비에 집중하기 위해서다. 가끔 옆에 둬도 신경 쓰이지 않는다는 괴물도 있었지만, 그런 애들은 내가 영원히 어울릴 수 없는 종족이었다.

저녁을 먹고 난 뒤 여느 때처럼 방에서 게임을 하다가 SNS를 봤을 때였다. 기묘한 동영상이 눈에 들어왔다.

"……뭐지?"

화질이 엉망이었다. 어두컴컴해서 얼굴이 잘 보이지 않았고, 소리도 나오지 않았다. 하지만 나는 예사로운 분위기가 아니란 걸 직감했다.

넓은 방의 구석 쪽에 두 사람이 있었다. 그들의 거리는 가까웠고, 서로 껴안고 있는 것처럼 보였다.

"……누구야?"

얼굴이 보이지 않는데도 뭔가 꺼림칙했다. 나는 20초 정도의 동영상을 다시 재생했다.

바깥보다 실내가 더 어두웠다. 눈에 익은 창문이 유난히 밝게 보였다. 역광이었지만 바깥도 밝지는 않았다. 오후 5시는 넘은 시간인 듯했다.

본 적 있는 창틀이다. 도대체 어디지? 그 순간 커튼에서 눈이 멈췄다.

"이거⋯⋯."

앞쪽 커튼은 끈이 풀린 채 창문을 절반 정도 가리고 있었는데, 커튼의 중간 부분이 찢어진 게 보였다.

"⋯⋯우리 반?"

나는 별안간 그들이 누구인지 궁금해졌다. 동영상을 한 번 더 재생했다.

두 사람은 교실 바닥에 앉아서 얼굴을 맞대고 있었다. 자세히 보니 남자가 여자 가슴에 손을 대고 있는 것 같았다. ⋯⋯여자는 저항하고 있나? 아니, 강제는 아닌 듯했다.

"이걸로는 잘 모르겠는데. 그보다 미친 거 아냐? 학교에서 무슨 짓이야?"

학급 내에서 사귀는 애들이 있지만, 이런 영상을 찍고 인터넷에 올릴 리가 없지 않은가.

나는 의문을 품은 채 몇 번이나 동영상을 돌려보았다. 몰래 훔쳐본다는 양심의 가책보다 호기심이 앞섰다.

여자가 우리 학교 학생이라는 건 교복 치마의 체크무늬로 알 수 있었다. 선명하게 보이지 않는 이유는 밝기 때문이라고 생각했지만, 그게 아니었다. 여자의 얼굴이 편집되어 있어서 누군지 전혀 알아볼 수 없었다. 남자의 얼굴도 어느 정도는 가려져⋯⋯, 응? 가만.

셔츠도 바지도 교복이 아니다. 넥타이도 교복과 달랐다.

이 넥타이 무늬, 어디서 봤는데…….

"오쿠사와……?"

내 머릿속에 떠오른 기발한 무늬의 넥타이를 맨 오쿠사와의 얼굴이 동영상 위에 겹쳐졌다.

오쿠사와는 멀리서는 물방울무늬로 보이지만 가까이에서 보면 물고기거나 외국 국기, 유명한 그림 같은 유별난 무늬인 넥타이를 매곤 했다. 도대체 어디서 저런 걸 사는 건지 묻고 싶을 정도였다. 최근에는 우주 무늬에 꽂힌 모양이었다.

학교 안에서 저런 넥타이를 매는 사람은 오쿠사와뿐이다. 틀림없다.

"이런 미친……."

오쿠사와는 겉으로 보이는 것과 속이 너무 달랐다. 그를 따르는 애들의 얼굴이 떠올랐다.

"하하…… 아하하, 진짜 웃긴다. 선생이란 게 다 이런 새끼들이었어. 좋은 선생인 척하더니 뒤에서 이런 짓이나 하고."

이 사실을 알면 반 애들은 다……, 아니 학교 전체가 어떤 반응을 보일까?

유쾌한 일은 아니지만 웃음이 멈추지 않았다. 오랜만에 가슴이 뛰었다.

나는 정신없이 스마트폰을 눌러댔다. 우선 동영상을 저장했다. 그런 다음에 할 일은 정해져 있었다.

이대로 둘 수는 없다. 모두에게 알려야 한다. 나는 그렇게 생각했다.

다음 날 아침, 나는 학교 복도에서 가와마타와 마주쳤다.
"마침 잘됐다. 너한테 줄 게 있어."
가와마타 선생이 내민 건 따스한 온기가 남아 있는 프린트 두 장이었다. 방금 복사한 모양이다.
"이게 뭔데요?"
"우선 이걸로 시작하면 좋겠다 싶어서. 꽤 잘 만들어진 거라 기초편이라도 실력이 붙을 거야."
자세히 보니 현대문 문제집을 복사한 것이었다.
"저는 부탁드린 적 없는데요."
"알아. 하지만 네가 수업에 집중을 못 하잖니. 그러니까 좀 다른 문제를 풀어보는 것도 좋지 않겠어?"
그동안 나를 방치했던 가와마타가 갑자기 이런 걸 건네줄 리 없다. 누가 뒤에서 손을 썼는지는 생각할 것도 없었다.
웃을 생각은 없었지만 나도 모르게 큭큭 소리가 삐져나왔다.
재밌네. 진짜 재밌어.
눈물 나게 학생을 생각하는 척하면서 뒤에서 하는 짓은 그와 정반대다.
"무슨 소린지 모르겠는데요."
나는 가와마타가 건넨 프린트를 받지 않은 채 교실로 향했다. 가와마타는 나를 끈질기게 따라오나 싶었지만, 금방 포기한 듯했다. 어차피 오쿠사와의 부탁을 받고 한 일이라 내가 안 받겠다고 하니 어쩔 수 없다고 생각했을 것이다.

교실 문을 열었다. 이미 학급의 3분의 2 정도가 등교해 있었다.

미야노와 하스누마가 달려들 듯한 기세로 나에게 다가왔다.

"너 그거, 어떻게 된 거야?"

"네가 합성했어?"

교실에 있던 애들 대부분이 내 주변으로 순식간에 몰려들었다.

"넌 어떻게 그 영상을 찾은 거야?"

"그야…… 어쩌다 보니?"

사실 나한테 좋아요를 누른 계정을 보러 갔다가 그 영상을 발견했을 뿐이었다.

"그런 걸 우연히 찾았다고?"

하스누마가 고개를 갸웃하며 물었지만, 녀석에게 자세히 설명해 주고 싶지 않았다. 여태 날 쓰레기 취급해 놓고 이럴 때만 아는 체를 하다니, 뻔뻔한 놈이다. 그렇지만 녀석이 내게 먼저 말을 거는 건 기분 좋았다.

미야노가 하스누마를 밀치며 물었다.

"그 동영상 진짜야?"

"그건 각자 보고 판단하면 되지 않아?"

사실 여부는 나도 모른다. 마음만 먹으면 누구나 그런 영상을 만들 수도 있다.

하지만 아무 목적 없이 그럴 이유는 없을 것이다. 나는 그게 실제로 있었던 일이라고 생각했다.

나를 둘러싼 무리의 바깥쪽에 있는 몇몇은 동영상 검증에 돌입

했다.

"이 넥타이 봐봐. 틀림없다니까. 누가 이런 걸 매겠냐?"

"같은 게 있을 수도 있지. 근데 손가락은 좀 비슷하다, 그치?"

여자애들의 눈썰미는 도대체 어디까지인 걸까? 나는 그 어둡고 희미한 화면 속에서 손가락이 어디 있는지까지는 알 수 없었다.

더 소름 끼치는 애도 있었다.

"양말 봤어? 바지 사이로 보였잖아. 저건 빼박이야!"

나는 오쿠사와가 무슨 양말을 신었는지 단 한 번도 신경 쓴 적이 없었다.

하지만 한 가지는 확실했다. 그 동영상이 사람들의 폭발적인 관심을 끌어 모았다는 것이다.

지금까지 나를 깔보던 녀석들이 동영상에서 눈을 떼지 못하는 모습을 보는 건 신나는 일이었다.

"……준준이 이런 짓을 하다니, 난 못 믿겠어!"

"나라고 믿고 싶겠어? 하지만 증거가 있잖아. 우리한테 보여주던 얼굴은 다 가짜였던 거야."

"그럼 여태까지 속았다는 거야?"

"하필이면 이런 시기에 무슨 짓이야? 우리한테 얼마나 중요한 때인데."

"난 엄청 좋은 선생인 줄 알았어. 진짜 좋아했는데."

"이 둘은 도대체 무슨 관계야?"

"그것보다 학교 안이잖아."

"이 교실 아니야? 그렇다면 저기쯤인데……."

"진짜 소름 끼쳐. 토 나와."

교실 안에 다양한 의견이 난무했다.

늘 다른 세상에 사는 것처럼 무심한 태도의 데라이도 혼란스러움을 감추지 못했다.

"도베, 도대체 어떻게 찾은 거야? 이거 보고 공부가 손에 잡히지 않았어. 나뿐 아니라 다들 정신없었을걸? 넌 어땠어?"

"나도 놀랐지."

"그렇지? 너는 동영상을 봤을 때 어떤 생각이 들었어?"

배신당했다는 느낌까지는 아니었지만, 오쿠사와가 그런 짓을 했다니, 솔직히 믿을 수 없었다.

오쿠사와를 따르던 애들은 나하고는 비교도 안 될 정도로 경악했을 것이다. 데라이도 꽤 충격을 받은 모양이었다. 표정을 보면 알 수 있다.

"선생들이란 다들 말뿐이구나 싶었지. 우리한테 점잖은 척하면서 훈계해 놓고 뒤에서는 무슨 짓을 하고 다니는지 알 게 뭐야."

"……하긴 우리가 학교에서 보는 게 다가 아니겠지. 하지만 정말 싫다. 난 이제 오쿠사와를 전처럼 못 볼 것 같아. 옳은 소리를 한들 그 영상이 바로 떠오를 거 아냐. 근데 도대체 어떻게 찾은 거야? 아는 사람 계정이었어?"

"어?"

사실 그 계정이 어느 시점까지 남아 있었는지는 모르겠다. 그 영상을 퍼뜨린 후, 새로운 게 있나 싶어서 다시 들어갔을 때는 이미 삭제되고 없었다. 그 모든 상황이 일어난 건 1시간 남짓이었다.

"큰일 날 뻔했지. 내가 다운받지 않았으면 못 봤을 거 아냐."

데라이는 수긍하며 말을 이었다.

"맞아. 오쿠사와는 이제 끝난 거 아냐? 아무리 봐도 징계를 받을 게 확실하잖아."

"그렇겠지. 하지만 그건 우리가 신경 쓸 부분이 아니잖아? 이대로 일이 커지는 것보다 낫지."

"하긴, 그건 그래."

그때, 다른 여자애와 이야기하던 하스누마가 나와 데라이 사이에 끼어들었다.

"다른 영상이나 사진은 없었어?"

"내가 본 건 그것뿐이야."

"그렇구나. 여자애들은 이제 너무 역겨워서 오쿠사와의 얼굴도 보기 싫대. 당연하지. 그 여자애도 우리 학교잖아? 그래서 어쩌면 오쿠사와가 지금까지 자기들도 음흉한 눈으로 봤을지 모르겠다는 거야."

"그만해, 하스누마! 역겁다고!"

미야노의 앙칼진 목소리가 떠들썩하던 교실 안에 울려 퍼졌다.

"어떤 눈으로 봤는지 생각하기도 싫어!"

순간 침묵이 흘렀지만 누군가가 바로 말을 꺼냈다. 다시 시작된 웅성거림은 조금 전보다 더 컸다. 여자애들의 말에 귀를 기울여 보니 표현은 달랐지만 대충 징그럽다는 이야기였다.

미야노가 내 옆에서 말했다.

"고맙다. 발견해 줘서."

"아니, 그럴 것까지야."

고맙다는 소리를 듣기 위해 한 일은 아니었다.

하지만 기분이 나쁘지 않았다. 답답한 구름에 덮여 있던 하늘이 단숨에 맑게 갠 기분이었다.

소란스러운 교실은 진정되지 않았다. 학생들이 하나둘씩 등교할 때마다 이야기가 다시 처음으로 되돌아가서 멈출 기미가 보이지 않았다.

나는 자리로 돌아와 스마트폰을 보았다. 퍼뜨리기 위해 올린 동영상에는 평소와 달리 좋아요가 엄청나게 달려 있었다.

ㄴ 우리 학교 선생이 여학생을 덮쳤대.

ㄴ 이 선생, 미친 거 아니야?

ㄴ 이거 범죄 아냐?

ㄴ 대박, 쇼크!

ㄴ 교실 못 바꾸나?

댓글에는 같은 반 애들은 물론 저학년과 소수의 졸업생까지 있었다.

하지만 여자는 네티즌 수사대도 당황할 정도로 철저하게 편집되어 있었다. 누구인지 특정할 수 있는 단서를 도무지 찾을 수 없었다.

양말과 실내화는 모두 학교에서 지정한 것이었다. 신발 끈도 모든 학년이 똑같이 흰색을 쓰기 때문에 학년조차 알 수 없었다.

상대 여학생의 정체가 밝혀지면 불길은 걷잡을 수 없을 것이다.

심장이 두근거렸다. 이제 그 빌어먹을 방과 후 수업은 없어지겠지. 무엇보다 지금까지 날 바보 취급하던 녀석들이 허둥대는 꼴을 지켜보는 게 재미있었다. 내 성적이 오르지는 않겠지만 다른 애들의 성적이 내려갈 걸 상상하니 웃음이 나왔다. 내가 대학에 못 간다면 다른 애들도 다 떨어지면 좋겠다. 너도나도 합격했다고 신났는데 나 혼자 구석에서 기죽어 있는 건 생각만 해도 끔찍했다.

"애들아, 좋은 아침!"

익숙한 목소리와 함께 교실 문이 열렸다. 시끌벅적하던 실내가 순식간에 조용해졌다.

문턱에 선 오쿠사와는 영문을 모르겠다는 표정으로 교실 안을 둘러보았다.

"오늘은 웬일로 이렇게 조용해?"

오쿠사와는 어깨를 으쓱하더니 문을 닫고 교탁 앞에 섰다. 그리고 곧장 출석을 부르기 시작했다.

대답하는 학생들의 목소리는 평소보다 차분했다. 장난삼아 '네에' 하고 늘리거나 개미 소리같이 '······네' 하던 소리도 없었다. 한 명 한 명 다음 주자에게 바통을 넘기는 듯 짧고 간결한 '네'였다.

그 묘한 분위기가 오쿠사와에게 전달되지 않을 리 없었다.

마지막 순서인 와타베까지 출석 체크를 끝낸 오쿠사와는 태블릿을 교탁 위에 올려놓고 한 사람 한 사람과 눈을 맞추면서 천천히 얼굴을 움직였다.

"좋아, 무슨 일인데?"

오쿠사와는 시치미를 떼고 있는 건 아닌 듯했다. 정말 모르는 눈치였다.

누가 말할래? 네가 말해. 싫어, 네가 해.

모두 입을 다물고 있었지만 서로 미루는 분위기가 교실 안에 팽배했다.

답답해진 내가 손을 들었다.

"선생님, 짐작 가시는 게 있을 텐데요?"

오쿠사와는 고개를 살짝 갸웃했다.

"무슨 일인지는 모르겠지만…… 아무래도 나랑 상관이 있는 것 같네."

"이제 저희는 선생님을 믿을 수가 없습니다."

오쿠사와는 킬러 문항을 마주한 수험생보다 더 황망한 표정으로 나를 바라보았다.

"저는, 아니 저희는 윤리의식이 없는 선생과는 말을 섞고 싶지 않고, 수업도 받고 싶지 않습니다."

"미안한데, 진짜 무슨 소린지 모르겠거든?"

오쿠사와는 도통 영문을 모르겠다는 표정이었다.

설마 자신이 한 짓이 잘못됐다고 생각하지 않는 걸까? 학생에게 손을 대놓고, 그것도 학교 안에서 그런 짓을 했으면서 말이다.

그렇게 생각한 건 나뿐만이 아니었다. 앞자리에 앉은 여자애가 결정적인 한마디를 쏘아붙였다.

"쌤, 인터넷에 동영상 올라온 거 진짜 모르세요?"

"동영상?"

"잡아떼지 마세요."

"잡아떼는 게 아니야. 진짜 무슨 말인지 몰라서 그래."

"얼렁뚱땅 넘어갈 생각하지 마세요. 증거가 있다고요."

나는 그 말을 듣고 책상 안에 있는 스마트폰으로 손을 뻗었다. 하지만 그걸 꺼내기 전에 누군가 교실 문을 두드렸다.

"오쿠사와 선생."

활짝 열린 교실 문 앞에 교감이 서 있었다. 그 뒤로 나가쓰카의 모습도 보였다.

"조회 중에 미안하지만, 잠깐 볼까요?"

교감은 강한 어조로 "빨리"라고 하며 오쿠사와를 재촉했다. 오쿠사와는 영문도 모르는 채로 불려 나갔다.

복도와 교실 사이의 문이 굳게 닫혔다. 복도 쪽에 앉은 학생들은 벽 너머로 귀를 세웠다.

내 자리는 창가 쪽이다. 그래서 엿들을 엄두를 낼 수 없었다.

5분도 안 돼서 교실 문이 열렸다. 하지만 그곳에는 오쿠사와도 교감도 아닌 나가쓰카뿐이었다.

조금 전까지 오쿠사와가 서 있던 교탁 앞에 나가쓰카가 섰다.

돌아가는 상황을 보니 당사자인 오쿠사와보다 학교 측에서 먼저 눈치를 챈 듯했다. 오쿠사와는 방금 자초지종을 듣고서야 사태를 파악했을 것이다.

나가쓰카는 교실 안을 빙글 둘러보더니 우리를 똑바로 쳐다보았다. 험악한 표정처럼 보였지만 원래 그렇게 생긴 얼굴이라는 생각도 들었다.

"일단 오늘은 내가 담임 대신이다. 무슨 일 있으면 나한테 오도록 해. 그리고 졸업 앨범에 들어가는 반 사진은 오늘 찍을 예정이었는데, 날짜가 바뀌었다. 정해지는 대로 알려줄 테니까 그렇게 알아. 이상!"

여기가 군대인가, 하고 착각할 정도로 낮고 묵직한 목소리가 교실 안에 울려 퍼졌다.

#성추행교사 #순애보? #해고 #입시 #불안 #토나온다

영상은 끝도 없이 퍼져 나갔다. 재미있어하는 사람도 있었고, 불안에 떠는 사람도 있었다. 인터넷에서 흔히 보던 이야기지만, 막상 자신들이 당사자가 되니 두려워서 어찌할 바를 몰랐다.

오쿠사와가 어떤 징계 처분을 받을지에 대해서는 아무도 입을 열지 않았다. 나가쓰카도 교감도 교장도 하나같이 조사 중이라는 말뿐이었다. 그 대신 전교 조회를 통해 이 사건에 관한 함구령이 내려졌다. 물론 SNS에 올리는 것도 금지되어서 더 이상 대놓고 떠드는 녀석들은 없었다.

학교는 사건을 은폐할 속셈이었다.

나는 오쿠사와가 계속 우리 반 담임을 맡기를 원하지 않았다. 그렇지만 나가쓰카가 담임이 되는 것도 싫었다. 누가 담임이 되건 내 미래는 크게 달라질 게 없었다. 다만 오쿠사와의 뒤를 캐는 일은 멈출 생각이 없었다.

타오르는 불길에 계속 연료를 투하했다. 드러내고 행동하지는 않아도 선생들이 보이지 않는 곳에서까지 얌전히 있을 생각은 없었다. 이건 없었던 일로 할 수 있는 일이 아니다.

학생들에게 인기가 있던 것은 오쿠사와의 훈훈한 겉모습뿐이었다. 어쩌면 그는 오래전부터 그딴 더러운 짓을 했는지도 모른다. 교사로서의 자질도 의심스러웠다. 수업 시간에는 자주 딴 길로 새는 바람에 시험 범위도 다 못 나가기 일쑤였다. 덕분에 내 성적은 최악을 기록했다.

#성추행 #폭언 #폭행과 같은 해시태그도 덧붙였다.

SNS에는 사실보다 과장해서 내용을 썼다.

그 편이 훨씬 더 조회수가 올라가기 때문이다. 괜찮다. 이런 건 오차 범위 같은 거다.

댓글에는 학교의 사건을 은폐하려는 시도에 대해 용서할 수 없다는 목소리가 컸다.

악행은 철저하게 파헤쳐야 한다. 이 생각에 동의하는 사람은 나와 가세, 아카시, 니노미야 뿐이었지만, 뜻을 같이하는 동료가 있어 든든했다.

세 사람은 지금까지 오쿠사와의 인기가 높아서 대놓고 말하지는 못했지만, 전부터 불만이 있었던 모양이었다. 오쿠사와가 싫은 이유는 제각각이었다. 머리 때문에 주의를 받았거나 숙제를 늦게 내서 점수를 깎였거나 자기한테 이야기할 때만 퉁명스럽다는 식이었다. 물론 마지막 이유는 지극히 니노미야의 주관적인 판단이었다.

저학년 중에도 아군이 있었다. 싫어하는 이유는 비슷했는데, 2학년 여학생 중 한 명은 오쿠사와가 자기 어깨를 한 번 친 적이 있어서 싫다고 했다.

이건 써먹을 수 있겠다 싶었던 나는 곧장 인터넷에 올렸다.

'O선생은 과거에도 여학생에게 파렴치한 짓을 했었다.'

그 여학생 혼자만 그렇게 생각했을 수도 있다. 하지만 이런 종류의 범죄는 당사자가 어떻게 느꼈는지가 제일 중요하다.

인터넷상에는 우리도 알아차리지 못한 디테일을 찾아내서 영상 속 인물의 정체를 파헤치려는 사람들이 있었다. 교복 무늬, 학교 창틀, 창밖으로 보이는 풍경을 실마리로 사실을 밝혀냈다. 조만간 학교명과 오쿠사와의 이름, 상대 여자가 누구인지와 과거 졸업 앨범까지 몽땅 털릴 것이다. 나는 쉬지 않고 연료를 투하하면서 그때가 오기만을 기다렸다.

한동안은 이렇다 할 일이 없었다. 하지만 이틀이 지나자 움직임이 있었다. 하지만 그건 내 기대와는 정반대였다.

아침에 일어나 보니 댓글이 하나 달려 있었다.

ㄴ 그 영상 혹시 애들 주작 아니야?

동영상이 퍼지자 학교와 관계없는 사람들의 의견이 속속 올라왔다. '사실무근'이라는 댓글도 있었다. 외부인은 원래 멋대로 지껄이는 법이다.

나는 등교 후에 데라이에게 인사도 없이 다짜고짜 선언했다.

"더 밀어붙여야겠어."

"무슨 소리야?"

"당연히 그 동영상 이야기지. 학교는 아무것도 안 할 생각이야. 이대로 놔둘 수 없어."

"아무것도 안 하는 건 아니지. 전교생을 모아서 이야기했잖아. 교장이 입시 앞두고 뒤숭숭해져서 미안하다고 사과도 했고."

"그거야 입 다물게 하려는 수작이지. 학교 평판을 지키면서 자기들 몸을 사리려는 거야. 사태가 커지면 이 학교에 들어오려는 애들이 줄어드니까. 머릿속에는 그 생각뿐이라고."

"그럴지도 모르지만, 학교 평판이 나빠지면 우리도 곤란하지 않아? 지금보다 일이 더 커져서 우리한테 좋을 게 뭐가 있어? 난 오쿠사와 선생하고 같이 졸업식을 하고 싶었다고."

"뭐? 제정신이야? 오쿠사와랑 졸업식이라니, 지금 그게 중요해?"

"넌 왜 그렇게 오쿠사와를 미워하냐?"

"그야……, 너는 음란 교사를 용납할 수 있냐?"

"물론 그 점은 용서할 수 없지. 그래도 난 그 영상을 보기 전까지 그 선생이 꽤 괜찮았거든. 물론 이번 일로 싸해졌지만. 상대가 누구인지도 궁금하고. 그것보다, 도대체 그 영상을 누가 찍었다고 생각해? 멀리서 찍은 걸 보면 본인들이 세팅한 것 같지는 않은데, 설마 도둑 촬영인가?"

"내가 그걸 어떻게 아냐?"

"그렇지? 결국 우리는 당사자가 아니니까. 너도 더 이상 끼어들지 말고 이쯤에서 그만둬. 너무 몰아붙여봤자 좋을 게 없어."

"넌 괜찮다는 거야? 교사가 학생하고 학교 안에서 불장난을 저질렀는데."

"불장난? 그런 노친네 같은 말은 어디서 배웠냐?"

데라이는 질렸다는 듯이 나를 쳐다보았다.

'사건'이 발각된 지 열흘 정도 지났을 무렵, 무슨 이유인지 서서히 불꽃이 사그라들기 시작했다.

네티즌 수사대의 능력을 기대했지만, 여전히 여자의 정체는 알 수 없었다. 학교 이름을 쓴 댓글이 있었지만, 오쿠사와의 이니셜인 O.J와 나이까지만 나와 있었다. 이 정도라면 같은 반 애들 중 누군가가 했을 법했다.

반에서는 세 명 정도의 여자애들이 오쿠사와를 감쌌지만, 그 때문에 영상 속 상대 여자라고 의심을 받자 그 뒤로는 아무도 끼어들려고 하지 않았다.

그렇다. 모두 화살 끝이 자신을 향하자 움직이지 않았다. 학교도 가능한 한 소동을 잠재우려고 애썼다. 쓸데없는 짓을 하면 입시에 영향이 있을 거라며 협박 아닌 협박도 서슴지 않았다.

미야노가 궁지에 몰린 표정으로 나를 찾아왔다.

"너, 언제까지 계속할 거야?"

전처럼 날카롭지 않은, 타이르는 듯한 말투였다.

"진실이 밝혀질 때까지."

"시간 낭비 아니야?"

"이제 와서 무슨 소리야? 열흘 전까지만 해도 찾아내 줘서 고맙다더니. 오쿠사와가 역겹다고 해놓고 이젠 괜찮은 거야?"

"오쿠사와 선생님, 담임에서 잘렸잖아. 더 이상 일을 크게 만들 이유는 없지 않아?"

미야노의 말대로 오쿠사와는 담임에서 물러났다. 그리고 그 다음날부터 나카쓰카가 담임이 되었다. 당분간이라고 했지만 아무래도 졸업할 때까지 이어질 듯했다.

"그러시구나. 미야노 학생은 일이 커지면 곤란한 일이라도 있나 보지? 혹시, 네가……."

"그럴 리가 없잖아!"

미야노는 얼굴을 붉히며 화를 냈다.

"열 내지 마. 난 혹시 입시 준비에 집중을 못 해서 그런 거냐는 뜻이었으니까. 아무리 입시 준비가 바빠도 선생이 학생한테 손을 댔는데, 이대로 넘어갈 일은 아니지 않아?"

"그래도 이런 분위기는 더 이상 못 견디겠어. 너도 선생이 윤리적으로 어쩌고저쩌고 하지만, 결국은 그냥 시험공부가 하기 싫은 거잖아. 아니야?"

그 한마디가 방아쇠가 되었는지, 그때까지 상황을 관망하던 반 애들이 모여들었다. 다만 전 같은 분위기는 아니었다. 미야노의 말에 동조하는 녀석들은 비리가 들통난 오쿠사와를 바라보던 눈빛으로 나를 바라보았다.

"맞아. 이제 슬슬 그만둘 때야."

하스누마가 운을 띄우자 너도나도 한마디씩 거들기 시작했다.

"그래. 이젠 학교에 맡겨야 해."

"어차피 우리가 떠들어도 들을 사람이 없잖아."

"이러다가 선생님들한테 찍히기도 싫고"라는 말도 들려왔다.

그리고 데라이가 말했다.

"하고 싶으면 너 혼자 해."

"너까지 이러기냐?"

"우리가 난리 쳐봐야 소용없어. 인터넷이야 어중이떠중이들이 멋대로 떠드는 거고. 학교에 맡기면 되잖아."

"학교가 과연 자기들한테 불리한 진실을 밝힐 거라고 생각해?"

"숨기겠지."

데라이는 바로 답했다. 그 건에 대해서는 같은 생각인 모양이었다. 하지만 학교, 즉 교장이나 교감을 믿을 수는 없지만 자신이 움직일 생각도 없는 모양이었다.

"솔직히 이런 일로 시간을 버리고 싶지 않아."

어느새 교실에 있는 모든 아이들이 이 대화에 참여하고 있었다. 그리고 대부분이 데라이에게 동의하듯 고개를 끄덕이고 있었다. 내 편은 겨우 일부, 그러니까 니노미야와 가세뿐이었다. 아카시는 흥미를 잃은 듯 멀찍이 물러나 있었다.

나는 점심을 먹고 나서 니노미야, 가세와 함께 모였다.

"생각 없는 놈들은 그냥 내버려둬."

이렇게 되면 우리끼리 하는 수밖에 없었다. 숫자는 적어도 동료가 있다.

우선 음란 영상이 게시된 날의 오쿠사와의 수업 시간표와 마지막으로 목격된 시간을 SNS에 올렸다. 시간표 입수는 쉬웠지만, 목격된 시간을 특정하기는 어려웠다. 다만 가세가 그날 방과 후에 오쿠사와와 마주쳤다고 했다. 오후 5시 무렵이었다. 이후의 행적은 알 수 없지만, 동영상에서 날이 저무는 상태를 보면 그 직후가 확실했다.

가세가 독점 뉴스라도 터뜨리듯 눈을 반짝이며 말했다.

"그러고 보니까 오쿠사와, 학교에 있었어!"

"진짜야?"

"근신 처분인 줄 알았는데 우리가 못 본 것뿐이야. 분명 학교 안에 있다니까."

"어떻게 된 거야?"

가세는 이동 수업을 가다가 교실에 놔두고 온 걸 찾으러 갔다고 했다. 그러다 복도에서 오쿠사와와 딱 마주친 모양이었다.

"학교 안에 있다면 다른 애들도 봤을 텐데?"

"우리가 수업할 때만 움직이는 거 아닐까? 그 시간 외에는 사람 눈에 띄지 않는 곳에 숨어 있고."

"그렇군……. 그럼, 지금 어디에 있는 거야?"

"그것까지는 모르지."

"아마…….'"

내가 물어봤지만, 따로 짐작 가는 곳이 있었다.

하지만 왜 오쿠사와가 학교 안에 있는 걸까? 이번 일에 교장이나 교감이 관여하지 않았을 리가 없다. 담임도 그만두게 하고 수업도 빼버렸는데…….

한참을 생각해 봐도 답을 알 수 없었던 나는 다시 한번 동영상을 검증하기로 했다.

"니노미야, 영상 보고 뭐 알아차린 거 있어?"

"없어."

"하나도 없어? 여자애들 사이에 소문 같은 것도 없고?"

"동영상에 나온 여자애 후보로 몇 명의 이름이 나왔는데, 전부 다 부정했어. 그리고 실명을 인터넷에 올리는 건 아무래도 좀……."

"나도 이름을 다 올리자는 건 아니야. 하지만 이니셜 정도는 괜찮지 않아?"

니노미야는 한참 고민하더니 결국 'K, I, M, N'이라고 대답했다.

범위가 너무 넓었다. 성인지 이름인지도 알 수 없었다. 이 정도로는 안 된다.

하지만 니노미야는 소문이라고 해도 더 이상은 밝힐 수 없다며 완강했다. 당사자가 아닌데 끌어들일 수는 없다고 버텼다. 쓸데없이 고집불통이었다.

어떻게든 상대 여자의 정보가 필요했다. 하지만 지금으로서는 찾아낼 방법이 없었다. 일단은 모호한 정보를 흘리는 수밖에 없다. 그걸 보고 누군가 적당히 이름을 써주기를 기대했다.

하지만 다음 날이 되어도 그 게시물에 대한 반응은 거의 없었다.

앞뒤가 꽉 막힌 느낌이었을 때, 내 SNS 계정으로 메시지가 왔다. 수업 중이었지만 개의치 않고 읽었다.

발신자는 전혀 모르는 사람이었다.

―갑작스럽게 연락드려 죄송합니다. '미디어 de 뉴스'의 다다라이라고 합니다. 현재 Fly님의 학교에서 발생한 범죄를 주제로 취재 중입니다. Fly님께 이야기를 듣고자 연락드렸습니다. 괜찮으시면 제 계정을 팔로우해 주실 수 있을까요? 잘 부탁드립니다.

검색해 보니 주로 인터넷에 기사를 올리는 곳이었다. 텔레비전이나 신문처럼 주요 매체는 아니었지만, 드디어 기회가 왔구나 싶었다.

즉시 팔로우하고 회신하자 상대도 바로 답을 보냈다.

―상대 여성이 여럿이라는 말씀일까요?

―아직 거기까지는 모릅니다.

―동영상에 나온 사람이 누구인지 특정할 수 있나요?

―그것도 아직입니다.

교사의 이름은 묻지 않았다. 대충 아는 눈치였다. 이미 인터넷에 나이와 이니셜이 돌아다녔다. 젊은 교사가 별로 없는 학교이다 보니 조사하면 금방 알 수 있을 터였다.

내가 '아직'이라고 답한 탓인지 한참 동안 답장이 없었다.

이대로 끝낼 수는 없었다. 저쪽에서 손을 떼면 곤란하다. 이번에는 내 쪽에서 메시지를 보냈다.

―정보를 알려드리면 기사로 써 주시나요?

잠시 후에 답장이 왔다.

―내용에 따라 다르므로 지금 단계에서는 확실히 약속드리기 어렵습니다.

―정보를 어느 정도까지 드리면 기사로 써 주실 수 있나요?

―기사 작성 여부는 저희 쪽에서 내용을 취재한 뒤에 결정합니다. 원하시는 답변을 드리지 못해 죄송합니다.

그러니까 이 상태로는 기사화하지 않겠다는 소리였다. 다만 추가적인 정보가 있으면 가능성이 아예 없는 것은 아닌 듯했다.

역시 여자애 이름이 있어야 해. 어쩌면 그 이상의 정보가 필요할

지도 모른다. 다른 정보는 눈에 들어오지 않았다. 그렇다면……

결국 오쿠사와에게 따지는 수밖에 없었다.

스마트폰을 주머니에 넣는 순간 5교시 수업 종료를 알리는 종이 울렸다.

나는 쉬는 시간에 화장실에 숨어 있다가 6교시 시작종이 울리고 나서 복도로 나갔다.

목적은 오쿠사와다.

그가 왜 교내에 있는지는 모르겠지만, 학생들 앞에 당당히 나서지 못한다는 사실은 알 수 있었다.

나는 '취조실'의 문을 두드렸다.

대답이 없었다. 귀를 기울였지만, 안에서는 아무 소리도 들리지 않았다.

다시 한번 문을 두드렸다.

여전히 답이 없었다. 문을 열어보려고 했지만 잠겨 있었다.

나는 문을 부술 기세로 두드렸다.

"오쿠사와 선생님! 거기 계시죠?"

있는 힘껏 문을 두드리며 큰 소리로 불러댔다.

그러자 잠금장치를 여는 소리가 나더니 문이 움직였다.

"역시 여기에 숨어 계셨네요."

오쿠사와는 이번 사건으로 꽤나 궁지에 몰린 듯했다. 볼이 움푹 패였고, 눈 밑에는 짙은 다크서클이 내려앉아 있었다. 수면 부족은 물론 식사도 제대로 하지 못하는 눈치였다. 지금이라면 뭔가 기삿

거리가 될 만한 이야기를 캐낼 수 있을 것 같았다.

"수업 중 아니야?"

"질문이 있어서요."

"질문?"

나는 제출하겠다고 하고 던져놓았던 프린트를 오쿠사와의 눈앞에 흔들어 보였다.

"어차피 저는 수업을 안 듣잖아요. 그러니까 선생님께 물어보려고요. 아, 걱정하지 마세요. 선생님이 여기 있다는 건 아무한테도 말 안 했어요."

오쿠사와는 머리를 싸매고 한숨을 쉬더니 나를 안으로 들여보내주었다.

"그래서, 질문이 뭐니?"

"전부요."

"그쪽에 앉아."

이전처럼 의자에 앉으라고 했지만, 그 말을 따를 필요는 없었다. 내 질문은 오쿠사와의 예상과 전혀 다르기 때문이다.

"그 여자애, 누구예요?"

"……말 못 해."

"너무하지 않아요? 우린 담임까지 바뀌었는데, 제대로 된 설명도 못 들었어요. 이제는 쓸데없는 짓 하지 말아라, 입시에 영향을 끼친다, 하고 협박까지 한다고요. 우리가 뭘 잘못했는데요?"

"……너희를 힘들게 한 건 정말 미안하게 생각해."

오쿠사와는 마치 남의 일인 양 사과했다. 애초에 이 상황에 학교로 기어 나오다니, 나는 그가 뻔뻔하다고 생각했다. 면목이 없다거나 부끄럽다는 감정을 모르는 걸까?

나라면 벌써 학교를 그만두었을 것이다. 하지만 오쿠사와는 내 쪽을 똑바로 응시하고 있었다.

"그게 다예요?"

"너희들 진로가 마음에 걸려."

"누가 신경 써 달래요? 나가쓰카 쌤이 담임을 맡았잖아요."

"그렇지. 하지만 가능하면 내가 봐주고 싶었거든."

"자업자득 아니에요? 더 할 말 없어요?"

"할 말이라······. 그래, 좀 더 제대로 생각했다면 좋았을 텐데, 하고 후회하고 있어."

오쿠사와는 숨 쉬는 것을 잊어버린 사람처럼 괴로운 듯 얼굴을 일그러뜨렸다.

"애초에 학생한테 손을 대지 말았어야죠!"

"그러니까 너무 소란을 피우지 않았으면 좋겠어."

"자기가 저질러 놓고 없었던 일로 하겠다는 거예요?"

"그런 건 아니야. 하지만, 그래. 그렇지. 맞아······. 미안하다."

오쿠사와의 말은 묘하게 뒤죽박죽이었다. 그는 내가 던진 공을 받지 않았다. 오히려 공을 향해 달려들었다. 하지만 대화가 왜 어긋나는 건지, 나로서는 도무지 이유를 알 수 없었다.

힘없이 고개를 떨구고 발밑을 바라보던 오쿠사와는 간신히 고개를 들었다.

"이번 일에 대해서는 몇 번을 물어봐도 나는 아무 말도 할 수 없어. 교장 선생님이 설명해 주실 거야."

"당사자가 왜 설명을 못 해요? 혹시 교장이나 교감이 시켰어요? 쓸데없는 소리하면 재판에서 불리해진다고?"

"공부에 관한 질문이 없으면 이제 그만 수업받으러 돌아가."

"내가 언제는 수업을 들었어요? 어차피 들어도 모르는데."

"하나라도 좋으니까 외우거나 이해하려고 해봐. 공부해 두면 나중에 꼭 도움이 될 거야."

"지금 와서 선생 노릇이에요? 그 동영상, 어떻게 된 건지 설명하라고요!"

오쿠사와는 미안한 표정이었지만, 더는 사과하지도 화를 내지도 않았다. 심지어 부정조차 하지 않았다.

"계속 입 다물고 있으면 나쁜 짓 한 거 인정했다고 생각할 거예요, 나는."

"그렇겠지……."

괴로운 듯이 토해내는 오쿠사와의 말을 듣고 나는 꼴 좋다고 생각했다.

평소에는 고고한 척하더니, 막상 자기 일이 되니까 한없이 관대해졌다. 이런 내로남불이 어디 있나. 이딴 선생은 학교에 있으면 안 된다.

다만 범죄를 저지른 오쿠사와가 어째서 피해자 같은 얼굴을 하고 있는지는 이해할 수 없었다.

그 동영상에서 오쿠사와가 여학생의 가슴을 만진 건 분명한 사실이었다.

"교실로 돌아가."

우리는 서로의 얼굴을 노려보았고, 오쿠사와에게서는 물러설 기색이 보이지 않았다.

나는 방을 나와서 오쿠사와의 음란 영상을 캡처했다. 그리고 해시태그와 함께 SNS에 사진을 올렸다.

#선생실격 #도망치기만한다 #선생관둬라

새로운 게시물에도 반응이 거의 없었다. 온라인 뉴스 매체의 연락도 끊겼다.

점심시간이 되어 자리에서 스마트폰을 만지작거리며 도시락을 먹었다.

요즘은 데라이와 같이 점심 먹는 일이 없어졌다.

데라이 녀석, 아직도 크림빵을 두 개씩 먹을까?

아니, 상관없다. 그런 놈은 이제 신경 쓸 필요가 없다.

그보다 오늘은 점심시간에 지진 대피 훈련이 있다. 나가쓰카는 어떤 상황에서도 대처할 수 있도록 점심시간에 하는 거라고 했지만, 미리 알려주면 무슨 소용인가 싶었다.

어쨌든 서둘러 도시락을 먹지 않으면 훈련이 시작해 버린다. 나는 스마트폰을 주머니에 넣고 서둘러 밥을 삼켰다.

젓가락을 내려놓자마자 칠판 위의 스피커에서 불안을 부추기는 경보음이 흘러나왔다. 훈련인 걸 알아도 소름 끼치는 멜로디다.

"긴급 지진속보입니다. 강한 흔들림에 주의하십시오."

교실 안에 있던 학생들은 모두 책상 밑으로 기어들었다.

"계단에 있었다면 어떻게 해야 해?"

책상 밑에서 떠드는 여자애들도 있었다. 저렇게 여유 있는 것도 훈련이기 때문이다.

"지금 진도 7의 지진이 발생했습니다. 전교생은 운동장으로 대피해 주십시오."

스피커에서 들려온 목소리는 현대문의 가와마타 선생이었다.

책상 밑에서 기어 나온 나는 지시에 따라 운동장으로 향했다. 복도에는 선생들이 서서 우리가 대피하는 모습을 지켜보고 있었다.

운동장으로 나왔더니 이미 줄이 생기기 시작했다.

반마다 출석부 순서대로 줄을 섰다. 쉬는 시간이라 그런지 수업 중에 대피하는 것보다 더 긴 시간이 걸렸다. 다 모인 반부터 자리에 앉기 시작했다. 바닥에 앉기 싫어서 쭈그려 앉는 여자애들도 있었지만 나는 그냥 땅바닥에 앉았다.

전교생이 모두 줄을 설 때까지 15분 정도가 걸린 듯했다. 교사들이 한곳에 모여 무언가 이야기를 나누고 있었다.

잠시 후 교장이 마이크를 한 손에 쥐고 조회대에 올라섰다.

"여러분, 오늘 고생 많았습니다. 이번에 전교생이 운동장에 모일 때까지 걸린 시간은 17분 32초입니다. 평소 수업 중에 선생님의 지시에 따라 피난했을 때에는 대개 8분 40초 정도였습니다. 그러니까, 10분 가까이 늦어진 셈입니다."

교장의 이야기는 늘 길다. 도대체 무슨 할 말이 저리도 많은 걸까. 학생들은 하나같이 질색했고, 하품이 나오는 걸 억지로 삼키는 교사까지 있었다.

아무도 안 듣는데 용케 혼자 떠들어 댄다.

교장의 말을 배경 음악처럼 흘려듣고 있자니 졸음이 몰려왔다. 이윽고 정신이 몽롱해졌을 때였다.

"저기 좀 봐. ……누가 있는 거 아니야?"

나는 그 소리에 눈을 떴다.

대피 훈련을 땡땡이치고 숨어 있던 녀석이라도 있나? 그런 생각을 하는데 운동장이 술렁거리기 시작했다. 한 사람, 또 한 사람 잇달아 위를 올려다보는 모습에 나는 가슴이 서늘해졌다.

"오쿠사와 선생님!"

미야노가 옥상 쪽을 가리키며 소리쳤다.

옥상에는 한 남자가 서 있었다. 화려한 무늬의 넥타이가 유난히 눈에 띄었다.

"……말도 안 돼."

오쿠사와는 옥상 난간 바깥쪽에 서 있었다. 한 걸음만 앞으로 내디디면 바로 추락이다.

학생들이 웅성거리자 선생들도 알아차렸고, 마침내 교장도 우리를 등진 채 옥상을 올려다보았다.

여기저기서 오쿠사와를 부르는 목소리가 들렸다. 교장도 마이크로 그를 불렀다. 옥상으로 달려가는 교사도 있었다.

그래. 이걸 찍자. 그럼 그 온라인 뉴스 매체도 기사로 써 주겠지.

나는 스마트폰으로 촬영을 시작했다.

학교에서는 이제 오쿠사와의 음란행위를 모르는 애들이 없었다. 그래서 왜냐고 이유를 묻는 소리는 들리지 않았다.

그리고.

한순간이었다.

마치 학교 복도를 걷듯 한 걸음 앞으로 내디딘 오쿠사와는 지상으로 추락했다. 땅바닥에서 무언가가 내리치는 듯한 소리가 났다.

운동장에는 비명이 잇달았다.

한참을 그대로 운동장에 있던 우리는 일단 교실로 돌아갔다. 오쿠사와가 떨어진 장소는 화단과 교사들에게 가려져서 직접 볼 수 없었다. 하지만 화단으로 달려간 교사들이 '구급차 불러!', '경찰!' 하며 지르는 소리가 들렸다.

데라이가 핏기가 사라진 얼굴로 내게 말했다.

"이제 됐나?"

"무슨 소리야?"

데라이는 내 질문에 답하지 않았다.

여느 때라면 쓸데없는 수다를 떨며 걷던 복도에는 누구의 목소리도 들리지 않았다. 실내화의 고무 밑창이 복도에 끌리는 소리만 여기저기서 겹쳐 들렸다. 그때였다.

"뭐야 이게?"

나는 교실 안에서 들리는 큰 소리에 황급히 뛰어갔다.

"이것 좀 봐!"

한 남학생이 칠판을 가리키며 떨고 있었다.

내가 선생님을 죽였다.

삐뚤빼뚤한 글씨로 그렇게 쓰여 있었다.

"무슨 뜻이야?"

"어떻게 된 거야?"

"선생님이 살해당했다는…… 말이야?"

"하지만 스스로 뛰어내린 걸 우리가 봤잖아."

"그것보다, 도대체 누가 쓴 거야?"

허공을 난무하는 말소리는 남녀가 뒤섞여서 누가 누군지 알 수 없었다. 우는 사람도 있었고 멍하니 넋을 잃은 녀석도 있었다.

"하하하……."

웃기지 않았다. 하지만 내 입에서는 웃음이 터져 나왔다.

뭐가 어떻게 된 건지 도무지 알 수가 없었다.

칠판 앞에 있던 사람 중 한 명이 떨리는 목소리로 말을 꺼냈다.

"저기……, 옥상에 누가 있지 않았어?"

하스누마였다.

"무슨 소리야?"

"확실히 본 건 아니지만……. 그림자 같은 게 움직인 거 같아."

"오쿠사와 이외의 사람이 옥상에 있었다는 말이야? 만일 그랬다면 쫓아가서 말렸겠지. 하지만 그런 사람은 없었잖아. 그렇다면……."

하스누마가 칠판 쪽을 향해 돌아섰다. 칠판 옆에 있던 애들도 동시에 '내가 선생님을 죽였다'는 글자를 쳐다보았다.

그리고 여자애 한 명이 울먹이며 더듬더듬 말했다.

"누구…… 사람 목소리…… 못 들었어?"

"목소리라니, 누구?"

하스누마가 탐정이라도 된 양 여자애를 다그쳤다.

여자애는 무서웠는지 울면서 고개를 가로저었다.

"몰라, 모르지만……."

"남자 목소리였어? 아니면 여자?"

여자애는 생각해 내려고 애쓰는지 꼼짝도 하지 않고 눈물만 흘렸다. 하지만 결국 모르겠다며 고개를 저었다.

"어떻게 된 거야? 그럼 자살한 게 아니라는 소리야?"

하스누마가 외치자 다른 애들도 입을 열기 시작했다.

"그러고 보니까……."

교실 안은 순식간에 카오스에 빠졌다.

나는 스마트폰으로 칠판 사진을 찍었다.

이건 뉴스가 될 거다. 온라인 매체에 보내면 이번에는 확실히 반응하겠지.

셔터 누르는 소리를 들었는지 데라이가 험악한 표정으로 다가왔다.

"너 이 새끼, 일이 이 지경이 되었는데 아직도 그 짓거리냐?"

"난 진실을 밝히고 싶을 뿐이야. 학교는 그냥 자살로 처리할 거야. 물론 자살도 감추고 싶겠지만, 살인보다야 나으니까."

"……그럴 수도 있겠지."

"음란 영상 사건 때도 아무것도 안 했어. 교장이랑 선생들은 머릿속에 학교를 지키는 생각밖에 없다고."

하스누마를 중심으로 오쿠사와는 자살한 게 아니라는 이야기가 들려왔다.

그 모습을 바라보던 데라이의 얼굴에 분노가 가득 찼다. 어느새 그의 뺨에 눈물이 번지고 있었다.

"너, 진짜 적당히 해."

그 말을 남긴 데라이는 나에게서 멀어졌다.

혼자가 된 나는 몸에 힘이 빠져 그 자리에 주저앉았다.

마음이 놓였다.

오쿠사와가 옥상에 있는 걸 봤을 때는 큰일 났다고 생각했다.

하지만 자살이 아니라면, 내 탓이 아니다. 내가 선생을 몰아붙인 게 아닌 거다.

애초에 음란행위는 해서는 안 되는 짓이잖아.

그러니까 내 잘못이 아니다.

하지만 나는 칠판에 적힌 글자에서 눈을 뗄 수 없었다.

내가 선생님을 죽였다.

제 2 장
구로다 가논

여름방학이 끝나고 9월이 되었지만 매일 30도가 넘는 날이 이어지고 있다. 하지만 교실 안은 에어컨을 너무 세게 틀어서 추울 지경이다. 카디건을 가지고 올걸, 하고 후회하면서 가볍게 팔을 쓰다듬었다.

점심시간 후의 수업은 졸음과 사투를 벌이게 된다. 특히 현대문의 가와마타 선생님은 조곤조곤한 목소리 때문에 '자장가'라고 불리기도 한다. 나는 가와마타 선생님이 싫지는 않지만, 1교시나 2교시 수업이었으면 더 좋았을 뻔했다.

그렇지만 그런 희망이 통할 리가 없으니 나는 왼손의 엄지와 검지 사이에 있는 '합곡'이라는 혈 자리를 오른손 엄지로 꾹 눌렀다. 졸음을 쫓는 데 효과가 있다고 한다. 별로 효과가 없는 것 같지만, 뭐라도 하고 있으면 조금 정신이 든다.

후우, 하고 한 번 크게 심호흡을 하고 나서 다시 칠판을 향해 자세를 고쳐 앉았다.

　현대문 수업은 싫지 않았다. 잘하는 건 아니지만 못하지도 않아서 중학교 때부터 시험에서 늘 70점대는 받는 과목이었다. 열심히 해서 80점까지 받은 적도 있었지만, 90점은 어려웠다. 이과 과목은 얘기가 다르다. 공부하지 않으면 60점을 받을까 말까였지만, 범위에 따라서는 90점을 받기도 했다. 한마디로 나는 어떤 것을 잘하고 어떤 것을 못한다고 하기가 어려웠다.

　다만 80점과 90점은 내게 별 차이가 없었다. 성적표에는 모두 5점으로 평가되기 때문이다.

　내 공부의 기준은 이 평가 점수를 올릴 수 있느냐 아니냐가 전부였다.

　100점이든 90점이든 모두 5점이다. 물론 결석이 없고, 숙제를 제때 제출하고, 수업도 열심히 듣는다는 전제하에서. 그렇게 매일 꾸준히 공부해서 시험을 보고 목표였던 내신 점수 4.2점을 달성했다. 체육은 어릴 때부터 젬병이라 열심히 해도 3점, 때로는 2점까지 떨어졌기에 점수를 더 이상 올릴 수는 없었지만, 3학년 1학기에 결국 목표를 달성했다.

　가와마타 선생님의 수업은 개념 설명과 문제 풀이를 반복하는 스타일로, 시험에서 점수 따기에는 안성맞춤이다. 대신 재미가 없다. 수업 중에 다른 길로 새는 법도 없어서 좀 따분한 편이다. 그래도 재미보다는 시험점수가 더 중요하니까 이 수업이 싫지 않았다.

　선생님 스스로도 자신은 수업만 하면 된다고 생각하는 편이라서 나랑 꽤 잘 맞는 편이었다.

쾅, 하고 금속음이 교실 안에 울렸다.

또 저런다.

창가 맨 뒷자리에서 들려온 소리는 돌아보지 않아도 누구인지 알 수 있었다. 도베는 나흘에 한 번꼴로 금속으로 된 필통을 책상에서 떨어뜨리기 때문이다.

가와마타 선생님은 소리에 놀란 듯 몸을 움찔했지만, 이내 다시 칠판에 판서를 시작했다.

교실에 있는 모두 도베가 일부러 그런다는 걸 잘 알고 있었다. 아마 선생님도 알고 있을 것이다. 하지만 야단치지 않는다. 도베에게 시간을 빼앗기는 편이 낭비라고 생각하기 때문이다.

정말 민폐다. 도베는 늘 따분하다는 듯한 태도로 수업을 듣는다. 잘 때도 있고 스마트폰을 만지작거릴 때도 있다. 선생님한테 이르는 사람도 있는 모양인데, 난 그럴 생각이 없다. 남에게 신경 쓸 여유가 없기 때문이다.

수업을 마치는 종이 울리고 인사가 끝나자 가와마타 선생님이 나를 불렀다.

선생님은 내가 교탁으로 다가가자 접힌 원고지를 건네주었다.

"자, 받아. 이번에는 꽤 잘 썼던데?"

"세 번이나 고쳐 썼거든요."

"익숙해질 때까지는 그 방법도 괜찮아. 당일에는 시간 배분도 생각해야겠지만."

선생님에게 받은 것은 사흘 전에 제출한 소논문이다. 입시 준비를 위해 봐달라고 부탁했었다. 원고지 두 장. 글자 수로 따지면 800자를 60분 동안 써야 한다. 가와마타 선생님이 말한 대로 시험 당일에는 세 번이나 고쳐 쓸 수 없다.

그래도 처음 시작했을 때보다는 속도가 빨라졌다. 이대로라면 시험 때도 문제없을 듯하다.

"주제에 따라서 난이도가 달라질 거야. 그날의 운도 있겠지만, 처음보다 훨씬 나아졌어. 뭘 쓰고 싶은지를 잘 표현했어. 자기주장도 확실히 드러나 있고. 이대로만 하면 돼."

가와마타 선생님은 나를 칭찬해 주었지만 정작 받아 든 원고지에는 빨간색으로 표시된 교정부호가 산더미였다. 아직 한참 더 노력해야 할 모양이다.

"자, 이건 새 원고지하고 주제야. 이번에는 언제까지 제출할 수 있을까?"

"내일 괜찮으세요?"

"내일? 나야 상관없지만, 다른 숙제는 없어? 너무 서두르지 않아도 돼."

"괜찮아요. 조금이라도 더 익숙해지려고요."

"알았어. 그럼 내일 방과 후에 가지고 와."

"네!"

시간이 더 있으면 천천히 생각할 수 있지만, 내 성격상 기한을 정해놓고 밀어붙이는 편이 맞았다. 고등학교에 입학한 후로 줄곧 그런 방식으로 공부해 왔다. 지금은 소논문 작성에 자신감을 기르고 싶었다.

가와마타 선생님은 교실을 나가려다가 "아!" 하고 뭔가 생각난 듯 뒤를 돌아보았다.

"맞다. 잊어버릴 뻔했네. 내일 점심시간에 나가쓰카 선생님이 오라고 하셨어."

"나가쓰카 선생님이요?"

머릿속에 순간 기름진 얼굴을 한 통통한 할아버지의 모습이 떠올랐다. 나가쓰카 선생에 대한 학생들의 평판은 좋지 않았지만, 나에게는 비교적 친절한 느낌이었다. 친구들도 내가 그 선생의 마음에 들어서 잘해주는 거라고 했으니까, 혼자만의 착각은 아닐 것이다. 요컨대 그는 성적에 따라 대놓고 학생을 차별하는 선생이었다.

하지만 나가쓰카 선생이 날 마음에 들어 한다고 해서 나도 그를 좋아한다는 건 아니었다.

"무슨 일인데요?"

"글쎄, 나도 이유는 못 들었어. 잊지 말고 찾아가."

"네, 감사합니다."

가와마타 선생님은 그렇게 말하고는 교실을 나갔다.

임시 학년 조회가 있어서 3학년들만 체육관에 모였다. 에어컨을 켜지 않은 체육관은 찜통 같았다.

내 옆에 있던 메이는 연신 셔츠 가슴팍에 손부채질을 해댔다. 같은 반인 메이는 나와 단짝으로 학교에서는 늘 붙어 다녔다.

"아, 진짜. 에어컨 좀 틀어달라고. 왜 체육관에서 모이는 거야?"

"320명이 한꺼번에 들어갈 교실이 없으니까 그렇지."

"누가 그걸 몰라? 더우니까 그냥 말해본 거야."

바람이라도 불면 좋을 텐데, 지금은 공기도 전혀 움직이지 않았다. 조금 전까지 체육 수업이 있었는지 땀 냄새가 코를 찔렀다.

"오늘 뭐 하는지 알아?"

"아침에 오쿠사와 선생님이 입시 설명회라고 말했는데."

"이제 와서 뭘 설명하겠다는 거지?"

"나라고 알겠어?"

입시 설명회는 봄부터 몇 번이나 행해지고 있다. 학생마다 응시 방법이 다른데 3학년에, 그것도 9월이 다 되어서 전체 조회를 하는 의미를 알 수가 없었다.

한참 후 3학년 담임과 진로 지도 선생인 나가쓰카, 그리고 교장이 줄지어 체육관으로 들어왔다. 나가쓰카 선생이 또다시 입시 일정에 대한 설명을 시작했다. 벌써 몇 번이나 들은 이야기다.

날도 더운 데다 이미 아는 이야기라서 정신이 몽롱해졌다. 이럴 거면 자습시간에 할 것이지.

다행히 나가쓰카 선생의 이야기는 금방 끝났다. 이어서 교장이 마이크를 잡았다.

"조금 전에 나가쓰카 선생님께서 대학 입학 공통 시험과 국공립 대학의 2차 시험 일정을 말씀해 주셨습니다만, 저는 대학의 의뢰를 받아 학교장이 추천하는 지정교 추천*에 대해 한 가지 주의 말씀을 드리고 싶어요."

---

* 한국 수시의 학교장 추천 전형에 해당하는 입시 전형

지정교 추천이라는 말에 내 앞에 앉아 있던 메이가 나를 향해 고개를 돌렸다.

"넌 벌써 정해진 거지?"

"아직 정식으로는 아니지만, 다른 희망자가 없는 것 같으니까, 대충은?"

"좋겠다. 그래도 너는 그동안 열심히 했으니까 당연한 거지, 뭐."

소리를 낮추어 이야기했지만 나가쓰카 선생이 우리를 노려보았다. 메이는 "죽었다"라며 서둘러 자세를 바로했다.

"어떤 입시 방법이든 마찬가지겠지만 지정교 추천의 경우는 이 학교 졸업생이라는 간판을 짊어지고 진학하게 됩니다. 진학한 대학에서 여러분이 어떤 행동을 취하느냐에 따라 그 대학으로의 추천이 계속될 수 있습니다. 졸업했다고 끝이 아니라는 사실을 명심해 주길 바랍니다. 그 정도의 각오로 진로를 결정해 주세요. 여러분의 가벼운 행동 하나 때문에 후배들이 원하는 진로로 나가지 못할 가능성이 있기 때문이죠."

교장의 말은 복잡했지만 대강 알 것 같았다.

아무래도 지정교 추천으로 진학한 졸업생이 뭔가 일을 저지른 모양이었다. 학점을 제대로 못 받고 유급을 당한 걸까. 아니면 사건 사고를 일으켰는지도 모른다.

교장이 확실히 밝히지 않는 걸 보니 후자일 가능성이 있었다. 텔레비전 뉴스에 나올 만큼 큰 사건은 아닐지라도 재학 중인 학생이 문제 행동을 일으켰다면 대학은 처분에 나설 것이다.

"대학생이 되면 고등학생 때와는 다른 자유를 즐기게 됩니다. 그 자체는 문제가 없습니다만 그러다가 결국 학점을 제대로 받지 못하고 유급이 된 사례가 있었습니다. 그래서 이듬해부터 그 학교에 대한 추천 자격이 없어졌어요."

가슴이 덜컥 내려앉았다.

혹시 내가 희망하는 학교의 추천이 취소된 것일까?

그러고 보니 나가쓰카 선생이 나를 불렀다고 했다. 나가쓰카 선생은 진로 지도 담당으로 추천 입시 상담을 몇 번 한 적이 있었다.

만일 지정교 추천이 취소된다면······.

그동안의 노력이 물거품이 될지도 모른다고 생각하니 이어지는 교장의 목소리가 아득하게 느껴졌다.

점심시간이 되자 나는 곧장 나가쓰카 선생을 찾아갔다.

나가쓰카 선생은 교무실이 아니라 진로 지도실에 있었다. 그는 세 개 정도의 교사용 책상이 있는 방을 혼자 쓰고 있었다. 누구 말이었는지 잊어버렸지만, 다른 교사들이 나가쓰카 선생 곁에 오지 않아서 혼자 쓰게 되었다고 했다. 영 틀린 말은 아니라고 생각했다.

나가쓰카 선생은 자신의 방에 드나들 때 제대로 인사하라고 잔소리를 하는 편이기에 나는 진로 지도실 앞에서 크게 심호흡하고 노크를 했다.

'들어와'라는 말을 할 때까지 문을 열어서도 안 되었다. 까딱 잘못해서 열어버리면 몇 번이고 다시 이 과정을 반복해야 한다. 장난삼아 일부러 반복하는 녀석들도 있었지만, 나는 선생한테 야단맞고 싶지 않았다. 그리고 불필요한 시간 낭비를 하기 싫어서 조심하는 편이기도 했다.

"3학년 2반 구로다 가논입니다. 나가쓰카 선생님을 뵈러 왔어요. 안에 계신가요?"

방이 작아서 선생이 있는지 없는지는 문을 여는 순간 바로 알 수 있다. 그래도 이렇게 확인하는 것이 규칙이었다.

"들어와."

"안녕하세요, 선생님. 잠시 시간 괜찮으실까요?"

선생이 불러서 왔는데 왜 내가 물어봐야 하는지 모르겠지만, 이것도 규칙 중 하나였다. 여기까지 다 끝나야 비로소 이야기를 시작할 수 있었다.

"그래, 거기 의자에 앉아."

웬일로 앉으라고 하지? 평소에는 차렷 자세까지는 아니더라도 선 채로 이야기를 들었기 때문이다.

역시 지정교 추천 기회가 없어졌다는 말을 하려는 걸까?

가슴이 뛰었다.

나는 "감사합니다" 하며 의자에 앉았다.

"구로다는 도코대 문학부 사학과에 지정교 추천을 희망했지?"

지정교 추천은 먼저 교내에서 희망자를 모집한 뒤에 선발한다. 학교마다 추천할 수 있는 인원이 정해져 있기 때문이다. 교내 전형만 통과하면 대학 합격은 정해진 것이나 마찬가지였다.

"네. 혹시…… 도코대 추천이 취소되었나요?"

"응?"

나가쓰카 선생의 얼굴에 의문, 아니 당황한 기색이 떠올랐다. 평소에는 보여주지 않는 표정이었다.

아니라는 말이 없어서 더욱 불안했다.

"조회 때 교장 선생님이 지정교 추천에 대한 말씀을 하셔서요. 혹시나 해서."

"아, 그거! 아니, 교장 선생님이 말한 건 도코대가 아니야."

아니라는 소리에 일단 마음이 놓였다.

"무슨 소린가 했네. 도코대 추천 기회가 없어졌을까 봐 불안했구나. 아니야, 그건 괜찮아."

다행이다. 그 대학에 들어가려고 입학하고 지금까지 정말 열심히 공부했다.

"그런데 이번에 구로다의 추천은 보류됐어."

"네?"

나가쓰카 선생은 쓸쓸한 표정을 지었다.

"오쿠사와 선생님은 아무 말씀 없으셨는데요."

"아, 그게 학생에게는 모레부터 공지하게 되어 있거든. 근데 구로다는 지금까지 열심히 했잖아. 하루라도 빨리 다른 방법을 찾아보는 게 낫겠다 싶은 마음에 미리 알려주는 거야."

날 위하는 척하는 말투에 짜증이 났다.

"왜 제 추천이 보류되었나요? 오쿠사와 선생님이 여름방학 때는 괜찮을 거라고 하셨는데, 왜 갑자기 바뀐 거죠?"

지금까지 줄곧 목표로 삼았던 대학교다. 누구보다 열심히 했다고 자부했던 만큼, 설마 추천받을 수 없을 거라고는 꿈에도 생각지 못했다.

후우. 나카쓰카 선생은 성가시게 되었다는 표정으로 한숨을 내쉬었다.

"저보다 성적이 좋은 학생이 지원했다는 건가요?"

"그 부분부터 설명이 필요하겠네. 지정교 추천은 성적만 가지고 정하는 게 아니야. 네 성적은 분명히 좋아. 하지만 대외적으로 어필할 만한 게 없지 않니? 예를 들어 전국대회에 출전했거나 대회에서 입상을 했거나. 아니면 국제 수준의 실적을 올렸다거나."

"국제 수준이요?"

"이과로 말하면 과학 올림피아드 같은 거지."

학교 성적은 열심히 공부하면 올릴 수 있다. 하지만 운동을 잘하지 못하는 나는 스포츠는 말할 것도 없고, 미술이나 음악도 학교 수업 외에는 경험이 없다. 물론 유학 경험도 없는 데다 따로 뭔가를 배운 적도 없었다.

"영어 검정* 2급은 따 두었어요."

"그것뿐이잖아. 물론 자격증이 있으면 좋지만, 도쿄대에 지원하는 애들은 영어 2급 정도는 다 딴다는 건 알고 있지?"

분하지만 나가쓰카 선생이 말한 대로다.

스펙이 약하다는 것쯤은 나도 알고 있다. 하지만 이게 내 한계였다. 학원에 다닐 형편이 안 되는데 영어 검정 수험료가 비싸서 한 번에 합격하려고 독하게 공부했다. 애초에 이 학교도 장학생으로 다니고 있다.

* 한국의 토익과 유사한 일본의 영어 검정 능력 시험

내가 도쿄대의 지정교 추천 입시에 매달린 이유는 첫해 수업료가 면제되는 특대생 제도가 있기 때문이다. 2학년 이후에는 성적에 따라 혜택이 달라지지만, 대학에 들어간 후에도 긴장의 끈을 놓지 않고 열심히 공부할 생각이었다.

하지만 이건 그 이전의 문제다.

"그럼 지금부터 제가 뭘 하면 되죠? 영어 검정 준1급이나 한자 검정을 볼까요?"

"선발 기준은 3학년 1학기까지의 성적과 실적까지만 보게 되어 있어."

"그럼 더 일찍 알려주셨으면 좋았잖아요. 다른 거라도 준비할 수 있게요. 저 말고 추천받은 학생은 어떤 부분에서 점수를 땄는데요? 알려주세요."

"선발 과정을 공개할 수는 없어! 지금 내가 어떤 심정으로 너한테 이 이야기를 하는지 알고는 있니?"

내가 그걸 어떻게 알아?

나를 위해서 규칙까지 어기고 일찍 알려주었다, 그 말인가?

그렇다고 내가 고마워해야 할 이유는 없다.

"나는 널 생각해서 애써 알려줬는데, 소용없다는 말이군. 그렇게 자기밖에 모르는 애라면 알 수 없겠지. 유감이다. 구로다는 좀 더 넓은 시야를 가진 학생이라고 생각했는데."

이 사람한테는 무슨 말을 해도 소용이 없다.

"……죄송합니다."

나는 일단 사과했다. 하지만 절대 납득할 수 없었다.

나가쓰카 선생은 내가 사과하자 만족한 듯 고개를 끄덕였다.

"너무 풀 죽어 있을 필요는 없어. 너라면 다른 학교도 충분히 합격할 수 있잖아. 도코대가 꼭 가고 싶으면 일반 입시로 지원해도 되고."

일반 입시로는 특대생이 되기 어렵다. 그래서 지정교 추천 입시를 목표로 지금껏 노력했다.

하지만 이제 다 글렀다. 나가쓰카에게 그런 이야기를 해봐야 소용없을 것이다.

당장이라도 오쿠사와 선생님을 찾아가 확인하고 싶었다.

평소보다 일찍 도착한 이른 아침의 학교는 낯설게 느껴졌다. 체육관과 운동장에서 아침 훈련하는 운동부의 목소리가 들렸지만, 교실과 복도는 고요했다. 학생들이 뿜어내는 열기를 느낄 수 없었다.

나는 어제 나가쓰카 선생에게 지정교 추천을 받을 수 없다는 이야기를 듣고 나서 바로 오쿠사와 선생님을 찾아갔다. 하지만 그는 교무실에도 교실에도 없었다. 다른 선생님에게 물어도 모르겠다는 말뿐이었다.

"글쎄? 그러고 보니 아까부터 안 보이시네."

그래서 결국 어제는 만나지 못했다.

나가쓰카의 말은 도저히 받아들일 수 없었다. 더 분명한 이유를 알고 싶었다.

아침의 교무실은 문이 활짝 열려 있어서 오쿠사와 선생님이 없다는 걸 쉽게 알 수 있었다. 안에는 아직 두 사람밖에 없었기 때문이다.

"누구 찾아요?"

"오쿠사와 선생님이요. ……어?"

교무실 안을 들여다보느라 뒤에 사람이 있는 걸 눈치채지 못했다. 내 등 뒤에 교장이 서 있었다.

"아, 안녕하세요."

"좋은 아침. 일찍 왔네요, 구로다 학생."

교장은 아직 아침 7시 반밖에 되지 않았는데 졸음기 하나 없는 쌩쌩한 얼굴이었다. 거기다가 미소까지 띠고 있었다.

"……제 이름을 알고 계세요?"

"가급적이면 학생 여러분에 대해 기억하려고 노력하고 있어요."

수업도 안 하는 교장에게 그런 일이 가능할까? 그는 이 학교 졸업생인 오쿠사와 선생님이 고등학생일 때 교장이 되었다고 했다. 그 무렵부터 전교생의 얼굴과 이름을 기억하고 있었던 걸까?

"오쿠사와 선생님이라면 금방 오실 거예요."

"감사합니다."

교장은 어느 선생이 몇 시쯤 출근하는지 파악하고 있는 듯했다. 내가 선생이라면 좀 갑갑하겠다 싶었다.

나는 교무실을 나와 현관으로 향했다.

현관 앞에 도착하자 바로 오쿠사와 선생님이 보였다. 그는 나를 보고는 순간 뭐지? 하는 표정을 지었지만, 여느 때처럼 온화한 미소를 지으며 인사했다.

"구로다, 안녕?"

하지만 지금의 나는 평소처럼 웃는 선생의 얼굴조차 짜증 나서 인사도 하기 싫었다.

"선생님, 지금 이야기할 수 있을까요?"

내 기분이 태도로 드러났는지 오쿠사와 선생의 표정이 덩달아 심각해졌다.

"무슨 일 있어?"

"지정교 추천이요. 어제 나가쓰카 선생님한테 들었어요."

"아……."

고개를 숙이는 오쿠사와 선생을 보고 나는 역시 사실이구나, 하는 확신이 들었다.

"이유가 뭐예요? 선생님이 여름방학 때 도코대 희망자는 저뿐이라고 했잖아요. 그런데 어떻게 갑자기 지원자가 나타난 거예요?"

어제는 한숨도 못 잤다. 왜, 어째서? 혼자서는 아무리 생각해도 답을 찾을 수 없었다.

오쿠사와 선생은 난처하다는 표정으로 주변을 살폈다.

"좀 있으면 선생님들이 출근하시니까 조용히 말할 수 있는 곳으로 갈까?"

선생은 "이쪽으로" 하며 내 어깨를 밀었다.

오쿠사와 선생이 나를 데리고 간 곳은 실습실이 늘어선 건물의 3층이었다. 우리는 그중 창고 같은 방에 들어갔다. 방 안에는 실험실에 있을 법한 큰 책상과 높은 책장이 놓여 있었다. 햇빛에 바랜 교과서와 먼지를 뒤집어쓴 의자도 있었다.

"편하게 쓸 수 있는 장소가 필요해서 최근에 정리하기 시작했어.

이 방은 아무도 안 쓰거든. 아직 조금밖에 못 치웠지만."

조금 치운 게 이 정도면 전에는 어땠다는 말일까. 이른 아침이라 아직 시원했지만, 에어컨이 없어서 낮에는 도저히 못 쓸 것 같았다.

"좀 복잡한 이야기가 될 테니까."

오쿠사와는 그 말과 함께 문을 닫았다.

"거기 앉아."

누가 사용했는지 먼지가 쌓이지 않은 의자가 하나 있었다. 그곳에 앉으니 큰 책상 너머로 오쿠사와 선생의 웃기는 넥타이가 시야에 들어왔다.

하지만 지금은 웃고 싶은 기분이 아니었다.

"지정교 추천 이야기, 나가쓰카 선생님한테 들었다고 했지."

오쿠사와 선생은 갑자기 책상에 이마가 닿을 듯이 고개를 푹 숙였다.

"미안해. 사실은 아직 학생에게 전달할 수 있는 시기가 아니어서 한발 늦었어."

"이유가 뭔데요?"

"……나가쓰카 선생님은 뭐라고 하셨는데?"

"저한테는 내세울 만한 스펙이 없다고 하셨어요."

"그랬구나……."

나도 모르게 책상을 내리쳤다. 도저히 납득할 수 없었다.

"이제 와서 그렇게 말씀하시면 어떡해요? 제가 콩쿠르나 대회 실적이 없는 건 지원하기 훨씬 전부터 알고 계셨잖아요. 그걸 알면서도 추천받을 수 있다고 하신 거 아니에요?"

"맞아."

"그런데 왜 지금 와서 안 된다는 건데요?"

"그건…… 너한테는 정말 미안하지만……."

"됐고요! 애초에 다 아는 이야기를 이유로 삼을 거면 지원서를 내기 전에 알려주셨어야죠. 그랬으면 다른 방법도 생각할 수 있었잖아요."

"그렇지……. 타이밍이 좋지 않았어. 그래서 나가쓰카 선생님이 조금이라도 더 빨리 알려주셨을 거야. 정말 미안하다."

짜증이 치밀었다.

말이 제대로 통하지 않았다. 오쿠사와는 학생에게 선발 과정을 밝힐 수 없어서인지 연신 미안하다는 말만 되풀이할 뿐이었다. 그렇지만 이대로 물러설 수는 없었다.

"사과받자고 이러는 게 아니에요. 다 결정된 것처럼 말해놓고 이제 와서 왜 안 된다고 하는지 이유를 알고 싶을 뿐이라고요."

"그건…… 설명하기가 어려워. 어떻게 말하면 좋을지……."

그는 뭔가 숨기는 게 있는 듯 말끝을 흐렸다.

오쿠사와 선생은 젊고 잘생긴 데다가 친절했고, 수업도 알기 쉽게 해서 다들 좋아했다. 하지만 학생들이 오쿠사와 선생을 따르는 이유는 매력적인 외모뿐 아니라 학생들 편에 서주기 때문이었다. 그래서 나도 어제까지는 그의 입에서 나온 말은 믿을 수 있다고 생각했다.

2학년 학부모 면담에서 부모님과 내 의견이 대립했을 때 오쿠사와 선생은 내 의견을 존중해 주었다. 엄마는 학자금 대출을 받고 자격증을 딸 수 있는 학과로 진학하라고 했지만, 나는 취업과 직결되지 않아도 대학에서만큼은 내가 좋아하는 공부를 하고 싶었다. 어차피 내가 책임져야 할 빚이라면 좋아하는 걸 배우고 싶었기 때문이다.

그때 오쿠사와 선생이 학비를 면제받는 특대생 제도를 알려주었다. 나는 입학 초기부터 성적이 좋은 편이었지만 목표가 정해지면서 더욱더 공부에 매진할 수 있었다. 그랬는데…….

"나가쓰카 선생님의 말은 저보다 뛰어난 사람이 지원했다는 느낌이었어요."

오쿠사와 선생은 미간을 찌푸린 채 입을 다물고 있었다.

"추천받은 학생은 동아리 활동에서 실적이 있었나요? 아니면 특별한 시험에 합격했다든지, 그런 거예요?"

"활동 이력은 없는 것보다 있는 게 낫지. 하지만 절대로 너한테 문제가 있는 게 아니야. 성적뿐만 아니라 공부 이외의 사항도 검토 대상이 되는 거라서……."

"그러니까 그런 건 애초부터 알고 계셨던 거잖아요?"

오쿠사와 선생의 미간에 주름이 더 깊게 파였다. 아까부터 그랬다. 핵심을 건드리면 입을 닫아버린다. 이래서는 선생님을 붙잡고 이야기하는 의미가 없다.

"대체 누가 추천받은 건데요?"

"그건 말할 수 없어."

"왜요? 제가 납득할 수 있도록 설명해 주세요!"

내가 따지고 들자 오쿠사와 선생은 다시 한번 고개를 깊이 떨구었다.

"이러셔도 소용없어요! 전 이유를 설명해 달라는 것뿐……."

내가 말을 멈추자 선생이 고개를 들었다.

"구로다?"

"됐어요. 설명 같은 건 필요 없어요. 철회하시면 돼요. 지금 당장 가셔서 저를 추천한다고 말씀하시면……."

대학입시로 인생의 모든 것이 정해지지는 않는다. 하지만 어느 대학에 가느냐에 따라 인생이 풀리는 방향은 정해질 수 있다. 나는 원하는 방향으로 나가는 문이 갑자기 닫힌 듯한 느낌에 혼란스러웠다.

오쿠사와 선생은 내 시선을 피하듯 고개를 숙였다.

"알아. 납득하지 못하는 게 당연해. 앞으로의 일을 생각하려면 설명이 필요하겠지. 나에게 조금만 시간을 줄 수 있을까? 너한테 제대로 말할 수 있도록 준비해 볼게."

오쿠사와 선생은 "미안하다"라며 다시 한번 내게 고개를 숙였다.

아직 납득이 가지 않았지만, 오늘은 이만 포기하는 수밖에 없을 듯했다.

"……알겠어요."

나는 자리에서 일어섰다.

석연치 않은 마음으로 교실을 나서는데 문 앞에 같은 반인 모모세가 무서운 얼굴을 하고 서 있었다.

"너, 뭐 했어?"

"뭐?"

갑작스러운 물음에 순간 의미를 알 수 없었다.

"문까지 걸어 잠그고 준준이랑 안에서 뭐 했냐고!"

"그게……."

문은 내가 아니라 오쿠사와 선생이 잠갔다. 민감한 내용이라서 아무도 들어오지 못하게 했을 뿐이다.

하지만 모모세는 매서운 눈초리로 나를 노려보았다. 왠지 모르게 무서웠다.

"그러니까 무슨 이야기 했냐고."

"그건……."

"말 못 할 얘기야?"

당연히 추천받을 거라고 믿었던 대학교에 지원조차 하지 못하게 되었다. 나 자신도 아직 이 사실을 받아들이기 힘들었다. 이유도 모른 채 납득할 수는 없었다.

"얼른 말해. 입 다물고 있지 말고."

그때 방 안에서 쾅, 하고 뭔가가 떨어지는 소리가 났다.

모모세는 깜짝 놀라 문 쪽을 바라보더니 황급히 그 자리를 벗어났다.

오쿠사와 선생과 상담을 한 지 이틀이 지났는데도 아무 설명이 없었다. 매일 아침 조회나 수업에서 마주쳤을 때, 나는 그를 보았지만, 선생은 나를 보지 않았다. 의도적인지 아닌지는 알 수 없었다.

제대로 설명해 줄 생각은 있는 걸까? 이대로 얼렁뚱땅 넘기려는 속셈인가?

추천받지 못하면 일반 입시를 위한 공부를 시작해야 한다. 하지만 전처럼 집중할 수가 없었다. 추천 입시 과목인 소논문을 전혀 쓰지 않게 된 것도 눈에 띄는 변화였다.

시간을 때우려고 스마트폰에 손을 대는 일이 부쩍 늘었다. SNS 계정은 있지만 지금까지 거의 쓰지 않았다. 하지만 요즘 들어 나도 모르게 자꾸 들여다보게 된다. 동물 영상이나 맛있어 보이는 디저트, 친구들이 올린 글 같은 걸 보고 있으면 나름대로 재미있어서 하릴없이 시간을 보내고 있었다.

"어떻게 해야 하지⋯⋯."

스마트폰을 내려놓고 바로 공부를 시작하면 된다는 건 잘 안다.

하지만 나는 지금까지 의심하지 않고 해오던 일을 더 이상 할 수 없었다.

메이가 메시지를 보내왔다.

―가논, 이거 봐봐! 꼭 지금 바로 봐야 해!

문자로도 당황스러움이 느껴졌다. 메이는 전에도 자기네 고양이 영상을 보라고 보내준 적이 있었다. 하지만 그때는 시간이 있으면 보라는 식이었다.

"뭐지?"

시키는 대로 화면을 클릭했다.

동영상이었다. 화면은 조금 어두웠다. 사람 두 명이 있는 건 알겠는데 음성이 지워졌는지 아무 소리도 들리지 않았다.

"이게 뭐야?"

동영상은 채 20초도 되지 않았다. 그러나 다시 볼 엄두가 나지 않았다.

하지만 메이가 보냈다는 사실이 신경 쓰였다. 나만큼은 아니지만 메이 역시 스마트폰을 별로 사용하지 않는다. 요즘은 특히 공부에 집중하려고 집에서는 가능한 한 눈에 띄지 않는 곳에 둔다고 했다.

나는 메시지를 보냈다.

―어떻게 된 거야?

메이의 답장은 빨랐다.

―보고도 몰라?

―모르니까 묻지.

―잘 봐. 절대 모를 수가 없어.

―뜸 들이지 말고 말해.

메이답지 않았다. 밀당하는 타입이 아닌데, 대체 무슨 일이지?

말하고 싶지 않은 일인가? 그렇다면 동영상을 보내지 않았겠지. 이런 일은 처음이라 전혀 짐작이 가지 않았지만 기다려도 답장이 오지 않았다.

어쩔 수 없이 다시 한번 동영상을 재생했다.

"절대 모를 수가……, 응?"

제일 먼저 장소에서 감이 왔다. 낯익은 풍경이었다. 맨 앞자리 책상 옆에 걸린 가방. 언제부터 있었는지 모르는 책. 그 모든 것이 내가 매일 시간을 보내는 장소와 일치했다.

장소를 알게 되자 이번에는 방과 후 교실에서 남자와 여자가 시

시덕거리며 애정행각을 벌이는 것처럼 보였다. 내일부터 학교에 가기가 싫어졌다. 다 같이 쓰는 교실에서 부적절한 행위는 삼가면 좋겠다고 생각했다.

"징그럽게……."

내가 아직 사귀는 사람이 없어서 그런 걸까? 순정 만화 같은 연애를 동경하지만, 현실과 다르다는 것 정도는 알고 있다.

다시 보니 남자의 넥타이가 낯익었다. 가슴이 덜컥 내려앉았다. 스마트폰을 쥔 손이 떨렸다. 그때까지 나와는 상관없던 동영상이 내가 아는 사람의 영상이라는 사실을 깨달았기 때문이다.

"오쿠사와 선생님……."

나는 몇 번이고 동영상을 다시 재생했다.

이건 뭔가 잘못됐어. 그래, 같은 넥타이를 산 사람은 얼마든지 있어. 오쿠사와 선생에게 빌렸을 수도 있잖아.

나는 오쿠사와 선생이 아니라는 증거를 찾고 싶어서 1초, 또 1초, 초 단위로 동영상을 멈춰가며 확인했다.

하지만 확인하면 할수록 동영상 속 남자가 오쿠사와 선생이라는 게 분명해졌다.

남자의 손, 그리고 손가락. 그리고 순간적으로 눈에 들어온 양말까지. 모두 오쿠사와 선생의 것이었다.

"……어째서."

오쿠사와 선생이 교내에서 여학생을 상대로 음란행위를 저질렀다.

나는 메이에게 전화를 걸었다. 신호음 두 번 만에 "여보세요" 하는 목소리가 들렸다.

"너도 알아보겠지?"

"응……."

"준준이 학생을 상대로 그런 짓을 하다니, 정말 충격이야."

메이의 목소리는 밝았지만 울고 있는지 살짝 떨렸다. 모든 것이 정상이 아니었다. 밤 11시가 넘어서 메이에게 전화를 하다니, 이런 일은 지금까지 한 번도 없었다. 그런데도 전혀 이상하게 생각되지 않을 만큼 기이한 상황이었다.

"응……. 좀, 너무 실망이야."

학생들의 입장을 자기 일처럼 생각해 주는 사람이라고 생각했는데 그동안 계속 가면을 쓰고 있었던 걸까?

가뜩이나 지정교 추천 건으로 신뢰가 흔들리던 참에 이런 동영상까지 보게 되었다. 오쿠사와 선생이 지금까지 했던 말 한 마디 한 마디를 전부 믿을 수 없을 것 같았다.

"애인 사귀는 거야 누가 뭐라고 하냐고. 하지만 학교에서 학생을 상대로 이건 아니지 않아? 상대방 여자애가 누군지 모르겠지만, 어쩌면 우리랑 같은 교실에 있던 애일 수도 있잖아? 이건 진짜 말도 안 되잖아."

같은 반 애라……. 분명히 있을 수 있는 일이다. 다만 동영상만으로는 학년까지 단정할 수 없었다. 어쩌면 오쿠사와 선생이 그 애를 교실로 끌어들였는지도 모른다.

"도대체 무슨 생각인 거야?"

선생이라는 자신의 처지를 생각도 하지 못할 정도로 그 여자애한테 빠진 걸까?

"근데 그 동영상 어디서 찾았어?"

"호시나가 보내준 거야. 누구라고 했더라? ······맞아, 도베가 올렸나 봐."

호시나는 메이와 같은 중학교 출신이라서 사이가 좋았다. 반에서는 별로 눈에 띄지 않는 친구지만 차분하고 이야기하기 쉬운 남자애였다.

한편 도베에 관한 좋은 인상은 없었다. 오히려 나쁜 편이었다. 수업 태도도 불량하고, 애들 공부에 방해만 되었다. 하는 짓도 초딩 같아서 엮이기 싫은 상대였다.

"도베가 어떻게 그 동영상을 가지고 있었는데?"

"그건 모르겠어. 인터넷에 올라온 걸 다운받지 않았을까?"

"그럴지도 모르지."

대답은 그렇게 했지만, 나는 다른 생각을 하고 있었다.

인터넷에서 발견하는 건 이상하지 않지만, 교내에 있던 도베가 우연히 두 사람을 발견하고 촬영했을 가능성도 있다. 어쨌든 지금쯤 닥치는 대로 영상을 퍼뜨리고 있을 게 틀림없었다.

"내일부터 어떻게 되는 걸까?"

전화를 끊지 않았지만, 메이는 답이 없었다. 모르는 사람 이야기였다면 놀리기라도 했을 텐데 너무 가까운 존재가 얽힌 사건은 우리에게서 상상력을 빼앗아 버렸다.

다음 날 아침 교실에 들어가자마자 메이가 내 팔을 잡아끌었다.

"있잖아, 준준이 학교에 왔대. 리호가 아까 복도에서 만났다고 했어."

"어떻대?"

"평소하고 똑같더래."

"뭐라고?"

리호는 교실 앞쪽에서 다섯 명의 여자애들에게 둘러싸여 있었다. 나와 메이도 그쪽으로 합류했다.

쏟아지는 질문 공세에 리호는 흥분한 모습이었다.

"그러니까, 진짜 보통 때하고 똑같았다니까. 건물에 들어와서 바로 준준하고 눈이 마주친 거야. 대박이라고 생각했지만 나도 무슨 말을 해야 할지 모르니까 그냥 입 다물고 있었지. 그랬더니 먼저 '좋은 아침'이라고 하는 거야."

여자애들 중 한 명이 리호에게 물었다.

"표정은 어땠어? 놀라거나 수상쩍거나 그러진 않았어?"

"아냐, 내가 더 수상했을걸? 엄청 당황했으니까. 준준은 차분하다고 할까. 응, 역시 평소와 다름없었어."

말하다 보니 자신이 없어졌는지 리호의 목소리가 조금씩 작아졌다.

"다른 건?"

"다른 거? ……나도 모르지. 조회가 있다면서 서둘러 교무실로 갔으니까."

"좀 더 캐물었어야지."

"말이 쉽지. 막상 눈앞에서 마주치니까 말이 안 나왔어! 머릿속에서 말문이 턱 막히는 느낌이었다니까."

리호는 왜 자기한테 그러냐는 듯이 입술을 삐죽 내밀었다.

리호의 말이 맞다.

오쿠사와 선생에게 묻고 싶고 따지고 싶은 말이 많았지만, 정리가 되지 않았다.

교실의 다른 쪽에서는 동영상을 확산시킨 도베 주변에 애들이 모여 있었다. 도베와 자주 어울리는 데라이, 최근 무슨 일만 있으면 달려들던 하스누마, 거기다 미야노까지. 미야노는 도베를 싫어했지만, 지금은 그럴 상황이 아닌 듯했다.

"정말 준준이었을까?"

리호는 킬러 문항을 앞에 둔 수험생처럼 고민스러운 표정이었다.

"무슨 소리야?"

"생각해 봐. 오늘 아침에 준준, 진짜 평소하고 똑같았다니까……. 어쩌면 그 동영상, 다른 사람일 수도 있지 않을까 해서. 얼굴도 잘 안 보였잖아."

그때 메이가 큰 소리로 끼어들었다.

"아니야! 그 넥타이, 준준말고 맨 사람 본 적 있어?"

"없지만……. 그래도 준준에게 죄를 덮어씌운다던가 함정에 빠뜨리려고 일부러 똑같은 걸 샀을 수도 있잖아?"

"상당한 원한이 아닌 이상 그렇게까지 하겠어? 그리고 준준이 남한테 원한 살 사람도 아니잖아."

"내가 그런 걸 어떻게 알아!"

리호는 원래 오쿠사와 선생을 좋아하니까 믿고 싶지 않을지도 모른다.

그리고 리호 이상으로 오쿠사와 선생을 좋아하는 모모세는 자기 자리에서 고개를 떨군 채 움직이지 않았다. 누구보다 열심히 오쿠사와를 쫓아다니던 애라서 이번 동영상은 충격 그 자체였을 것이다.

"얘들아, 좋은 아침!"

문이 열리고 오쿠사와 선생이 모습을 드러내자 소란스러웠던 교실 안이 물을 끼얹은 듯 조용해졌다.

선생은 평소와 다를 바가 없었다. 다만 교실 분위기가 이상한 것을 느꼈는지 출석을 부른 뒤에 무슨 일이 있었는지 물었다.

그러자 동영상을 퍼뜨린 도베가 선생을 다그쳤다. 하지만 리호의 말대로 오쿠사와 선생은 진짜 아무것도 모르는 모양이었다.

연기하는 거야, 정말 모르는 거야?

흥미 혹은 정의감, 그리고 불신이 교실 안에서 어지럽게 뒤섞였다.

오쿠사와 선생의 입에서 무슨 말이 나오기도 전에 그는 교감과 나가쓰카에게 불려가 버렸다. 정작 중요한 이야기는 아무것도 듣지 못했다.

이제 어떻게 되는 걸까? 앞날에 대해 불안이 커졌다.

일이 더 커져서 언론에 알려지면 어떡하지? 학교 이름까지 알려져서 기자들이 사진 찍으러 몰려오는 건 아닐까?

대학입시는 괜찮은 걸까?

지정교 추천에 대해서도 아직 제대로 된 설명을 듣지 못했다.

누구든 좋으니 의논하고 싶었다.

지금까지 나를 담당했던 학교 선생님들의 얼굴을 떠올렸다. 소논문을 봐준 가와마타 선생님도 후보에 올랐지만, 안 될 것 같다. 학생들 문제에 자기 일처럼 나서줄 것 같지 않았다. 성가신 학생은 상대하지 않는 태도를 보면 충분히 알 수 있었다.

……기댈 사람이 없다.

잠시 후 나가쓰카가 교실로 오더니 자기가 임시 담임이라고 말했다.

물어보고 싶은 건 많았지만 엄두를 낼 수 없었다. 뭐 하나라도 질문하면 곧장 호통을 내려칠 기세라서 다들 꼼짝할 수 없었다.

다음 날 전교생을 모아놓고 교장이 동영상에 대해 설명했다.

현재 조사 중이며 자세한 상황을 알게 되면 곧장 설명할 예정이니 확실하지 않은 일은 SNS에 올리지 말고 외부인이 묻더라도 입을 다물 것을 강조했다.

당연히 학생들은 납득하지 못했다. 특히 도베는 SNS로 계속 사건을 확산시키고 있었다. 그렇지만 새로운 정보가 나오지 않은 탓에 성과는 별로 없었다. 특히 상대방 여자애가 누군지는 전혀 짐작하지 못했다.

학생들은 서서히 진정을 되찾았다.

그렇게 석연치 않은 상태로 일상을 되찾을 무렵이었다. 점심시간 교내 방송에서 내 이름이 호명되었다. 나가쓰카가 나를 급하게 진로 지도실로 부른 것이었다.

메이가 노골적으로 얼굴을 찡그리며 말했다.

"어쩌냐, 불쌍한 우리 구로다. 나가쓰카와 단둘이라니. 나는 절대 못 해. 같은 공기를 마시면 호흡곤란이 올 것 같거든."

"나도 싫거든?"

나도 가고 싶지 않았다. 하지만 갈 수밖에 없었다.

서둘러 진로 지도실로 찾아갔더니 마침 나가쓰카가 방에서 나오던 참이었다.

"왜 이렇게 늦었어? 방송을 또 할 뻔했잖아."

정말 제멋대로다. 도시락을 치우고 화장실에 다녀왔을 뿐인데. 하지만 죄송하다고 말했다.

"됐다. 바쁘니까 얼른 이야기를 끝내자."

"……지정교 추천 말씀인가요?"

"아니, 그건 이미 다른 애로 정해졌다고 했잖아. 시간 없으니까 이제 일반 입시 전형으로 지원할 학교를 정해서 이번 주 안으로 제출해."

나가쓰카는 "자, 여기" 하며 희망 진로 조사서를 건넸다. 나를 부른 건 이걸 주기 위해서였나 보다. 결국 또다시 내가 원하던 설명은 없었다.

오쿠사와 선생을 만나지 못하게 된 이상, 나는 나가쓰카에게 물을 수밖에 없었다.

"다른 애가 추천받은 이유를 알려주세요."

"지난번에 말한 게 다야. 다른 사람의 개인정보까지는 알려줄 수 없어."

"하지만 대회 성적이나 자격증이 필요했다면 왜 좀 더 빨리 알려주지 않으셨어요? 2학년 때 말해주셨으면 영어 검정을 더 상급으로 도전하거나 다른 검정을 목표로 했을 수도 있었잖아요! 지금까지 지정교 추천을 위해서 공부해 왔어요. 뭐가 부족했는지 제대로 알려주세요!"

"시끄러워! 이제 이 이야기는 끝났어. 교실로 돌아가. 5교시 시작하잖아."

끝났다니, 이대로는 도저히 납득할 수 없었다.

하지만 나가쓰카는 내 팔을 붙잡아 강제로 진로 지도실에서 끌어냈다.

"구로다, 너라면 다른 학교도 갈 수 있어. 학비를 걱정하는 건 알지만 다른 학교도 특대생 제도가 있잖아. 한 학교에만 매달리지 말라고."

"하지만 집에서 다닐 수 있고, 제가 원하는 분야에서 특대생이 될 만한 곳은 그 대학밖에……."

"특대생이 어려우면 학자금 대출도 있잖아. 어쨌든 이미 결정 난 일이야. 넌 다른 학교에 진학할 준비나 해."

학자금 대출을 받으면 갚아야 한다. 8살 많은 언니가 전문학교에 진학하기 위해 빌린 학자금을 갚느라 고생하는 걸 지켜봤다. 그래서 도저히 쉽게 생각할 수 없었다.

하지만 더 이상 무슨 말을 해도 결과가 뒤집힐 것 같지 않았다.

"무슨 저런 선생이……."

도저히 수업을 들을 만한 기분이 아니어서 그날은 결국 교실로 돌아가지 않았다.

계속 우등생이었던 덕분인지 수업을 처음 빠졌을 때는 다들 몸이 좋지 않냐고 걱정해 주었다. 나가쓰카조차 걱정했을 정도였다.

하지만 나는 그 후로도 내키지 않으면 교실을 빠져나왔다. 1교시 수업을 듣고 2교시는 빠지고 3교시에는 다시 교실로 돌아갔다. 오전일 때도 있었고 오후일 때도 있었다. 그런 식으로 매일매일을 보냈다. 메이도 걱정해 주었지만, 이유를 설명하고 당분간 모른 척해달라고 부탁했더니 알겠다고 했다. 다만 '언제까지?'라는 질문에는 답하기가 곤란했다. 나도 모르기 때문이다.

결국 나가쓰카가 나섰다. 추천이 안 되면 일반 입시에 집중하라고 내게 주의를 주었다. 아직 시간이 있다며 네가 이렇게 게으름피우는 동안에도 다른 수험생들은 노력하고 있다고 야단쳤다.

하지만 나는 그 말을 깡그리 무시했다. 가와마타 선생님에게도 소논문 첨삭은 이제 필요 없다고 했더니 순순히 알았다고 했고, 그게 끝이었다.

"일반 입시라……."

입 밖으로 나온 소리가 조금 울렸다. 도망갈 곳으로 삼은 옥상 앞의 계단참은 다른 곳보다 천장이 높아서인지 목소리가 잘 울렸.

엄마의 낡은 만화책에 나오는 등장인물이 자주 숨어들던 장소였다. 옥상으로 나가는 문은 잠겨서 나갈 수 없다. 그래서인지 이곳으로 찾아오는 사람은 없었다. 학교에서 혼자 있기에는 최적의 장소였다.

문제는 바깥의 기온과 별반 다르지 않다는 점이었다. 문 하나만

건너면 옥상이라서 냉방도 난방도 없다. 의자도 없어서 바닥에 앉아 있으면 외부의 기온이 바로 느껴졌다. 어제보다 기온이 확 내려간 탓인지 내가 반팔을 입은 탓인지 조금 쌀쌀하게 느껴졌다.

"여기는 춥지 않니? ……괜찮아?"

"네? 어, 어째서?"

학교에 없는 줄 알았던 오쿠사와 선생이 내 눈앞에 있었다. 너무 놀라 머릿속에서 하려던 말이 전부 사라져서 엉뚱한 말이 나와버렸다.

"그건 내가 묻고 싶은 말이야. 나가쓰카 선생님이 요즘 네가 자주 보건실에 간다고는 하셨는데."

오쿠사와 선생은 무슨 일이 있냐고 물으며 허리를 숙여 내 얼굴을 들여다보았다. 하지만 걱정스럽게 나를 보는 그의 얼굴이 더 초췌해서 선생이야말로 보건실에 가봐야 할 것 같았다.

선생이 걱정하는 모습에도 추천이 취소된 일을 잊지 못한 나는 참지 못하고 내뱉었다.

"걱정하는 척은……. 진짜 나쁘시네요. 제가 땡땡이치는 거 알고 여기 온 거죠?"

"아니야. 네가 몸이 안 좋다는 얘기에 걱정돼서. 마침 옥상 쪽으로 가는 걸 봤거든."

"어차피 꾀병인 거 다 아시잖아요."

"꾀병 아니잖아. 상태가 안 좋은 건 몸만이 아니니까. 그렇게 된 건 다 내 탓이고."

"맞아요. 전 이제 어떻게 하면 돼요?"

사실은 묻지 않아도 알고 있었다. 이렇게 투덜댈 시간에 일반 입시로 지원할 대학교를 찾아서 공부하면 된다.

알고 있다. 다 알지만 마음이 움직이지 않았다.

진짜 알고 싶은 건 알지 못한 채 마음이 하늘에 붕 떠서 어떻게 하면 좋을지 알 수가 없었다.

오쿠사와 선생은 나와 거리를 둔 채 바닥에 앉았다. 안 갈 생각인가 싶어서 말에 가시가 돋았다.

"이러고 계셔도 돼요?"

"안 되지. 학생 앞에 나서지 말라고 하셨으니까."

"그럼 안 보이는 곳으로 가세요."

"그래……. 네가 교실로 돌아가면 나도 갈게."

"이제 와서 새삼 선생 노릇이라도 하겠다는 거예요?"

날카로운 내 목소리가 울려 퍼졌다.

"그렇잖아요. 학생한테 손을 대다니, 교사 자격 박탈이에요!"

나는 틀린 말을 하지 않았다. 나쁜 짓을 한 사람은 오쿠사와 선생이다.

하지만 선생의 상처 입은 표정을 보니 오히려 내가 나쁜 짓을 한 것처럼 느껴졌다.

"그렇지. 하지만 교사 실격이라도 널 걱정하는 건 사실이야."

"무슨 소리예요? 교사라면 학생을 생각해서 행동해야죠. 하는 말과 행동이 전혀 딴판이잖아요."

오쿠사와도 나가쓰카도 믿을 수가 없었다. 다들 역겨울 뿐이다.

"선생님들은 다 자기 멋대로예요. 선생님들한테는 그저 여러 학생 중 한 명이겠지만, 우린 달라요. 한 사람 한 사람 진로가 다 다르다고요. 좀 더 자기 일처럼 생각해 달란 말이에요! 그렇게 어정쩡하게 굴지 말고요!"

"추천 건은…… 정말 미안해. 이렇게 사과할게."

오쿠사와 선생은 고개를 깊숙이 숙였다.

추천도 그렇지만 동영상 사건까지 벌어진 마당에 더 이상 오쿠사와 선생을 믿을 수 없었다. 지금 내게 고개를 숙이는 이 모습조차 연기로 보였다.

"말로는 얼마든지 사과할 수 있죠! 선생님은 좋겠어요. 미안하다고 하면 끝이니까요. 하지만 전 앞날을 생각해야 한다고요. 뭘 해야 좋을지는 모르겠는데, 가만히 있을 수도 없어요. 도대체 어쩌라는 거예요?"

오쿠사와 선생은 변명 같은 말은 단 한 마디도 입에 담지 않았다. 다만 무언가를 참는 듯한 괴로운 표정을 짓고 있었다.

쉬는 시간에 교실로 돌아가자 메이가 "어이, 불량소녀!" 하며 내게 다가왔다.

"내가 왜 불량소녀야?"

"지금까지 지각이나 결석을 한 번도 안 했지?"

"1학년 겨울에 한 번 빠졌어. 독감 걸려서."

"그건 결석으로 안 치지 않아?"

"그렇지."

특정 질병으로 학교에 못 나오는 건 결석이 아니라는 사실을 그

때 처음 알았다. 그러니까 메이가 말한 대로 3학년이 되어서 처음으로 '결석'이란 걸 한 셈이다.

"독감이었을 때를 빼면 한 번도 결석한 적 없는 우리 가논이 수업 땡땡이를 치다니. 사람은 안 변한다는 말도 다 거짓말인가 봐. 혹시 나의 첫 반항기, 뭐 그런 거야? 그것참, 큰일일세. 쯧쯧."

메이는 노인네 같은 말투로 고개를 끄덕이며 혀를 찼다.

"반항기 아니거든?"

"그래? 하긴, 지금은 좀 특수한 상황이지. 추천받으려고 진짜 열심히 했는데 갑자기 튀어나온 지원자 때문에 떨졌으니, 속이 편하지 않겠지."

"응……. 하지만 내가 몰랐을 수도 있어. 3학년 때 진로를 변경하는 경우는 드물지 않고. 계속 고민하다가 마감 기한이 다 돼서 지원하겠다고 말했는지도 모르지."

하지만 고민하고 있다는 의사 표시 정도는 했을 것이다. 다른 반 학생이라도 오쿠사와 선생이 전혀 파악하지 못하는 건 어려웠다. 지금 와서 생각하니 오쿠사와 선생의 '훌륭한 연기'에 감쪽같이 속았던 것 같기도 하다.

"근데 도대체 누구야? 너 대신 추천 받은 사람."

"글쎄……. 나가쓰카 말대로라면 유명한 대회에 나가거나 성과를 올렸다는 건데. 우리 학교에서 세계 대회에 나갔다는 사람 얘기는 들은 적이 없지 않아?"

"그렇지? 그럼 전국대회인가? 그런 애들은 몇 명 있었잖아."

하지만 운동 분야의 동아리 활동이 그렇게 강한 학교는 아니었다. 육상이나 수영 같은 개인 종목도 전국대회에 출전은 했지만 이렇다 할 성적을 내지 못했다.

메이는 따분한지 손끝으로 볼펜을 빙글빙글 돌렸다. 세 번에 한 번꼴로 떨어뜨렸지만 꽤 깔끔한 솜씨였다.

"그럼 영어 검정인가? 1급에 합격한 애가 있었나?"

"글쎄. 그러고 보면 검정은 합격해도 표창장을 안 주네. 맞다, 개인 활동은 전교생 조회 때 발표 안 하잖아."

학생들은 몰라도 교사들은 파악했을 수 있다.

거기까지 생각이 미치자 조금은 이해가 갔다. 나 혼자 계속 선두를 달린다고 생각했는데 다른 코스에서는 이미 골인한 애가 있었을지 모른다는 이야기다.

"준준도 좀 제대로 설명해 주면 좋잖아. 진짜 한심해."

메이가 오쿠사와 선생을 신랄하게 비판했다. 비록 아이돌을 좋아하는 것과 같은 느낌이었지만 오쿠사와 선생에게 호의를 가지고 있었기 때문이다.

"하지만 동영상에 관한 건 다른 문제니까."

교실에서 가만히 듣고 있으면 표면적으로는 진정되고 있었지만, 여전히 어디선가 누군가가 오쿠사와 선생의 이야기를 하고 있었다.

메이가 비밀이라는 듯 손가락을 입에 대고 얼굴을 가까이 들이댔다.

"상대방 여자애, 2학년이라는 소문이 있어. 그 영상이 올라오던 날, 복도에서 오쿠사와하고 이야기하는 걸 본 사람이 있대."

"누군데?"

"니라사키라고 하던데, 본인은 아니라고 부정한대. 사실이라도 당연히 아니라고 하겠지만 증거가 없으니까 알 수 없지."

"복도에서 이야기했다고 의심받으면 메이도 의심받는 거 아니냐?"

"어…… 그렇게 말하면 너도 마찬가지잖아?"

선생님에게 볼일이 있으면 복도에서 만났을 때 누구나 불러 세워서 이야기할 수 있다.

"다른 건 없어?"

"동영상에 대해서는 정보가 전혀 없어. 교묘하게 편집되어서 아무리 애써도 누군지 특정하기가 어려워. 하긴, 그러니까 복도에서 얘기만 해도 의심받는 거겠지."

메이도 그 소문을 진짜로 믿는 건 아닌 눈치였다.

"여자애는 그렇게 열심히 감춰놓고 오쿠사와 선생은 금방 들통나게 만들어 놓다니……."

"맞아. 그 넥타이를 보여주면 바로 알 수 있잖아. 선생이 학생하고 연애하다니 괘씸하다, 이런 심보로 준준에게 원한을 가진 교사가 찍었을까?"

"하지만 그랬다가는 학교 평판이 나빠지지 않을까?"

"아, 그렇지."

메이는 볼펜 돌리기를 그만두었다.

"개인적으로 원한 있는 교사의 복수 아니면 준준에게 차인 여선생이거나. 아, 남자일 가능성도……."

"어느 쪽이든 오쿠사와 선생이 잘못한 건 틀림없지만."

메이가 책상 위에 턱을 올리고 눈을 치켜뜨며 나를 바라보았다.

"그건 그렇지. 아무리 생각해도 모르는 게 너무 많아. 어쨌든 준준에 대한 처분은 학교가 알아서 내리겠지."

"그렇겠지."

"하여튼 너도 이제 슬슬 제자리로 돌아오지 않을래? 나 같은 애보다 훨씬 더 열심히 했잖아. 힘들지도 모르지만 이대로 더 가면 안 되지 않겠어?"

교사보다 친구가 해주는 말이 더 순수하게 귀에 들어온다. 메이도 자기 일로 바쁠 텐데, 마음 써줘서 고마웠다.

"나가쓰카도 이제 슬슬 화를 낼지 몰라."

"나도 그렇게 생각해."

나가쓰카는 아직까지 잔소리만 할 뿐 화를 내지는 않았다. 하지만 조만간 벼락이 떨어질 분위기였다.

"맞다! 준준이 학교에 있다는 소문 들었어?"

"뭐라고?"

"가세가 그러더라고. 하지만 보통 이럴 때는 자택 근신 아니야?"

"그렇긴 한데……."

내가 놀란 것은 오쿠사와 선생이 교내에 있다는 사실이 아니라 그걸 이미 아는 학생이 나 말고도 있다는 점이었다. 교내에 있으면서 들키지 않을 가능성은 적다. 학생들 눈에 띄지 않으려고 애써도 화장실은 가야 할 테니 언젠가는 들통이 날 수밖에 없을 것이다.

다만 오쿠사와 선생은 메이 말대로 학생 앞에 모습을 드러내지는 못하지만, 학교에 오는 것은 허용되고 있었다.

이건 좀 이상한 일이었다.

"학교는 왜 준준이 교내에 있도록 내버려두는 거지? 음란행위를 은밀히 처리할 속셈인가?"

메이가 비밀 이야기를 하듯이 목소리를 낮추며 말했다.

"그렇겠지."

"하긴, 이 사실이 밝혀져도 큰 소란이 일어나지는 않을 거야. 하지만 늦든 빠르든 소문은 퍼지겠지."

"이미 퍼지기 시작했잖아. 오쿠사와 선생이 교내 어디에 있었는지, 가세가 말했어?"

"복도에서 우연히 마주친 거라서 숨어 있는 곳까지는 모른다고 했어."

"그래……."

어디 있는지 알았다면 누구는 벌써 들이닥쳤을 것이다. 아직 그런 소동은 벌어지지 않았다.

"이제 이런 건 더 생각하지 말아야 하는데. 너도 나도 이럴 때가 아니잖아."

"맞아. 너도 이제 고민할 시간이 없으니까 잘 생각해."

"알았어. 이제 슬슬 앞일을 생각해야지."

그날 이후 나는 땡땡이 치는 일을 그만두고 제자리로 돌아왔다. 수업도 참석했다. 앞날을 생각하자, 앞날만 생각하자, 하며 나 자신을 타일렀다.

이제 내가 대학에 진학할 수 있는 길은 일반 입시뿐이었으므로 그쪽으로 준비를 시작했다. 내가 원하는 조건의 대학은 아직 찾지 못했지만, 공부는 해두어야 했다.

하지만 머리로는 이해했어도 전처럼 열심히 할 마음은 들지 않았다.

오쿠사와 선생의 음란 동영상에 대해서는 여전히 큰 진전이 없었다.

도베와 일부 애들은 여전히 동영상을 퍼뜨리는데 열을 올렸지만 그다지 효과는 없는 모양이었다. 학생들 대부분 신경은 쓰이지만, 본인에게 불똥이 튀는 게 싫고, 소란을 피운다고 한들 득 될 일이 없다고 생각하며 아무도 나서지 않았다.

물론 진상이 밝혀지지 않았기 때문에 불씨가 완전히 꺼지지도 않았다. 어디서 흘러나왔는지 수상한 소문도 돌았다.

오쿠사와 선생이 대학생 때 전철에서 치한 짓을 했다는 이야기였다.

소문의 진원지는 알 수 없었다.

'학생을 상대로 파렴치한 짓을 하는 교사니까 분명 옛날부터 더러운 범죄를 저질렀을 거야.'

어쩌면 이런 식의 대화가 입에서 입으로 전해지다가 진실처럼 굳어졌을 수도 있다.

그 이야기를 들은 메이는 적나라하게 혐오감을 드러내며 흥분했다.

"옛날에만 그랬을까? 지금도 그러고 다니는 거 아냐?"

그 외에도 여학생 치마 속을 몰래 촬영했다거나 학생을 껴안고 있는 걸 봤다는 소문도 있었다.

하나같이 소문일 뿐이었다. 확인하려고 해도 다 옛날 일이라서 증거를 찾는 건 불가능했다.

이젠 뭐가 진실이고 뭐가 거짓인지 알 수 없었다.

신경 쓰지 말자고 다짐했지만, 나는 매일같이 SNS를 들여다보고 있었다.

3교시 수업은 나가쓰카의 영어였다. 오랫동안 모범생이었던 습관이 남아 있던 탓인지 수업에 참여하면 노트 정리를 하고, 질문에 대답도 했다. 멍 때리고 있다가 종종 물건을 잃어버리기는 했지만, 변화는 그 정도였다. 완전히 마음을 다잡지는 못했어도 남들 하는 대로만 하면 아무도 뭐라고 하지 못한다는 사실을 깨달았다.

"고미나토, 잠깐 와봐."

수업이 끝날 때 같은 반의 고미나토가 나가쓰카에게 불려 갔다. 고미나토는 성격이 쿨하다고 해야 할까. 에너지가 별로 없는 것 같았지만, 문제를 일으키는 타입은 아니었다. 적어도 선생이 부를 만한 일을 하는 사람은 아니었다. 그런 애를 나가쓰카가 부른 것이 신경 쓰였다. 주스를 사러 가는 김에 복도에서 이야기하는 두 사람 옆을 지나가면서 귀를 쫑긋 세웠다.

"도쿄대 추천 말인데……."

찰나였다. 정말 순간이었지만 그 단어가 귀에 꽂혀서 발을 멈추었다.

"소논문 경향을 알기 쉬운 대학이니까 가와마타 선생님한테 지도받아."

"알겠습니다. 면접 연습은요?"

"그건 내가 할 거야. 시간이 별로 없으니까 소논문에 집중해."

"네. 조금만 일찍 알았다면 준비할 시간이 더 있었을 텐데요."

"투덜거릴 시간 있으면 어서 쓰기나 해."

어떻게든 앞을 향해 나아가려고 힘껏 당겨왔던 실이 뚝 하고 끊어졌다. 동시에 가까스로 억눌렀던 감정의 뚜껑이 튕겨 나갔다.

나는 두 사람 사이로 달려들었다.

"이게 다 무슨 소리예요?"

나가쓰카는 벌레를 떨쳐내듯 손을 내저었다.

"저리 가라."

"싫어요! 도코대 추천은 제가 받기로 한 거였잖아요! 저 대신 고미나토가 받은 건가요?"

"원래 너로 결정된 적 없어! 대학 쪽 마감은 이제 시작이고 시험도 지금부터야."

그건 나도 알고 있었다. 추천 입시는 먼저 교내 선발을 거쳐야 했다.

"말이 나왔으니 말인데, 넌 마치 합격이라도 된 양 떠들지만 네가 합격한다는 보장은 없어."

"그럼 고미나토는 확실히 합격할 거라는 말씀이에요?"

나는 고미나토를 향해 몸을 돌렸다.

"야, 네가 말해 봐. 너 대회나 콩쿠르에서 우승했니? 아님 영어 검정 1급이라도 땄어?"

"구로다! 고미나토 괴롭히지 마!"

"선생님!"

"학교가 합격 가능성이 더 높은 학생을 추천하는 건 당연하잖아. 성적만 가지고 착각하지 마."

"저는 떨어질 거란 소리예요?"

"그걸 내가 어떻게 알겠니? 내가 말 할 수 있는 건 하나뿐이야. 학교는 더 좋은 학생이 있으면 당연히 그쪽을 추천해. 더 이상 교사에게 반항적인 태도로 나오면 각오해야 할 거다."

"각오라니요?"

"계속 이러면 정학이야!"

마음속 깊은 곳에서 차가운 무언가가 흘러내렸다.

나는 내가 왜 안 되는지 그 이유조차 알 수 없다는 말인가.

나가쓰카에게는 말해 봐야 소용없다. 그렇게 생각하자 떠오른 건 한 사람뿐이었다.

이번에야말로 제대로 이야기를 들어야 한다. 이렇게 답답한 마음으로는 앞으로 한 발짝도 나아갈 수 없다.

분명 거기 있을 거야. 나는 그곳을 향해 달렸다.

4교시 시작종이 울리자 나는 문에 두 번 노크했다. 오쿠사와 선생이 있을 거라고 생각한 방의 문이었다.

하지만 안에서는 아무 반응이 없었다.

다시 한번 세게 노크했지만 역시 소리가 나지 않았다.

여기가 아닌가. 하지만 달리 생각나는 곳이 없었다.

더 세게 문을 두드렸다.

"선생님, 안에 계시죠?"

여기에 온다고 무슨 수가 있을까?

동영상 건으로 선생에 대한 믿음은 점점 더 흔들렸다. 하지만 혹시 오쿠사와 선생에게 피치 못할 사정이라도 있는 게 아닐까 하는 생각도 있었다. 그가 지금까지 교내에 있다는 사실도 그렇게 생각하는 이유였다.

"선생님, 부탁이에요. 선생님!"

문이 부서져라 계속 두드렸다.

마침내 안에서 소리가 들리며 문이 열렸다.

생각한 대로 오쿠사와 선생은 이 방에 있었다.

"수업 시간 아니야?"

"왜 고미나토가 추천받은 건가요?"

오쿠사와 선생의 눈이 순간 휘둥그레졌다. 그는 아무 말없이 내 손을 세게 잡아당기더니 방 안으로 끌어당겼다. 그러고는 문을 닫고 서둘러 잠갔다.

'치한 짓을 하다가 붙잡혔대.'

그 소문이 떠올랐다. 게다가 여학생과 음란행위를 하던 교사다. 방 안에 둘만 놓인 상황에 덜컥 겁이 났다.

오쿠사와 선생은 내 얼굴을 들여다보면서 시선을 맞추었다.

"손은 괜찮아? 잡아당겨서 미안하다."

내 걱정을 하면서 말하는 오쿠사와 선생은 전보다 한층 더 초췌

했고 안색도 나빴다. 눈 밑에는 짙은 다크서클이 생겼고 볼도 움푹 파였다. 이렇게 변해버린 이유가 반성인지 후회인지 아니면 또 다른 무언가에 의한 건지는 알 수 없었다.

"고미나토가 도쿄대 추천을 받았다고 나가쓰카 선생님과 이야기하는 걸 들었어요."

"그래……. 알아버렸구나."

당연하게도 오쿠사와 선생은 알고 있었다. 알고 있으면서 입을 다물었다.

오쿠사와 선생은 고미나토의 담임이기도 했다. 그러니까 그 애를 보호하는 건 당연하다. 그렇지만 배신감이 들었다. 나한테 추천받을 수 있다고 해놓고, 고미나토에게도 같은 소리를 했던 걸까? 그렇게 생각하니 당장이라도 돌아버릴 것 같았다.

"이유가 뭔데요? 왜 고미나토가 선택받은 거예요? 걔가……."

고미나토를 무시하는 소리 같아서 선뜻 말하기가 어려웠다. 하지만 묻지 않을 수 없었다.

"고미나토가 저보다 성적이 좋았어요? 동아리도 안 하는 애가 어떻게 대회에 나가서 상을 타요? 전국대회나 세계 대회에서 입상하면 표창을 받잖아요. 걔가 받는 건 한 번도 본 적이 없어요! 학교 밖에서 활동했다는 이야기도 못 들었고요. 뭐, 엄청 어려운 자격증이라도 땄나요?"

고미나토의 성적은 모른다. 특별히 눈에 띄지는 않았지만, 나쁘다는 이야기도 못 들었으니 추천받는 게 이상하지 않을 수도 있다. 하지만 내 성적이 훨씬 좋을 거라는 믿음이 나를 밀어붙였다.

"전 뭘 더 열심히 해야 했는데요? 다른 자격이요? 아니면 성적을 더 올렸어야 했나요?"

"아니야, 넌 충분히 열심히 했어. 다만 선발 과정은 밝힐 수 없어. 그게 규칙이니까."

"그렇게 말씀하시면 제가 어떻게 납득할 수 있겠어요? 제가 왜 떨어졌는지 이유를 설명하시라고요!"

오쿠사와 선생은 내게서 얼굴을 돌리고는 다시 한번 같은 소리를 했다.

"넌 충분히 열심히 했어."

"대충 넘어갈 생각 마세요."

"진심이야."

"그럼 왜 제가 떨어져야 하는데요! 제가 뭐가 부족한지, 고미나토가 더 나은 게 뭔지 알려주세요. 그렇지 않으면 선생님 말 따위는 하나도 믿을 수 없어요!"

그 말과 동시에 선생의 얼굴에서 표정이 사라졌다. 마치 감정의 스위치를 모두 꺼버린 듯했다. 이윽고 선생이 천천히 입을 열었다.

"미안……."

그때 치마 주머니에 넣어 둔 스마트폰이 부르르 떨렸다. 조용한 실내에 진동음이 울려 퍼졌다.

"학교에서는 스마트폰 금지야. 전원을 꺼놔야지."

오쿠사와 선생의 얼굴에 감정이 돌아왔다. 희미하게 쓴웃음을 짓고 있었다.

우리 사이에 끼어든 그 소리가 단숨에 그를 현실 세계로 되돌려놓았다.

"압수한다?"

"……죄송해요. 하지만."

"그래, 못 본 걸로 해줄게."

다 없었던 일로 하자. 네가 스마트폰의 전원을 끄지 않은 것도, 내가 이유를 설명하려고 했던 것도 다 없었던 일로 하자. 내게 그렇게 말하는 것처럼 느껴졌다.

스마트폰은 빼앗겨도 상관없다. 반성문을 쓰면 나중에 돌려받을 수 있다.

하지만 시간을 되돌릴 수는 없다. 이미 조금 전의 오쿠사와 선생으로 돌아가고 말았다.

"시간을 되돌리고 싶어요."

그랬다면 스마트폰 전원을 꺼두었을 텐데.

"아무리 후회해도 시간을 되돌릴 수는 없어."

오쿠사와 선생은 서글픈 표정으로 말했다.

음란행위를 하기 전으로 돌아가고 싶다는 말일까? 그건 잠시 마가 껴서 저지른 행동이었을까? 아니면 늘 그런 욕구를 품고 있었던 걸까.

어느 쪽이든 역겨웠다. 하지만 어느 쪽도 오쿠사와 선생의 이미지와 맞지 않았다.

"선생님, 진짜 여학생한테 손댔어요?"

오쿠사와 선생은 조금 놀란 듯 눈을 크게 떴다.

"네가 그런 식으로 물어볼 줄은 몰랐어."

"그럼 어떤 식으로 물어야 하죠?"

"그건 그래, 그렇지. 맞아."

"맞다니······. 인정하는 건가요?"

"아무래도 상관없어."

오쿠사와 선생은 체념한 듯한 태도로 말했다. 어딘가 평소답지 않았다.

언제나 진심으로 학생과 마주하던 선생님이 자신을 함부로 다루리라고는 생각할 수 없었다.

"그럼 선생님은 범죄자가 되는 거잖아요."

"응, 그래도 괜찮아."

온화했지만 등줄기가 오싹해질 정도로 차가운 말투였다. 뭐라고 설명할 수 없는 위화감이 느껴졌다.

동영상은 실제로 존재했고, 분명 오쿠사와 선생이 찍혀 있었다. 하지만 우리가 본 것이 진실이 아니라는 느낌이 들었다.

오쿠사와 선생은 후우, 하고 어깨를 들썩이며 큰 숨을 내쉬었다. 평소처럼 온화한 모습으로 돌아왔다.

"구로다, 교실로 돌아가. 보건실에서 조금 쉬었더니 나아졌다고 하면 돼. 내가 보건실 선생님께 연락해 둘게."

"하지만······."

오쿠사와 선생은 나를 문까지 밀어냈다. 힘껏 저항했지만, 그는 끄떡도 하지 않았다.

"걱정하지 마. 너한테 맞는 대학은 꼭 있을 거니까. 이런 곳에 있지 말고 가서 열심히 공부해."

"아무 말이나 대충하지 마세요."

"대충하는 소리가 아니야. 구로다, 넌 목표를 향해서 노력할 수 있는 사람이야."

문이 열렸다. 그리고 나는 가볍게 밀쳐지듯 떠밀려 방에서 쫓겨났다.

닫힌 문을 열려고 했지만, 잠겨서 꿈쩍도 하지 않았다.

지금은 포기할 수밖에 없었다.

나는 치마 주머니에서 스마트폰을 꺼내 들었다.

조금 전의 진동은 수험 사이트의 알림이었다.

이런 건 등록하지 않는 게 나을 뻔했다. 하지만 시간을 되돌릴 수는 없었다.

결국 아무것도 알아내지 못했다. 추천 선발 기준도 동영상도 마찬가지였다.

"나중에 다시 오자……."

"긴급 지진속보입니다. 강한 흔들림에 주의하십시오."

도시락을 다 먹은 직후에 바로 대피 훈련 안내방송이 시작되었다.

책상 밑에서 메이가 싱긋 웃었다.

"넌 대피 훈련이 재미있어?"

"수업 안 해도 되니까 좋지."

"……그러네."

대피 훈련이 끝난 운동장에서는 교장의 긴 훈화가 시작되었다. 나는 땅바닥에 떨어진 돌을 손가락 끝으로 쿡쿡 찌르면서 한 귀로 흘러들었다.

한참 있다가 운동장이 웅성거리기 시작했다. 말로는 표현할 수 없는 목소리가 울려 퍼졌다.

뭐지?

"저기 좀 봐. ……누가 있는 거 아니야?"

나는 그 목소리에 이끌려 고개를 들었고, 주위에 앉아 있던 애들이 다 같이 위를 보고 있다는 사실을 깨달았다.

"응?"

나도 모르게 소리가 새어 나왔다.

옥상 난간 바깥에 사람의 형상이 보였기 때문이다.

"뭐야, 말도 안 돼."

"이거 실화냐?"

"대박!"

웅성거림이 시끄러울 정도로 퍼져 나갔다. 여기저기에서 비명도 들렸다.

운동장에서 옥상까지는 거리가 꽤 있었고, 햇빛에 눈이 부셔서 얼굴을 볼 수 없었다. 하지만 이 학교 학생이라면 큰 키에 작은 얼굴, 균형 잡힌 몸매의 그 형체가 낯설 리 없었다.

옥상 난간의 바깥에 서 있다는 사실이 최악의 사태를 상상하게 했다.

선생님, 부탁이에요. 제발 거기 계세요.

어떻게든 막아야 한다고 생각했지만, 몸이 움직이지 않았다. 그만두라는 말조차 나오지 않았다.

그저 옥상을 바라보며 '선생님, 제발, 제발요!' 하고 기도할 뿐이었다.

오쿠사와 선생님은 정면을 바라보고 있었다. 그 시선 끝에 무엇이 있는지 모르겠지만, 우리 쪽을 보지는 않았다.

내 탓이야?

내가 선생님을 믿지 못하겠다고 해서?

나중에 잘못했다고 말할 테니까, 어서 내려가요! 필사적으로 그렇게 빌었다.

하지만 내 소망은 닿지 않았다.

오쿠사와 선생님은 허공으로 발을 내디뎠다.

모든 것이 슬로우 모션으로 보였다.

한순간이었다.

선생님의 몸은 고꾸라져 허공을 날았다.

이내 쿵, 하고 엄청나게 큰 소리가 났다.

머릿속이 새하얘졌다. 아무것도 생각할 수 없었다.

다만 기묘하게도 한 가지는 확실히 알 수 있었다.

'이젠 선생님한테 잘못했다고 말씀드릴 수 없겠구나.'

선생들이 허둥대는 동안 학생들은 교실로 돌아가도록 지시가 내려졌다.

오쿠사와 선생님과 이야기한 사람은 분명 내가 마지막이었다.

그 생각이 떠오르자 내가 선생님의 등을 떠민 것처럼 느껴졌다. 숨쉬기가 어려웠다. 온몸의 떨림이 멈추지 않았다.

교실이 가까워지자 안에서 시끌벅적한 소리가 들렸다. 먼저 들어간 남자애들의 목소리가 겹쳐서 들렸다.

"이게 뭐야?"

"역시 자살이 아니었어. 그건 자살로 꾸민 거야. 살인이라고!"

칠판 앞에 몰려 있는 사람들이 무슨 말을 하는 건지 알 수가 없었다.

나는 소리 높여 우는 아이와 훌쩍거리는 애들을 밀치고 칠판 앞에 섰다.

내가 선생님을 죽였다.

칠판에는 그렇게 적혀 있었다.

대피 훈련으로 교실을 나가기 전까지 이런 글자는 없었다. 도대체 언제, 누가 썼을까?

"너 이 새끼, 일이 이 지경이 되었는데 아직도 그 짓거리냐?"

내 바로 뒤에서 데라이가 소리쳤다. 데라이는 도베에게 달려들었고 칠판 앞에 있던 애들이 그를 에워쌌다.

도베의 손에는 스마트폰이 들려 있었다. 그러고 보니 셔터 소리가 들린 것 같았다. 도베가 칠판 사진을 찍은 모양이다.

게다가 하스누마를 중심으로 옥상에 누군가 있던 것 아니냐는 이야기가 나오면서 교실 안의 분위기는 최악으로 치달았다.

선생님들은 아직 운동장에 있는지 교실에 오지 않았다. 교내 안내 방송도 여전히 없었다.

나는 자리로 돌아가 앉았다.

이제 끝이다. 시간은 되돌리지 못한다. 내가 뱉은 말도 주워 담을 수 없다.

지쳤다. 더 이상 아무것도 생각하고 싶지 않았다.

"……응?"

의자 등받이에 기대 보니 책상 안에 무언가가 들어 있었다.

대학교 안내 책자였다. 나는 이런 걸 넣은 기억이 없는데. 아침, 아니 점심때까지도 분명히 없었다.

"……선생님?"

그 외에 달리 짐작 가는 곳은 없었다.

'이제 선생님 말은 하나도 못 믿겠어요!'

이 한마디가 오쿠사와 선생님의 등을 밀었는지도 모른다.

칠판을 바라보며 그런 생각을 하는데 맨 앞자리에서 으아아, 하고 세차게 우는 소리가 들렸다. 모모세였다.

교실 안에 있던 대부분의 여자애들이 울고 있었지만, 모모세는 한층 더 격렬하게 울부짖었다. 책상에 엎드린 채로 목이 찢어져라 오열하고 있었다.

모모세는 내가 선생님과 이야기했다고 덤벼들 정도로 그를 좋아했다.

그런데 그렇게 좋아했던 선생님이 자신의 눈앞에서…….

되풀이되는 울음소리가 내 가슴을 후벼팠다.

"내가……, 내가……."

모모세는 울면서 뭔가를 말하고 있었다. 그 곁으로 단짝 친구인

아야노가 다가갔다. 아야노의 얼굴에도 눈물이 번져 있었다.

"울지 마, 모모세."

아야노는 친구의 등을 쓰다듬으며 위로했다.

"다들 이상한 소리를 해대니까 그동안 힘들었던 거야."

하지만 모모세는 아야노의 손을 뿌리쳤다.

꽈당, 하고 의자가 쓰러지는 소리에 교실 안이 순간 조용해졌다. 그리고…….

"내가 선생님을 죽였어!"

그렇다. 모모세는 그렇게 외쳤다.

제3장
모모세 나오

입학식 날 처음 준준을 봤을 때, 멋있다기보다는 귀엽다고 생각했다. 까치집 머리에 은근히 눈에 띄는 알록달록한 양말, 별난 무늬의 넥타이까지 모두 귀여웠다.

준준은 얼굴이 작고 키가 커서 스타일이 좋았다. 큼직한 눈에 가지런한 콧대, 날렵한 턱선까지. 배우를 해도 될 만큼 매력적인 얼굴이었다. 물론 준준을 좋아하는 이유가 그뿐이었다면 얼굴을 밝힌다고 할지 모른다. 하지만 외모는 어디까지나 준준을 구성하는 일부이지 전부는 아니었다.

준준의 가장 큰 매력은 나를 바라봐 준다는 점이다.

내가 입학했을 때 준준은 담임이 아니었다. 담당 과목인 영어도 다른 선생에게 배워서 준준과는 이야기할 기회가 전혀 없었다. 전교생이 천 명이나 되기 때문에 준준이 우리를 다 기억할 리도 없었다. 그 무렵에는 그저 잘생긴 선생이라서 좋아하는 정도였다. 그래도 가까워지고 싶고, 이야기해 보고 싶어서 기회를 엿보고 있었다.

나는 아침마다 교직원 전용 현관 근처를 서성거렸다. 처음에는 내가 가는 시간이 늦었던 건지 준준과 만나지 못했다. 매일 아침 신발장에 들어 있는 준준의 가죽 구두를 확인하고 하루를 시작했다. 조금씩 등교 시간을 앞당기던 어느 날, 마침내 현관에서 출근하는 준준과 마주칠 수 있었다. 그냥 만나기만 한 게 아니었다. 내가 '안녕하세요' 하고 인사했더니 준준도 '안녕하세요' 하며 대답해 주었다. 학생에게도 정중한 말투를 사용하는 공손한 태도에 호감도가 급상승했다.

기쁜 마음에 다음 날도 일찍 학교에 갔다. 이번에는 준준이 먼저 '안녕하세요' 하고 말을 걸어주었다. 반과 이름도 물었다. 나는 너무 기뻐서 그다음 날도 마찬가지로 일찍 가서 똑같이 인사했다. 그랬더니 이번에는 '어서 와요, 모모세 학생' 하며 이름까지 불러 주었다.

준준이 날 기억해 줬다.

이제는 직진뿐이었다. 복도나 교무실에서 마주칠 때, 축제나 조회에서 만날 때마다 '오쿠사와 선생님!' 하고 달려갔다. 너무 들이댔던지 '선생님 주변을 심하게 알짱거린다'며 3학년 여학생들에게 미운털이 박혔지만 그런 건 내 알 바가 아니었다.

준준은 연예인과 달리 손을 뻗으면 닿을 곳에 있었다.

하지만 교사와 학생이라는 관계는 견고했다. 손을 뻗으면 닿는 수 있지만, 나와 준준의 거리는 변함이 없었다.

"졸업하면 좀 더 가까워질 수 있을까?"

막연한 기대를 품었지만 2학년 때 같은 반이 된 아야노는 그런 나를 비웃었다.

"대학에 가면 준준은 금방 잊어버릴걸?"

"절대 안 그래!"

내가 반박하자 아야노가 놀리듯 다시 말했다.

"네네, 그러시겠죠."

하지만 전혀 그렇게 생각하지 않는 눈치였다.

"안 믿는 거지? 난 진심이거든? 진짜 준준을 좋아한다고!"

2학년 때 드디어 준준이 담임이 되었다. 그때부터 내 마음이 서서히 움직이기 시작했다. 잠깐씩 이야기하는 것으로는 만족할 수 없었다. 더 오래 이야기하고 싶었고, 나에 대해서 더 많이 신경 써주면 좋겠다고 생각했다.

결정적인 계기는 준준과 진로를 상담했을 때였는지도 모른다.

나는 장래에 화장품 회사에 취직할 생각이었다. 연구개발 쪽이 하고 싶었지만, 이과 과목의 성적이 나빠서 일찍감치 포기했다. 대신 화장품과 관련이 있다면 어떤 직종이든 좋았다.

"그럼 화장품 판매하는 일도 괜찮아?"

준준이 물었다.

"물론이죠! 그렇지만 화장품과 관련된 일은 그것 말고도 있을 거예요. 그러니까 아직 확실히 정하지는 않았어요. 이것저것 알아보다가 대학에서 취업 준비할 때 정하려고요."

"그렇구나. 좋네. 그 정도로 유연하게 생각할 수 있다니, 정말 대단해. 화장품에 대한 넘치는 애정이 느껴져. 모모세가 바라는 대로 되면 정말 좋겠다."

 준준은 내가 한 말에 무조건 칭찬해 주었다. 화장품은 잘 모른다며 가르쳐 달라는 말도 했다.

 "선생님, 메이크업에 관심 있으세요? 요즘은 남성용 화장품도 팔아요."

 편견이라기보다 남자 교사가 화장을 한다면 옛날 사람, 특히 나가쓰카 같은 사람들은 난리를 칠 수도 있다. 아직은 받아들이지 못하는 사람들이 더 많을 것이다.

 "잘 모르지만 네가 화장품 이야기를 할 때마다 눈이 반짝반짝하니까 궁금하기는 해."

 "아아······."

 쑥스러웠다. 준준이 나를 봐주고 있다. 그 생각만으로도 가슴이 뛰었다.

 "다른 학생들하고 비슷한 상담을 하려면 뭘 좀 알아야 대답할 수 있잖아. 지금 알아둬야지. 아니면 화장품에 대해서 배울 기회는 거의 없으니까."

 "아아······."

 이번에는 실망했다. 뭐야, 나한테 관심 있는 게 아니었어. 하지만 어쩔 수 없다. 나는 학생이고 그는 선생님이다.

 그때까지만 해도 별명이 없어서 그냥 오쿠사와 선생님이라고 불렀다.

 교사의 별명은 애들끼리 멋대로 지어서 부르다가 서서히 퍼지는 법이다. 하지만 '준준'이라는 별명은 좀처럼 유행하지 않았다. 이유는 분명했다. 별명이 한두 개가 아니었기 때문이었다. 3학년 여자애들은 '오쿠사와치', 남자애들은 '오쿠', 1학년 여자애들 중 극히 일부에서는 '마이너스 5퍼센트'라는 본명보다 더 긴 별명으로 불렀다. 왜 '마이너스 5퍼센트'인가 하면 그 별난 넥타이 취향만 빼면 완벽하기 때문이라고 한다. 넥타이 탓에 5퍼센트는 빼야 한다는 논리였다. 작명 센스는 제법이었지만 나한테는 그 넥타이 취향까지 포함해서 100퍼센트였다.

게다가 준준은 의외로 허당이라 수업 때 교과서를 빼먹고 빈손으로 오는 일도 있었다. 그러니 1학년 여자애들 기준에서 봤을 때 과연 마이너스가 5퍼센트만 될지는 판단하기 어려웠다.

하지만 준준은 자신이 실수를 하면 바로 사과했다. 그런 부분은 다른 선생들과 달랐고, '선생님'답지 않았다. 하지만 교사와 학생 사이의 선은 확실히 지켰다.

그것이 준준의 매력이었지만 서글프기도 했다.

문제는 준준이 영어 선생님이라는 점이었다. 나는 영어를 정말 못했다. 평생 외국에 나갈 일도 없었으니 영어 공부는 하고 싶지 않았다. 하지만 화장품 회사는 해외 사업이 많다는 사실을 알고 피할 수 없다는 걸 깨달았다.

장래의 꿈을 포기할 것인가. 아니면 영어 콤플렉스를 극복할 것인가.

아마 준준을 만나기 전이었다면 꿈을 포기했을지도 모른다.

그 정도밖에 안 되는 꿈이었냐고 하겠지만, 나는 그 정도로 영어가 싫었다. 그리고 꿈은 다른 길에서도 이룰 수 있다고 생각했다.

하지만 준준은 영어 선생님이다. 그리고 나는 준준과 가까워지고 싶다. 게다가 영어 콤플렉스를 극복하면 꿈을 포기하지 않아도 된다.

이렇게 단순한 생각을 하는 애가 어떻게 이 학교에 들어왔는지 궁금하겠지만, 나는 중학교 때까지는 영어 빼고 나름 우등생이었다. 원래 이과 쪽 성적이 더 좋았는데 고등학교에 입학하고 성적이 떨어져서 문과에 지원할 수밖에 없었다. 물론 영어도 문과 과목이지만 계열에 상관없이 대부분의 대학에서 필수였기 때문에 어쩔 수 없는 선택이었다.

준준의 유일한 결점은 별난 넥타이 취향과 그 사실을 깨닫지 못한다는 점이었다. 사복 센스도 넥타이 취향 못지않을 것 같지만, 체육대회를 제외하면 늘 양복 차림이라서 평소 준준이 어떤 옷을 입는지 알 수 없었다. 물론 사복이 이상해도 상관없었다. 그것도 준준의 매력이다.

내 이야기를 들은 아야노는 아픈 손가락인 자식을 바라보는 엄마와 같은 눈빛으로 나를 바라보며 말했다.

"사랑은 진짜 무서운 거구나……."

"뭐래. 난 준준이 어떤 모습이든 좋아해!"

학생과 교사라는 벽은 학생의 입장을 최대한 이용해서 극복하려고 했다.

영어는 싫었지만 준준을 생각하면 참을 수 있었다.

"선생님, 아까 수업 시간에 하신 설명 다시 한번 해주세요!"

나는 매일같이 점심시간에 준준을 향해 돌격했다. 아무리 집중해도 수업은 이해할 수 없었다. 하지만 준준은 싫은 기색 하나 없이 매번 정성스럽게 가르쳐주었다. 점심시간이 어려울 때는 방과 후에 오라고 했다. 방과 후에도 일정이 있으면 아침 시간도 좋다고 말해주었다. 그리고 내가 이해할 때까지 함께 공부해 주었다. 기초적인 내용을 이해하기 위해 따로 과제도 내주었다. 물론 그 과제는 받은 다음 날 바로 제출했다.

그렇게 집에서도 학교에서도 계속 영어 공부를 한 덕분에 2학년 기말고사 때는 반에서 1등을 할 수 있었다.

그러자 반 애들 중 몇몇이 너무 나만 봐준다며 불평했다. 그러자 준준은 서슴없이 말했다.

"모두 질문이 있으면 언제든지 와."

그건 안 되지. 다른 사람까지 오면 둘만의 시간이 없어지잖아.

불길한 예감은 빗나가는 법이 없다. 준준이 그렇게 말하자 질문자가 줄을 섰다. 하지만 그 시간은 생각만큼 오래가지 않았다. 남이 잘되니까 불평을 했지만, 막상 본인이 해보니 귀찮았던 모양이다. 하나둘 빠지더니 결국 방과 후에는 모두 곧장 귀가하게 되었다.

물론 시험 기간에는 질문하는 애들이 많았다. 그러자 준준은 방과 후 보강 수업을 열었다. 희망자만 받았지만 반 애들 중 절반 이상이 참가했다. 그러다가 다른 반 학생들까지 와서 준준의 일만 늘어나게 되었다.

나는 준준과 가까워지고 싶어서 영어 공부를 열심히 했을 뿐이다. 준준을 힘들게 할 생각은 조금도 없었다.

"선생님, 동아리 활동도 있는데 괜찮으신 거예요?"

"응, 시험 전에는 동아리 활동이 금지되니까, 괜찮아."

"다른 일도 있잖아요. 시험 문제도 만들어야 하고, 그리고……."

선생님들이 바쁜 건 알았지만 우리가 안 보는 곳에서 구체적으로 어떤 일을 하는지는 잘 몰랐다.

"괜찮아. 문제는 집에서도 만들 수 있고, 시간은 만들기 나름이니까."

준준은 '신경 쓰지 마' 하며 나를 향해 웃어 보였다.

얄미운 사람이다. 저 표정도 어디까지나 학생을 대하는 태도라는 사실을 알고 있다. 하지만 그토록 반짝이는 미소로 나를 바라보면 어쩌란 말인가!

나가쓰카처럼 찌푸린 얼굴로 화내면서 말했다면 당연히 눈을 감았을 것이다.

학창 시절에도 인기가 많았으려나? 여자친구는 있을까? 없다고 했지만, 학생에게 사실대로 말하는 선생은 없지 않은가.

준준에 대해서라면 뭐든지 알고 싶었다. 하지만 그는 공부 이외의 질문에는 좀처럼 답해주지 않았다.

알고 있다. 나는 그저 학생 중 하나일 뿐이다.

"선생님, 정말 바쁠 때는 말씀하세요. 저는 선생님께 폐 끼치고 싶지 않아요."

"그런 소리 하지 마. 네 성적이 올라서 얼마나 기쁜데. 요즘은 수업도 재미있게 듣잖아."

"아……."

처음의 나는 보나 마나 맛이 간 동태눈을 하고 있었을 거다. 하지만 지금은 영어 공부가 재미있다. 다른 과목은 공부하는 시간이 줄어서 성적이 떨어졌지만, 그래도 전체 평균은 올랐다.

하지만 세상은 호사다마, 새옹지마다.

3학년이 되자 내 영어 성적은 늘 반에서 1등을 유지했고 학년에서도 상위에 올랐다. 이쯤 되니 질문거리도 없어졌고 준준 역시 '모모세는 이제 특별수업이 필요 없겠네'라고 할 정도였다. 물론 나는 아직 모르는 게 많다며 부정했다. 하지만 준준은 어디까지나 성실한 교사일 뿐이었다.

"모르는 건 가르쳐줄게. 하지만 이제는 수업 중에 질문하는 편이 다른 애들한테도 도움이 될 거야. 모모세가 이해할 수 없다면 다른 애들도 모른다는 얘기니까."

그 말을 듣고 내가 지나쳤다는 사실을 깨달았다. 너무 열심히 공부한 탓에 준준과 함께할 수 있는 시간을 스스로 빼앗은 꼴이었다.

"물론 입시와 관련된 질문은 받겠지만, 너라면 혼자서도 할 수 있지 않니?"

차마 못 한다고 할 수 없었다. 왜냐하면 준준이 나를 열심히 가르친 결과였기 때문이다.

"네……"

기어들어 가는 목소리로 대답하자 준준은 잘 됐다며 웃었다.

"아, 맞다. 이왕이면 로버트 선생님께도 말해보면 어떨까?"

"네?"

"문법은 그렇다 치고 회화는 역시 원어민 선생님하고 연습하는 편이 실력이 빨리 늘 거야."

"아, 네……."

로버트 선생님은 일주일에 두 번 학교에 오는 영어회화 선생님이다. 준준은 방과 후에 영어를 좋아하는 학생들이 모여서 회화 연습을 하고 있다고 말했다.

하지만 내가 하고 싶은 건 그런 게 아니다. 영어 성적이 올라서 좋긴 하지만 나는 준준이 더 좋다. 성적이 올라도 내 마음이 변하는 일은 없었다.

영어 성적이 떨어지면 다시 따로 봐줄지도 모른다는 생각도 들었다. 하지만 준준을 실망시키고 싶지 않아서 공부를 계속했다.

공부와 상관없는 일이라면 준준의 태도는 철저했다. 밸런타인데이에도 억지로 캐물은 생일날에도 내 선물을 받아주지 않았다. 하늘이 무너져도 '학생한테 선물을 받을 수 없다'는 원칙을 고수했다. 시험에서 100점을 맞아도, 눈물의 호소 작전에도 소용이 없었다.

한 번은 편지를 써서 '선물 아니에요!'라며 강제로 쥐여주었더니 그다음에는 '선물과 편지는 받지 않는다'고 해서 오히려 금지 항목만 늘어났다.

그래서 결국 직접 말하기로 결심했다. 처음에는 에둘러 말해보았다.

"선생님하고 같이 '밖에' 나가고 싶어요."

내가 너무 모호하게 말한 건지 아니면 모르는 척을 하는 건지 모르겠지만 대답은 실망스러웠다.

"이번에 수학여행 가잖아."

실제로 2주 뒤에 수학여행을 앞두고 있었다.

다음에는 조금 더 알아듣기 쉽게 말해보았다.

"제 생일에 선생님 '만' 축하해주면 좋겠어요!"

선생님 '만'이라고 못 박지 않으면 초딩처럼 반 애들이랑 다 같이 생일 파티를 하자고 할 사람이었다. 그랬더니 이번에는 영문을 모르겠다는 듯 '부모님도 축하해주고 싶지 않겠어?'라고 말했다.

이대로는 안 된다. 나는 결심했다.

"선생님, 좋아해요."

돌직구를 날렸다. 아무것도 감추지 않았다.

하지만 대답은 마찬가지였다.

"고마워. 나도 모모세 학생 좋아해."

생각해 보면 준준은 다른 애들한테도 끊임없이 고백을 받았다. 농담 반 진담 반인 아이들도 있겠지만 몇몇은 나처럼 진심이었을 것이다. 그러므로 고백에 너무 익숙해졌을 가능성도 있었다.

준준은 전혀 동요하지 않고 마치 아침 인사를 듣는 것처럼 모든 고백을 한 귀로 흘렸다. 장소가 바뀌어도 마찬가지였다. 교실 안에서도 다른 교사가 있는 곳에서도 달라지지 않았다.

준준은 모든 학생에게 똑같이 대답했다.

"다들 (학생으로서) 좋아해."

입 밖에 내지 않은 '학생으로서'라는 말이 귀에 들릴 정도로 그 점은 분명했다.

싫어하지 않는 것만 해도 다행이라는 말이 위안이 되지 못할 정도로 내 마음은 커졌다.

만약 같은 학생이라면 시원하게 차이고 끝낼 수 있다. 하지만 준준을 상대로는 그마저도 불가능했다.

학생과 교사. 시간이 아무리 흘러도 이 관계가 바뀌는 일은 없을 것이다. 하지만 포기할 수 없었다.

어떻게든 하고 싶었다. 내가 수많은 고민 끝에 내린 결론은 졸업한 뒤에 고백하자는 것이었다.

여름방학의 기운이 거의 사라진 교실은 단숨에 입시 모드로 돌입했다. 나도 1월에 있을 대입 시험을 위해 열심히 공부했다.

다들 입시 공부에 매진하는 분위기였지만 겉도는 애도 있었다. 도베였다. 도베는 일부러 수업을 방해하거나 스마트폰을 만지작거리며 시간을 보냈다.

그 탓에 준준이 뒤에서 애를 많이 썼다. 방과 후에 질문하러 갔을 때 우연히 현대문의 가와마타 선생님과 나누는 이야기를 들었다.

"도베는 제가 어떻게든 설득해 볼 테니 당분간 그냥 지켜봐 주시겠어요?"

가와마타 선생님은 납득하지 못했지만, 열심히 부탁하는 준준의 열의에 눌려서 알겠다고 말했다.

그렇게라도 준준의 관심을 받는 도베가 부러웠다. 물론 준준을 힘들게 하고 싶지는 않았으므로 도베를 따라 할 생각은 없었다.

준준에게는 정공법이 최선이다. 어젯밤에는 상위 대학용 문제집에서 모르는 문제를 찾아냈다. 아야노에게 말하면 '완벽한 스토커'라며 비웃겠지만, 공부와 관련된 일이니 준준과 일대일로 이야기할 수 있었다.

하지만 요즘 준준은 너무 바빴다. 확실한 기회를 노린다면 아침 시간뿐이었다. 나는 등교 시간보다 50분이나 일찍 학교에 도착했다.

준준이 출근하는지 살피면서 교직원용 현관에서 기다릴 심산이었다.

그런데 나보다 더 빨리 온 사람이 있었다. 같은 반의 구로다였다. 싫지는 않지만 친하지도 않아서 별로 이야기해 본 적이 없었다. 구로다는 명실상부한 우등생으로 거의 모든 과목에서 상위를 차지했다. 한마디로 노력을 아끼지 않는 학생이었다. 체육은 잘 못한다고 하면서도 늘 전력을 다해 참여했다. 한 번은 오래달리기를 할 때 쓰러질 뻔해서 대충해도 된다고 말해주기도 했다. 그러자 원래 못하기 때문에 조금이라도 방심하면 성적이 떨어져서 싫다고 했다. 불순한 동기로 영어 과목만 파고 있는 나와는 너무 달랐다.

구로다가 어쩐 일이지?

전에도 준준에게 질문하는 걸 본 적이 있지만 대부분 시험 직전이었다. 중간고사는 아직 멀었고, 아야노에게 추천 입시를 노린다는 이야기를 들었다. 이 시기에, 게다가 이런 시간에 왜……. 잠깐, 공부 질문이 아닌 거야?

심상치 않은 분위기가 느껴졌다.

얼마 후 준준이 출근했다. 구로다와 인사하는 듯했는데 거리가 멀어서 무슨 말인지 하나도 들리지 않았다. 그렇다고 더 가까이 가면 몰래 엿듣는 사실을 들켜버린다.

준준이 두리번거리며 주변을 살폈다.

다른 사람이 들으면 안 되는 이야기인가?

구로다는 화난 것 같기도 했고 우는 것 같기도 했다. 구로다의 그런 표정은 본 적이 없었다.

준준이 곤란한 듯한 표정을 지었다. 그러더니 돌연 구로다의 어깨를 감싸듯 자기 쪽으로 끌어당겼다.

한순간이었다. 두 사람 사이는 닿을락 말락할 정도로 가까워졌다. 나한테는 한 번도 허락한 적 없는 거리였다. 다른 학생을 상대할 때도 본 적이 없던 행동이었다.

두 사람은 이내 어딘가로 걸어갔다. 준준을 뒤따라가는 구로다는 고개를 약간 떨군 채 터덜터덜 불안한 발걸음이었다.

두 사람이 신경 쓰인 나는 그 뒤를 쫓았다.

교직원용 현관에서 한참 떨어진 건물 3층에 도착했다. 실습실이 늘어선 그곳에서 준준은 작은 방의 문을 열고 안으로 들어가더니 곧장 문을 닫았다. 이어서 찰칵하고 문을 잠그는 소리가 들렸다.

뭐지?

준준은 나에게 영어를 가르쳐줄 때 늘 말했다.

"문은 조금 열어둘게. 그편이 안심되지?"

내가 불안할 게 뭐가 있어. 오히려 문을 꼭 닫아줬으면 했다. 하지만 그런 행동이 그의 자기방어라는 사실은 다른 애들과 이야기하다가 알게 되었다. 보는 사람이 있거나 상대가 남학생이면 그렇게까지 신경 쓰지 않는 듯했다.

그런 준준이 문을 잠갔다.

당황한 나는 문으로 다가가 귀를 세웠지만 대화 내용은 들리지 않았다. 드문드문 구로다의 목소리가 들렸지만 알아들을 수 없었다.

사람들이 안 보는 데서 둘이 무슨 짓을 하는 거야?

잠깐……. 기억을 더듬어보니 구로다는 여름방학 전에 준준과 몇 번이나 이야기를 나누었다. 그때는 그저 입시 상담인 줄 알았다. 하지만 아까 본 두 사람의 모습은 지금까지와는 전혀 다른 분위기였다.

적어도 평소의 준준이라면 절대 하지 않을 행동이었다. 머릿속에서 별별 생각이 다 떠올랐다.

'그때도 그런 의미였어? 지난번에도 그랬던 거야?'

한참을 문 근처에서 귀를 기울였지만, 안에서 하는 이야기는 들리지 않았다. 잠시 후 계단 쪽에서 발소리가 들리는 바람에 어쩔 수 없이 그 자리를 떠나야 했다.

"저 두 사람, 혹시 사귀는 거……."

아무도 특별 취급하지 않았던 준준이 구로다에게는 이례적인 태도를 보였다. 남들이 들으면 곤란한 이야기를 하는 것이 틀림없었다.

그리고 구로다의 절박한 표정도 신경 쓰였다.

집에서 공부하다가 모르는 게 있었나?

하지만 구로다가 이렇게 일찍 학교에 온 건 처음 봤다. 질문은 대체로 점심시간에 했었다.

그럼 입시에 관한 이야기인가?

그러나 애들 말에 따르면 구로다는 이미 추천받기로 결정이 난 모양이었다. 게다가 우등생인 구로다가 지금 와서 허둥댈 이유가 없지 않은가.

물음표가 생길 때마다 하나씩 지워봤지만 끝내 답을 찾을 수 없었다.

확실히 아는 건 내 마음뿐이었다. 만약 준준이 다른 애와 사귄다면? 견딜 수 없다. 아무도 선택하지 않았으면 좋겠다.

아니, 그게 아니다.

나 말고 다른 사람을 선택하지 않았으면 좋겠다.

나만 바라봐주면 좋겠다.

준준이 지금 구로다와 단둘이 있다는 생각만으로도 심장이 타들어 갔다.

나는 다시 그 방으로 돌아갔다.

왜 준준과 단둘이 있는 걸까? 방 안에서 무슨 이야기를 했는지 구로다에게 직접 물어볼 작정이었다.

구로다를 다그쳤지만 준준에게 들킬 뻔해서 결국 제대로 답을 듣지 못했다. 구로다도 뭔가 말 못 할 사정이 있어 보였다.

준준이 구로다에게 입단속을 했다면 상황이 맞아떨어진다. 교사와 사귀게 되면 당연히 아무한테도 말하지 못하겠지.

준준에게 직접 물어보려고 기회를 엿보았지만, 그는 늘 바빠 보였고 좀처럼 시간을 내줄 수 없는 상황이었다.

골똘히 생각에 잠겨 있는데 아야노가 놀리듯 물었다.

"'오늘의 준준'은 안 하시나요?"

'오늘의 준준'이란 점심을 먹으면서 내가 그날의 준준에 대해 설

멍하는 시간이다. 매일 들어줘야 하는 신세인 아야노는 준준 팬클럽 중 한 사람이긴 했지만, 조금 냉정한 편이었다. 하지만 이날은 멍하니 있는 내 기운을 북돋아 주고 싶었나 보다. 아야노의 다정함에 응답하지 않을 수 없었다.

"머리를 잘랐더라고, 준준. 어느 미용실에 다니는 걸까?"

"니가 모르는 걸 내가 어떻게 알겠니?"

아야노는 탐정이라도 되지 않는 한 무리라고 하며 웃었다.

"더 길렀으면 곱슬머리가 뻗쳤을 거야."

"맞아, 그것도 나름대로 귀엽긴 하지만. 그냥 놔두면 곱슬이 심해지나 봐. 비 오는 날이면 머리끝이 엄청나게 뻗치잖아."

준준은 곱슬기가 심하지는 않았지만, 비가 오면 티가 났다. 머리가 뻗치는 게 본인도 신경 쓰였는지 수업 중에도 머리를 만지작거렸다. 분필 묻은 손으로 만지는 바람에 머리가 희끗희끗해지는 일도 잦았다.

그런 허당기도 귀엽다고 했더니 아야노는 고개를 절레절레 흔들었다.

"오쿠사와한테 공부 봐달라고 한 적 없거든? 정말 귀찮다고."

갑자기 귀에 꽂히는 날카로운 목소리에 신경이 곤두섰다. 준준이 공부를 봐준다고?

아야노와 서로 얼굴을 마주하고 있던 나는 곧장 자리에서 일어났고, 아야노와 도베를 둘러쌌다.

"준준이 공부를 봐주다니, 무슨 소리야?"

이쪽은 부러워 죽을 지경인데 녀석은 분에 넘치는 소리를 하고 앉아 있다.

"나도 요즘에는 따로 봐준 적이 거의 없는데?"

"넌 영어 성적이 좋으니까 당연한 거 아니야? 봐줄 것도 없잖아."

아야노가 눈치 없이 쓸데없는 소리를 했다.

"나도 전에는 성적이 나빴어! 열심히 해서 오른 거라고."

도베는 귀찮다는 듯 불만 있으면 오쿠사와한테 직접 말하라고 했다.

의욕도 없는 저런 애를 뭐 하러 상대해 주는 거야? 아무리 봐도 준준이 도베를 억지로 공부시키고 있는 게 틀림없다.

준준은 늘 바빠서 요즘은 계속 피곤한 얼굴이었다.

그래서 나도 시키는 대로 얌전히 지내려고 애쓰고 있었다.

그런데 수업 방해꾼인 도베 같은 애를 위해 준준의 시간을 쓰다니 어처구니가 없었다.

준준을 걱정하면서도 속으로는 부러움을 감출 수 없었다.

도베도 도베다. 싫으면 안 가면 그만이다. 그럼 준준을 귀찮게 할 일도 없다.

입시를 앞둔 3학년 담임을 맡은 탓인지 준준은 작년보다 한층 더 바빠 보였다. 요즘은 교무실에 가도 항상 자리에 없어서 찾아다니느라 힘들 지경이었다.

얼른 졸업해서 학생 신분을 벗어나면 좋겠다고 생각했다. 하지만 졸업 때까지 기다릴 수 없게 되었다. 내가 이러고 있는 동안에도 준준은 다른 학생들을 상대하고 있기 때문이다. 구로다와의 일도 신경 쓰였다.

참다못한 나는 준준에게 오늘은 꼭 시간을 내달라며 사정했다. 그를 곤란하게 만들고 싶지 않은데 어쩌면 그를 가장 힘들게 하는 사람은 나일지도 모르겠다. 하지만 더 이상은 견딜 수 없었다.

준준은 여느 때처럼 친절하게 말해주었다.

"좀 늦어지겠지만, 회의가 끝난 후에는 괜찮아."

교직원 회의가 끝난 후라면 시간이 한참 빈다.

때마침 아야노가 학원 갈 때까지 같이 있어 달라고 해서 역 앞 패스트푸드점에 갔다. 딱히 배가 고프지는 않았지만, 도넛과 주스를 주문했다. 이렇게 또 입버릇처럼 '다이어트 해야 되는데'라고 생각하면서 도넛을 삼켰다.

역에서 아야노와 헤어진 후 다시 학교로 돌아왔다. 아야노에게는 말하지 않았다. 이제부터 내가 하려는 일을 차마 알릴 수 없었기 때문이었다.

오후 5시를 넘은 탓인지 교실에는 아무도 없었다.

한참을 기다리자 탁탁 뛰는 발소리가 가까워졌다. 준준이 숨을 헐떡이며 교실 문을 열고 뛰어 들어왔다.

"미안. 예정보다 회의가 길어졌어."

하아, 하아, 가쁜 숨을 몰아쉬는 준준의 어깨가 들썩였다.

복도를 전력 질주하는 모습을 다른 선생님이 보면 뭐라고 하지 않을까?

준준은 여느 때처럼 교실 문을 조금 열어놓고 내가 앉아 있는 창가 맨 앞자리로 다가왔다. 의자만 따로 가지고 와서 학생용 책상을 사이에 둔 우리는 서로를 마주 보았다.

벌써 1년도 넘게 반복되는 익숙한 거리다.

이보다 더 가까워지는 건 내게 허락되지 않았다.

"저야말로 죄송해요. 선생님께 꼭 물어보고 싶은 게 있어서요."

"모모세가 모르는 거면 수준이 꽤 높겠는데?"

풀 수 있을지 모르겠네, 하고 준준이 중얼거렸다.

"요즘 들어 네가 문제를 들고 오면 좀 긴장돼. 못 풀면 어쩌나 싶어서."

"선생님이신데요?"

"교사도 모르는 게 있지. 혹시 제대로 설명하지 못하게 되면 집에 가져가도 될까? 풀어보고 나중에 가르쳐줄게."

"아직 문제도 안 보고 벌써 엄살 피우시는 거예요?"

나는 오랜만에 나누는 잡담이 기뻐서 준준을 놀렸다.

하지만 내 뺨은 굳어 있었다. 제대로 웃을 자신이 없었다.

"그래서 어떤 문제야?"

나는 가방에서 문제집을 꺼냈지만, 책상 위에 올려놓은 채 펼치지 않았다.

"왜 그래?"

질문이 있다고 불러놓고 꼼짝하지 않는 나를 보고 준준은 적잖이 당황한 모양이었다. 당연하다. 나는 지금껏 준준이 싫어하는 일은 절대 하지 않았으니까.

물론 되바라지거나 엉뚱한 짓도 했고 대놓고 좋아한다고 말한 적도 있었다. 하지만 준준을 곤란하게 하거나 그의 신변을 위협하는 일은 하지 않도록 늘 조심했다.

"모모세?"

하지만 준준 스스로 자신을 위협한다면⋯⋯. 다른 애의 손을 잡는다면, 나도 더 이상 참을 생각이 없었다.

적어도 다른 곳이라면⋯⋯. 차라리 학교 밖에서 어른인 여자를 만났다면 괜찮았을지 모른다.

제멋대로라는 사실은 나도 안다. 하지만 내 인내심은 한계를 넘었다.

"선생님, 구로다와 무슨 일이 있었나요?"

"뭐?"

"속일 생각 마세요. 이 질문은 집에 가져가지 않아도 선생님은 이미 답을 알고 계실 테니까요."

"⋯⋯무슨 소리야?"

"저, 다 알아요. 구로다하고 선생님 사이에 특별한 일이 있다는 거요."

당황하던 준준의 얼굴이 갑자기 남극에 떨어진 것처럼 얼어붙었다. 숨기고 싶은 사실을 들켜서인지 당황한 표정을 숨기지 못했다. 순간이었지만 나는 느낄 수 있었다.

나는 준준의 얼어붙은 표정을 녹이려고 뜨거운 시선을 보냈다. 하지만 그 열기가 전해지기 전에 준준은 나한테서 눈길을 돌렸다.

"공부 질문이 아니면 그만 가자. 늦게까지 남아 있게 해서 미안하다."

준준이 자리에서 일어났다. 나는 당황해서 멀어져 가는 그의 팔을 잡았다.

"잠깐만요, 가지 마세요!"

이 팔을 놓으면 두 번 다시 잡을 수 없을 것 같았다. 좋아하는 사람이 나를 좋아해 주지 않을 수 있다. 머리로는 다 안다. 하지만 마음이 따라가지 못했다. 구로다도, 도베도 마찬가지다.

이성과 감정의 싸움에서 감정이 압도적으로 승리했다.

"선생님."

나는 준준의 팔을 잡아 바닥에 주저앉히고 끌어안았다.

"그만해!"

준준이 팔에 힘을 주며 저항했다. 하지만 나는 준준의 품에서 떨어지기 전에 그의 귀에 속삭였다.

"저, 다 알아요. 구로다하고 무슨 일이 있었는지."

"뭐?"

준준의 팔에서 힘이 빠졌다.

분명히 두 사람 사이에는 비밀이 있다. 그 생각을 하니 분해서 더 세게 준준을 끌어안았다.

"지난번에 3층 교실에서 구로다랑 둘이서 이야기했죠?"

준준은 대답하지 않았다. 침묵은 긍정이다.

"그때 밖에 있던 사람, 저예요."

내가 구로다에게 따질 때 방 안에서 소리가 났었다. 밖에 누가 있는 걸 알았을 수도 있다. 하지만 그게 나인지는 몰랐을 것이다.

"남들이 알면 안 되는 게 있는 거죠?"

교사와 학생의 연애는 있을 수 없다. 하지만 이미 저질렀다면 상대가 누구든 무슨 상관인가? 구로다가 괜찮다면 나라고 안 될 이유가 없다.

나 말고 다른 사람은 선택하지 않기를 바라면서, 모순된 이야기라는 건 알고 있다. 하지만 준준이 나 아닌 누군가의 것이 되는 건 참을 수 없다. 그래서 멈출 수 없었다.

"선생님, 좋아해요."

준준은 휘청대다가 내 몸을 강하게 밀었다. 순간적으로 그의 손이 내 가슴에 닿았다.

"어? 아, 미안!"

준준은 재빨리 손을 치웠다. 물론 혐오감 따위는 들지 않았다. 손이 닿아서 좋았다기보다 준준에게 더 특별한 존재가 된 것 같아서 기뻤다.

준준은 다시 한번 미안하다고 말하며 나한테서 떨어졌다. 하지만 바로 교실을 나가지는 않았다. 꼿꼿이 선 채로 나를 내려다보았다.

"이런 짓을 하면 안 돼."

"……죄송해요."

내가 제일 두려운 것은 준준에게 미움받는 일이다.

"하지만 선생님……. 저는 학생으로만 대하시면서 구로다한테는……."

"구로다도 내 학생이야. ……입시 때문에 상담한 것뿐이야."

"거짓말……."

구로다의 태도를 떠올리면 믿을 수 없었다. 무엇보다 준준이 이상했다. 구체적으로 무엇인지는 알 수는 없었지만, 오랫동안 그를 지켜본 나는 느낄 수 있었다.

"정말이야. 네게 의심받을 만한 일은 없었어……. 그러니까 이런 짓은 이제 그만해. 알았지?"

준준은 언제든 상냥하다. 이렇게 된 마당에도 화내거나 큰소리로 야단치지 않았다.

하지만 늘 한결같다. 나를 대하는 태도는 변하지 않는다. 아마 내가 졸업해도 바뀌지 않을 것이다.

나는 준준을 좋아한다. 그러므로 그가 하지 말라고 하면 고개를 끄덕일 수밖에 없었다.

아야노가 보낸 동영상을 봤을 때는 바로 알아차리지 못했다. 하지만 두 번째 봤을 때 깨달았다.

영상에 찍힌 사람이 나와 준준이라는 사실을.

동영상에는 내가 준준을 껴안고 넘어지는 장면이 찍혀 있었고, 분량은 20초가 되지 않았다.

나는 영상이 교묘하게 짜깁기되었다는 사실을 알 수 있었다. 하지만 언뜻 보기에는 남자가 여자애의 가슴에 손을 대는 것처럼 보였다. 아니, 그렇게 편집되어 있었다.

"어째서……?"

왜 이 영상이 인터넷에 올라왔지? 누가 촬영한 거야?

무슨 상황인지 도무지 알 수 없었다. 아야노는 같은 반 여자애한테 동영상을 받았다고 했다. 메시지에 영상의 출처는 적혀 있지 않았다.

나는 바로 아야노에게 연락하려고 했다. 하지만 또다시 도착한 메시지를 보고는 손가락을 멈추었다.

―너 이 여자애 누군지 알아?

영상 속 여자가 누구인지는 생각할 필요가 없었다. 당연히 나였으니까. 하지만 얼굴이 흐릿하게 편집되었고 화면도 컴컴해서 누군지 알아볼 수 없었다.

이걸 보고 과연 나라고 알아차리는 사람이 있을까?

아야노는 그날 내가 학교로 다시 갔다는 사실을 몰랐으니 나를 의심하지 않았다. 만일 눈치를 챘다면 분명히 물어봤을 것이다.

하지만 이대로 입을 다물면 준준이 피해를 본다. 여자애는 나라고 입력하려는데 다시 문자가 왔다.

―왜 저러는 거야, 진짜. 선생님을 좋아한다면 밀어내야 하는 거 아니야?

뭐라고?

―그렇잖아. 진심으로 좋아한다면 그 사람 입장도 생각해야지.

아야노의 날카로운 말이 내 가슴을 난도질했다.

아야노는 준준이 먼저 여자애에게 손을 댔다고 생각하는 게 분명했다. 그런데도 상대 여자애를 비난하고 있었다. 만일 내가 불러내서 억지로 껴안았다는 사실을 알게 되면 어떻게 나올까?

아야노가 또 문자를 보냈다.

―몇 학년인지는 모르지만 정말 선생님을 좋아한다면 졸업할 때까지 기다렸어야 해.

아야노의 말이 맞다.

나는 그저 내 마음을 밀어붙이느라 그 행동이 어떤 결과를 가져

올지 생각하지 않았다.

어떡하지? 어떻게 해야 좋을까?

야아노에게 경멸받고 싶지 않다. 하지만 준준에게만 책임을 지게 할 수는 없었다. 고민하고 있는데 다시 문자가 왔다.

—이러다가 준준, 학교 잘리는 거 아니야?

그때까지 나는 그 가능성을 미처 생각하지 못했다. 전부 내가 저지른 일이니 준준의 잘못은 없다고 생각했기 때문이다. 준준은 나쁜 짓을 하지 않았다. 편집이 악의적이었을 뿐이다.

어쩌면 좋지? 뭐라고 답해야 하나…….

제대로 말해야 한다. 하지만 그럴수록 말이 정리되지 않았다. 아야노는 둘째치고 말이 전해지면서 왜곡될 가능성은 얼마든지 있었다. 평소에 준준을 좋아한다고 공언했던 터라 내가 감싸고 도는 거라고 오해할 수도 있었다.

내일 준준과 이야기해 본 뒤에 어떻게 할지 정하는 편이 나을지도 모른다.

나는 떨림이 멈추지 않는 손가락으로 아야노에게 답장했다.

—잠깐만. 너무 당황스러워서.

거짓은 아닌, 교묘한 답변이었다. 아마 이렇게 말하면 아야노는 충분히 착각할 것이다.

—그렇지? 그렇게 좋아하던 선생님이었는데 학생한테……. 이해해.

역시 아야노는 동영상 속 여자애가 나라고는 생각도 하지 못했다.

"거짓말해서 미안해."

나는 전해질 리 없는 미안함을 스마트폰에 대고 속삭였다.

한숨도 자지 못한 채 평소보다 일찍 등교했다.

하지만 준준은 늘 오던 시간에 출근하지 않았다. 현관의 신발장에도 실내화만 들어 있었다. 실습실 건물의 그 방에도 가보았지만, 문은 잠겨 있었고 인기척도 없었다.

불안감을 느끼며 교실에 오니 화제는 오로지 그 동영상 하나뿐이었다. 반 애들은 한 사람도 빠짐없이 크고 작은 그룹으로 나뉘어 동영상 이야기에 여념이 없었다.

이런 상황은 처음이었다. 학교 행사나 이벤트로 반 전체가 들썩일 때도 꼭 게임이나 전날의 TV 프로그램 이야기를 하는 애들이 있기 마련이었으니까.

하지만 오늘은 달랐다.

나는 자리에 앉았다. 도베 주변에 애들이 떼 지어 몰려 있었다. 귀를 기울이지 않아도 날아오는 대화 내용은 도베가 문제의 동영상을 퍼뜨렸다는 사실을 알려주었다.

도베가 직접 영상을 촬영했다고 생각했는데 이야기를 들어보니 아닌 듯했다. 누가 찍고 인터넷에 올렸는지 모른다고 했다.

나는 교실 입구를 쳐다보았다.

그날 분명히 문은 열린 상태였다. 준준은 문을 닫지 않았다. 그러니까 촬영은 가능했을 것이다. 하지만 누가, 어째서 우리를……. 그것만큼은 도무지 알 수 없었다. 그리고 그 사실을 신경 쓰는 사람은 교실에서 나 하나뿐이었다.

동영상은 어디까지 퍼졌을까?

아직 영상에 찍힌 준준의 상대가 나라는 사실은 아무도 알아차리지 못했다. 하지만 들킬 각오는 하고 있다. 영상의 확산은 멈추지 않을 것이다. 아무것도 하지 않으면서 사태가 진정되기를 기대하기는 어려웠다.

언제쯤 진실을 밝혀야 하나?

준준이 교실에 오면 모두의 앞에서 사실대로…….

"얘들아, 좋은 아침!"

교실 문이 열리자 교실 안이 쥐죽은 듯이 조용해졌다.

의외의 반응이었는지 준준은 살짝 당황한 듯 교실 안을 멀뚱멀뚱 쳐다보았다.

"오늘은 웬일로 이렇게 조용해?"

준준은 고개를 갸웃하더니 이내 교탁 앞에 서서 출석을 부르기 시작했다.

그 모습을 보고 준준이 아직 상황을 알지 못한다는 사실을 깨달았다. 모른 척할 수 있는 사람이 아니다.

그렇다면 나는 언제 말하면 되는 거지? 온통 그 생각뿐이었다.

학생들은 다 아는데 정작 준준 본인은 사태를 전혀 파악하지 못하고 있었다.

"모모세 나오."

"네."

지금이야. 지금 말해야 해.

하지만 바로 다음 학생의 이름을 부르는 바람에 타이밍을 놓쳐 버렸다.

출석 체크가 끝나자 준준이 말을 꺼냈다.

"좋아, 무슨 일인데?"

교실 안의 수상한 분위기를 눈치챈 모양이었다.

뒷자리에서 누군가가 말했다.

"선생님, 짐작 가시는 게 있을 텐데요?"

도베였다. 동영상을 퍼뜨린 장본인은 그 이야기를 꺼내고 싶어서 좀이 쑤시는 모양이었다.

준준이 짐작 가는 게 뭐가 있겠어? 그건 순간적인 사고였다. 아니, 사고라고 할 수도 없었다.

도베가 다그치자 준준은 난처한 표정을 지었다.

역시 내가 설명해야 한다.

그렇게 생각하고 자리에서 일어나려는 찰나, 복도 쪽에 앉은 리호가 말했다.

"쌤, 인터넷에 동영상 올라온 거 진짜 모르세요?"

그래도 준준이 영문을 몰라 하자 여기저기서 거친 말들이 쏟아졌다.

그때 누군가 교실 문을 두드렸다.

"오쿠사와 선생. 조회 중에 미안하지만, 잠깐 볼까요?"

문 너머로 교감과 나가쓰카가 있었다. 다짜고짜 호출된 준준은 바로 교실 밖으로 나갔다.

복도의 상황은 상상할 것도 없었다. 준준은 이제야 무슨 일이 일어났는지 설명을 들었을 터이다.

지금 바로 복도로 나가서 나 때문이라고, 내가 일방적으로 껴안은 거라고, 선생님은 하나도 나쁘지 않다고 말하면 된다.

그런데 의자에서 일어설 수가 없었다.

교감과 나가쓰카의 얼굴을 본 나는 두려움에 온몸이 굳어버렸다.

몇 분 뒤, 다시 교실 문이 열렸다. 들어온 건 나가쓰카 혼자였다.

나가쓰카가 순간 내 쪽을 쳐다보았다……. 아니, 그런 느낌이었다.

손발이 떨렸다. 혹시 들켰나?

하지만 나가쓰카는 아무 말도 하지 않았다.

아무렇지 않은 척하고 있었지만, 나는 떨리는 양손을 필사적으로 부여잡았다.

준준에게 연락할 방법이 없었다. 그렇게 좋아했는데 내가 준준에 대해 아는 거라고는 이 학교 졸업생이라는 사실과 생일 정도였다.

주소도 전화번호도 SNS 계정도 몰랐다. 나는 어디까지나 학생 중 하나에 지나지 않는다는 사실을 뼈저리게 느꼈다.

준준을 생각하지 않는 시간은 1분 1초도 없었다. 수업이 눈에 들어오지 않았다.

아야노는 준준이 나 말고 다른 여자애한테 손을 대서 내가 풀이 죽어 있다고 생각하는 듯했다.

아무와도 의논할 수 없었다. 혼자 고민하면 나쁜 생각만 되풀이된다. 결국 내가 찾은 해답은 'SNS에 진실을 털어놓자'는 것이었다.

그 영상에 내가 설명을 달면 단숨에 퍼질 것이다. 그렇게 결심하기까지 꼬박 이틀이 걸렸다.

　게시할 때는 당연히 준준의 이름을 숨겨야 한다. 그렇다면 내 이름은 어디까지 밝혀야 할까?

　이름을 다 드러내자니 고민이 되었다. 이번 일은 평생 꼬리표처럼 나를 따라다닐지도 모른다. 영상에서는 얼굴이 가려졌지만, 누군가 내 사진을 찾아내 올리면 그 즉시 세상에 지명수배를 당하는 꼴이 된다.

　하지만 준준을 이대로 내버려둘 수는 없었다.

　준준에게는 잘못이 없다는 사실을 더 많은 사람이 알 수 있도록 인터넷에 밝혀야 했다.

　몇 번이나 고쳐 쓴 끝에 겨우 SNS에 올릴 문장이 완성되었다. 5교시 이동 수업 후 우리 반으로 돌아왔을 때였다.

　"모모세, 방과 후에 또 도넛 먹으러 안 갈래? 한정판 도넛 먹고 싶어."

　그러고 보니 오늘은 아야노가 학원에 가는 날이다.

　"미안. 오늘은 돈이 없어."

　"내가 낼게. 맨날 같이 가주잖아."

　"미안, 오늘은 좀 그래."

　사실 도넛값 정도는 있었다.

　하지만 도저히 그럴 기분이 아니었다. 그보다 지금은 얼른 SNS에 게시하고 싶었다.

　아야노는 몸을 웅크린 채 밑에서 내 얼굴을 빤히 올려다보았다.

　"너, 살 빠졌니?"

"다이어트해서 그래."

뻔한 거짓말이었지만 아야노는 더 이상 추궁하지 않았다. 준준 때문에 내가 상심했다고 생각하는 모양이었다.

아야노가 사실을 알게 되면 어떻게 생각할까.

적어도 이제 방과 후에 같이 도넛을 먹는 일은 없겠지. 난 분명히 학교에 있을 수 없을 것이다.

"어? 이거 전부터 있었어?"

아야노가 내 책상 가장자리를 가리키며 물었다.

"뭔데?"

흐릿하게 연필로 무언가 적혀 있었다.

분명히 조금 전까지는 없었다. 나는 그곳에 쓰인 글자를 읽었다.

'넌 잘못한 게 없어.'

"이게 뭐야?"

함께 읽던 아야노가 웃었다.

하지만 난 웃을 수가 없었다. 나는 이 필체를 안다. 겨우 일곱 글자였지만 이 필체를 못 알아볼 수는 없었다.

나는 곧바로 교실을 뛰쳐나갔다.

교직원 현관으로 달려갔다. 선생님 집은 몰라도 신발장이 어딘지는 알고 있다. 준준의 신발은 아직 들어 있었다.

역시 책상에 적혀 있던 글자는 준준의 것이었다. 이동 수업으로 우리가 교실을 비운 사이에 준준이 써놓은 것이 틀림없었다.

준준은 학교 안에 있다. 어딘가 학생들이 볼 수 없는 장소에 있을 것이다.

수업 시작종이 울렸지만, 나는 교실로 돌아가지 않았다. 수업 중인 지금, 학생이 없는 장소를 찾으면 된다.

그리고 짐작 가는 장소는 그곳뿐이었다.

제발 거기 있어 줘요.

그렇게 기도하면서 실습실이 늘어선 복도로 향했다. 나는 문에 손을 대고 심호흡했다. 그리고 노크도 없이 문을 열었다.

"……찾았다."

문이 잠겨 있지 않았던 것이 행운이었다. 갑작스럽게 문이 열리자 놀란 준준은 흠칫하고 몸을 떨었다.

"모모세……."

준준은 숨바꼭질하다가 들킨 아이 같은 얼굴이었다.

"제 책상에……."

말을 끝내기 전에 준준이 내 팔을 끌어당겼다.

복도 쪽을 살피더니 서둘러 문을 닫았다.

"누구 만난 사람은 없어?"

"없어요."

"다행이다."

조금 전까지 누가 있었던 걸까? 문이 열려 있던 이유도 그 때문일지 모른다.

준준은 안에서 문을 잠그더니 '멍청하게'라고 중얼거렸다.

"네 성격에 그냥 두었다가는 인터넷에 뭐라도 올릴까 봐 메시지를 남긴 거야."

"생각하시는 대로예요. 인터넷에 올릴 거예요."

지금까지 계속 선생님을 따라다녔으니 준준도 내 성격을 이해하게 된 듯하다. 일이 이 지경이 되었는데도 나는 그 사실이 기뻤다.

"그러면 내가 고생해서 교실에 들어간 보람이 없잖아. 동영상 이야기는 절대로 입 밖에 내면 안 돼."

"어째서요?"

"어쨌든 시키는 대로 해야 해. 알았지? 약속해."

"하지만 그때는 제가……."

"아니야! 네 잘못이 아니야."

바깥에 들리지 않도록 조심하고 있는지 준준의 목소리는 크지 않았다. 하지만 공기를 벨 듯이 날카로웠다.

"제가 선생님을 껴안지 않았다면 이렇게 되지 않았을 거예요. 그러니까 제 책임이에요. 인터넷에 올리지 말라고 하시면 교장 선생님께 말씀드릴래요."

"그러면 안 돼."

"교장 선생님이라서 안 되는 거예요? 그럼 교감 선생님은요?"

"그런 말이 아니야."

"그럼 무슨 말인데요? 왜 제가 이름을 대고 나서면 안 되는 건데요? 선생님이 잘못하신 건 없어요. 이대로 가다가는 선생님만 책임지게 되잖아요. 전, 그런 거 싫어요."

"그렇지 않아. 내가 지금 여기에 있는 건 네 탓이 아니야."

"저 같은 애 감싸지 마세요!"

준준은 말없이 고개를 가로저었다.

"선생님은 아무 짓도 안 했잖아요. 벌 받을 일은 하지 않았어요.

제가 나빴으니까요."

"괜찮아. 너는 아무것도 신경 쓰지 말고 입시 공부만 열심히 해."

말도 안 된다.

내가 저지른 일 때문에 좋아하는 사람이 곤경에 처했다. 그걸 어떻게 신경 쓰지 않을 수 있겠는가.

"그럴 수 없어요!"

"할 수 있어. 내년 3월에 졸업하고 이번 일은 다 잊어버리는 거야. 넌 네 잘못이라고 말하지만, 너 역시 피해자야. 원치 않는 동영상이 퍼졌잖아."

"하지만 그건 제가······."

"잘못한 거 없어. 네 잘못이 아니야."

흥분으로 뜨거워진 내 머리를 준준의 '네 잘못이 아니야'라는 목소리가 찬물처럼 흐르며 식혀간다.

하지만 납득할 수 없었다. 아무리 내 잘못이 아니라고 해줘도 스스로를 피해자로만 생각할 수는 없었다.

"아니요. 역시 인터넷에 올려야겠어요. 지금이라면 분명히 널리 퍼질 거예요."

"그런 짓을 하면 네가 비난받게 돼."

"하지만 지금 선생님이 그 꼴이잖아요. 선생님은 아무 짓도 안 했어요. 그런데 이렇게 되다니······. 절대로 안 돼요!"

준준의 얼굴에서 표정이 사라졌다. 이번에는 내가 그에게 차가운 물을 끼얹었을까 싶을 정도로 감정이 느껴지지 않는 얼굴이었다.

"······내가 어떤 짓을 저질렀다면?"

"네?"

맞다. 이 방에서 구로다와 준준은 둘이서······.

나는 알 수가 없었다. 물론 구로다와 준준의 동영상은 올라오지 않았다. 그때 문은 닫혀 있었다.

"우리 동영상을 찍은 건 구로다인가요?"

"아니야. 구로다는 전혀······ 동영상과 상관없어."

"그럼 누군데요?"

"그건 네가 신경 쓰지 않아도 돼."

"어떻게 신경을 안 써요? 지금 선생님 말투, 누군지 아는 거죠? 영상을 찍은 사람도 인터넷에 올린 사람도 다 아시는 거죠? 알려주세요. 저도 당사자예요!"

"아니야, 네가 신경 쓸 일이 아니야."

뭔가 숨기는 듯한 준준의 말투에 답답했다. 아니, 짜증이 났다.

나는 당사자인데도 철저히 소외당하고 있었다. 내 일인데, 내가 모르는 곳에서 내가 모르는 일이 일어나고 있었다.

서로 마주 보고 있는데도 준준은 나를 보고 있지 않았다. 얼굴은 내 쪽을 향했지만, 눈 안쪽에서는 뭔가 다른 생각을 하고 있는 것 같았다.

"왜 선생님 혼자 나쁜 사람이 되려고 하세요?"

"나쁜 사람?"

준준의 눈동자가 흔들렸다. 하지만 그 눈에 역시 나는 비치지 않았다.

"정말 나쁜 짓을 할 수 있었다면 차라리 나았을 거야."

무슨 의미지? 구로다와 몹쓸 짓은 하지 않았다는 뜻일까?

두려워서 그 이상은 묻지 못했다.

내가 방에서 쫓겨나기 직전에야 준준은 내 얼굴을 봐주었다.

"알았지? 절대 아무한테도 말하면 안 돼. 입 다물고 있으면 네가 들킬 일은 없어. 그리고…… 날 생각해 준다면 아무 말도 하지 않는 게 도와주는 거야."

"그렇지만……."

"그리고 다시는 여기 오지 마. 날 돕고 싶다면 이것도 약속해."

준준이 나와 눈을 맞춰준 것은 이때뿐이었다.

진실을 밝힐 수 없고 입시 공부에 몰두할 수도 없었다. 아무것도 하고 싶지 않았다.

조회 시간에 임시 담임인 나가쓰카가 잘난 척하며 말했다.

"요즘 공부에 집중하지 못하는 애들이 있는 것 같은데, 누가 시켜서 한다고 생각하는 애들은 다 떨어질 거야. 그러니까 목표를 향해 매일 집중해서 공부해야 해."

진지하게 듣는 애들도 있었지만 대부분 듣는 시늉만 했다.

입시 사이트에 나와 있는 뻔한 이야기는 말하지 않아도 다 안다. 목표를 향해 집중해서 공부할 수 있다면 더 바랄 게 없다.

하지만 '그 시절'을 이미 경험한 어른들과 달리 우리는 앞이 보이지 않는 길을 더듬거리며 찾고 있다. 한 명 한 명 모두 다른 장소를 목표로 삼고 있다. 한 손에 지도를 들고 가지만 가끔은 샛길로도 빠지고 싶다. 그 샛길이 연애일 수도 있고 게임일 수도 있다. 그

길이 공부 이외의 것이면 어른들은 답정너식으로 묻는다.

'학생인 너희가 지금 해야 할 일이 무엇이냐?'

원하는 것과 다른 대답을 하면 목적지만 강요했다. 목적지까지 어떻게 가야 하는지는 아무도 알려주지 않는다.

그러니 다른 길로 새지 말라고 해도 우리로서는 난감하다.

이것이 샛길이라면, 그래도 좋다. 지금의 나는 준준 밖에 생각할 수 없었다.

'입 다물고 있으면 모모세가 들킬 일은 없을 거야.'

준준의 말대로 한참이 지나도 동영상 속 여학생이 나라는 사실은 밝혀지지 않았다. 하지만 동영상을 퍼트리던 도베가 자기 패거리와 함께 여전히 찾아다니고 있었다. 이름은 나오지 않았지만 'K, I, M, N'처럼 상대 여자애로 짐작되는 후보의 이니셜을 SNS에 올렸다.

학생 대부분은 도베의 행동을 싸늘한 시선으로 지켜보았다. 그렇다고 완전히 무시하지는 않았다. 다들 말은 하지 않았지만, 그의 움직임을 예의주시하고 있었다.

도베가 이니셜을 올린 다음 날, 아야노가 아침 인사도 없이 말했다.

"그날 너랑 같이 안 갔으면 나도 의심당할 뻔했어."

무슨 뜻인지 알면서도 모른 척 되물었다.

"안녕, 갑자기 무슨 소리야?"

"아, 안녕. 준준의 상대 여자애 찾는 거 말이야."

"……K, I, M, N이었지?"

"맞아. 너무 범위가 넓지 않아? 심지어 이름인지 성인지도 모르잖아. 2학년 여자애라는 소문도 있는데, 그것도 아닌 것 같고."

"2학년 누구?"

처음 듣는 이야기였다.

"니라사키라고 하던데. 너도 아는 애야?"

"글쎄……."

동아리에 들지 않은 나는 하급생 정보에 밝지 않았다. 같은 학년 애들도 이름을 다 모르는데 다른 학년을 알 리가 없었다. 동아리나 위원회에서 같이 활동하지 않으면 공통점이라고 해봐야 교복이 같은 것뿐이다.

"동영상이 올라온 날 복도에서 준준하고 이야기하고 있었대. 그래서 2학년 다나카가 니라사키라는 애를 불러냈다더라."

2학년 다나카는 나만큼이나 준준을 쫓아다니던 농구부 애다. 그쪽은 담임도 아니고 수업도 없었지만, 준준이 농구부의 부고문을 맡고 있어서 접점이 있었다. 대회 원정 때문에 버스로 이동할 때는 거의 매번 준준의 옆에 앉는다고 했다.

이런 정보는 같은 반의 농구부였던 애가 알려주었다. 나는 절대 갈 수 없는 위치에 있는 그 여자애를 부러워한 게 한두 번이 아니었다.

"니라사키라는 애는 인정한 거야?"

"그런 이야기는 못 들었으니까, 아마 그냥 소문일 거야. 단순히 수업 내용을 물어보는 애들도 있을 테니까."

"그렇지……."

니라사키는 물론 다나카에게도 미안한 마음이었다.

두 사람은 아무 상관이 없다. 가능하면 다른 사람에게 폐를 끼치고 싶지 않았다. 비난은 내가 받아야 했다.

하지만 누구보다 준준에게 폐를 끼치는 것이 제일 견딜 수 없었다. 준준이 내게 입 다물고 있는 편이 도움이 된다고까지 말했으니, 이제는 진실을 말할 수 없게 되었다.

아야노가 나를 지긋이 바라보았다.

"너는 누구라고 생각해?"

"어? 글쎄……."

부자연스러울 만치 목소리가 날카로워졌지만 아야노는 계속 말을 이었다.

"그래, 너도 알 리가 없지."

나는 몇 번이고 봤던 그 동영상을 머릿속에서 재생했다.

무슨 이유에서인지 내 얼굴은 꽤 공을 들여서 들키지 않도록 편집되어 있었다. 하지만 준준의 모습은 쉽게 유추할 수 있었다. 시그니처가 된 넥타이는 물론, 그를 자주 보는 사람이라면 알아차릴 수 있는 포인트가 여럿 있었기 때문이다.

"그런데 도대체 누가 찍은 걸까?"

"응?"

"동영상 말이야. 본인들이 찍었을 리는 없잖아. 들키면 끝이라는 것 정도는 알고 있었을 테니까."

아야노가 말한 대로 누군가가 동영상을 찍었다. 게다가 준준은 그게 누군지 짐작 가는 바가 있는 말투였다.

"처음에는 도베의 짓이라고 생각했지만 그렇다면 동영상을 편집하지 않았을 거야. 아, 참. 그러고 보니 언론사에서 연락이 왔다고 했었어."

"언론?"

"응. 뭔가가 있는 것처럼 SNS에 썼더라고. 아주 신났다니까. 물론 개 혼자 헛물켜는 걸 수도 있지만."

어차피 도베는 혼자 난리 치는 것에 그치겠지. 하지만 언론이라면 이야기가 달라진다. 진화는커녕 더 큰 불길에 휩싸일 가능성이 있다.

이건 준준에게 전달하는 편이 좋을지도 모른다.

'여기는 두 번 다시 오지 마. 날 돕고 싶다면 약속해.'

죄송해요. 하지만 저는 선생님께 힘이 되고 싶어요. 게다가 전 선생님을 좋아할 만큼 되바라진 학생이잖아요. 선생님 말을 순순히 들을 리가 없어요.

준준이 어디 있는지 알면서 만나러 가지 않을 수 없었다.

나는 곧바로 교실을 나섰다.

수업을 땡땡이치는 건 이제 익숙했다. 준준에게 착한 학생으로 보이고 싶어서 그동안 성실하게 생활했지만 이렇게 된 마당에 아무래도 상관없었다.

복도를 걸을 때는 발소리와 교사의 기척에 주의하면서 실습실이 늘어선 그곳으로 향했다.

준준이 있는 방 앞에 도착했다. 안쪽의 상황을 살피기 위해 문에 귀를 가까이 갖다 대었다.

"하지만……."

"이것도……."

말소리가 들렸다. 적어도 두 사람의 목소리였다. 안에서 사람이 나왔을 때 들키면 귀찮아질 거다.

나는 조금 떨어진 청소 도구함 뒤에 숨어서 문 쪽을 지켜보았다.

5분쯤 지난 후에 문이 열렸다. 방에서 나온 사람은 교장이었다. 교장은 인사도 없이 문을 닫더니 재빨리 계단 쪽으로 걸어갔다.

지난번 내가 방에 찾아왔을 때 문이 열려 있었던 것은 교장이나 누군가가 방에서 나온 직후였기 때문일까?

그렇다면 지금도 서두르면…….

나는 기세 좋게 문을 열었다.

문을 잠글 참이었는지 준준이 문 바로 앞에 서 있었다. 그는 갑작스러운 방문자에 놀라 눈이 휘둥그레졌다.

하지만 나도 놀랐다. 준준은 한눈에도 안색이 나빠 보였고 초췌해져 있었다. 동영상이 유출된 직후에는 건강했었는데 이렇게까지 궁지에 몰렸다고 생각하니 내가 저지른 일의 무게에 숨이 막힐 지경이었다.

나는 안으로 들어가 곧장 문을 닫고 잠갔다. 그리고 고개를 숙였다.

"……죄송해요."

"뭘 사과하는 거니?"

이런 상황이 되어도 준준은 나를 탓하지 않았다. 오히려 그게 더 괴로웠다. 나와는 상관없다고, 학생을 탓할 수는 없다고 확실히 선을 긋는 것이 느껴졌기 때문이다.

"아무래도 사실을 말해야겠어요."

"말했잖아. 그건 네 탓이 아니라니까!"

준준이 소리쳤다. 여기 있다는 사실을 들키고 싶지 않을 텐데, 바깥까지 들려도 상관없다는 듯이 소리를 질렀다.

하지만 준준은 역시 준준이다. 자신이 취한 행동을 알아차리고는 원래 모습으로 돌아왔다.

"미안하다."

"그런 말 하지 마세요. 제가……."

내가 하는 일은 모두 준준을 힘들게 한다. 좋아하는데. 그저 좋아했을 뿐인데.

"아까 교장 선생님이 여기 오셨죠?"

"탐정 소질이 있네."

그렇게 말하고 준준이 웃었다. 하지만 괴로워 보였다. 웃는 얼굴이었지만 슬퍼 보였다.

"교장 선생님은 여기 자주 오시나요?"

"그렇지는 않아. 내가 돌아다니면 눈에 띄니까 다른 선생님들도 볼 일이 있으면 여기로 와주셔."

준준은 학교에서도 눈치가 보일 것이다. 그러니 에어컨도 없는 이런 창고 같은 방에 처박혀서 사람들 눈에 띄지 않게 시간을 보내고 있는 거다.

"그것보다 여기는 더 이상 오면 안 된다고 말했을 텐데."

"아, 맞다! 지금 이럴 때가 아니에요. 도베가 언론 매체하고 연락하는 걸 알려드리려고 왔어요."

신기하게도 준준은 놀라지 않고 침착했다.

"TV? 라디오? 아니면 인터넷인가? 도베 이야기는 듣지 못했지만, 학교에도 그런 곳에서 연락이 오고 있거든."

"네?"

아, 그렇구나.

도베에게 연락할 정도면 당연히 학교에 먼저 접촉했을 거다. 그리고 교장 선생님이 드나들고 있으니 준준의 귀에도 그 이야기가 들어갔을 거다.

"그래도 고마워. 학생한테까지 접근하는 건 무시할 수 없으니 내가 교장 선생님께 말씀드려 놓을게."

"아뇨······."

나는 고맙다는 말을 들을 자격이 없다. 따지고 보면 다 내 잘못이다. 지금부터라도 내가 할 수 있는 일이라면 뭐든지 해야 한다.

준준은 그런 내 생각을 읽은 듯 말했다.

"이제 괜찮으니까 내 일에 대해서는 신경 쓰지 마. 지금은 학교생활을 즐겨야지. 입시 공부 때문에 많은 일을 할 수는 없겠지만······. 지금밖에 할 수 없는 일을 즐겼으면 좋겠어."

자상하지만 밀어내는 느낌이었다. 다 내가 멍청한 짓을 저지른 탓인데 신경 쓰지 말라니, 그럴 수는 없었다.

게다가 준준이 없는 즐거운 고등학교 생활이란 있을 수 없다.

"선생님이 안 계시면 재미없어요."

"그렇지 않아. 네 앞에는 분명히 신나는 미래가 기다리고 있을 테니까."

"그런 건 상상도 할 수 없어요!"

"지금이야 그렇지. 나도 고등학교 때는 장래에 대해 생각할 수 없었어. 뭘 하면 좋을지도 몰랐지. 하지만 여러 가지 일을 경험하면서 지금 여기서 선생님을 하고 있잖아. 모모세도 꼭 뭔가를 찾게 될 거야."

그런 걸 정말 찾을 수 있을까?

하고 싶은 일을 한다고 해서 반드시 행복한 것도 아니다.

준준은 교사가 되지 않았다면 나같이 멍청한 학생과 얽히지 않았을 거다.

"선생님…… 죄송해요. 정말 죄송해요."

준준은 가볍게 고개를 저었다. 넌 잘못한 게 없어, 라는 뜻인지는 몰라도 사과를 거부하는 듯한 그의 태도에 더 이상 미안하다는 말조차 할 수 없는 내 처지가 서글펐다.

준준이 두 번 다시, 절대, 꼭, 무슨 일이 있어도 그 방에 오지 말라고 했다. 만일 나에게 책임이 있다고 생각한다면 더더욱 오면 안 된다며 다짐을 받았다.

그런 말을 들은 이상 나는 꼼짝할 수 없었다. 아무것도 하지 마라. 그것이 준준이 원하는 바라면 따를 수밖에 없었다.

한 번은 이동 수업 때 준준이 있는 방 앞을 지나갔지만, 인기척이 없었다. 아마 학생들이 지나가는 시간대에는 소리를 내지 않으려고 조심하는 모양이었다.

저 문 너머에 준준이 있을 텐데, 나는 그 문을 여는 것이 허락되지 않았다.

"아, 귀찮아."

아야노가 최근 꽂힌 종이 팩에 든 야채 주스를 양 볼이 홀쭉해지도록 빨아 마셨다. 나는 셀러리 향이 강해서 별로였는데 아야노는 오히려 그 진한 향기에 빠진 듯했다.

오늘은 여느 때보다 급식실에 있는 사람이 적은 느낌이었다. 아야노가 물었다.

"식판은 어떻게 하지?"

"갑자기? 다 먹으면 치워야지. 뭔 소리야?"

"그게 아니라 오늘 대피 훈련 날이잖아."

"아…… 맞다."

그러고 보니 아침에 나가쓰카가 오늘 점심시간에 대피 훈련이 있다고 했던 것 같다.

"야, 정신 차려. 그 일은 이제 그만 잊어버리라고."

아야노는 일부러 준준의 이름을 꺼내지 않았다. 다른 선생님이 지켜보는 데서 그 이야기를 하면 주의를 받았다. 그리고 전보다 관심이 줄어든 것도 사실이다. 물론 신경은 쓰이겠지만 다들 자기 일로 바빴다.

이런 식으로 잊혀지는 걸까? 어쩌면 훗날 동창회에서 누가 '오쿠사와 쌤은' 하고 이야기를 꺼내어 떠들지도 모른다. 술을 마실 수 있고 지금을 그리워할 수 있을 정도로 시간이 지나면 조금은 쓴웃음을 띠면서 '그런 일도 있었지' 하며 추억할 수 있을지도 모른다.

하지만 나는 아마 그곳에서도 함께 웃을 수 없을 것이다.

"뭐 해. 빨리 먹어. 식판 치워 놔야 대피하기 편하잖아."

"알았어. 하지만 이렇게 하는 훈련이 무슨 의미가 있을까?"

진짜 재난이 일어나면 식판까지 생각할 여유는 없을 것이다. 혹시나 하는 상상을 해도 마음 한구석에서는 그 '만약'을 깊이 생각하지 않는 느낌이었다.

점심을 다 먹고 식판을 정리하고 나니 교실에 두고 온 물건이 생각났다.

"어떡해. 컴퓨터실에 교과서를 두고 왔나 봐. 가지고 올게."

"이제 곧 훈련 시작할 텐데?"

"다 끝난 후에는 또 잊어버릴 것 같아. 지금 다녀올게. 너 먼저 가 있어."

3층 교실까지 같이 가는 것보다 1층 식당에서 바로 대피하는 게 편하다고 생각했을 것이다. 알았다는 아야노의 목소리를 뒤로하고 복도를 내달렸다.

복도를 달리는데 '이제 슬슬 시작하는 거 아니야?' 하는 목소리가 들렸다. 대피 훈련은 귀찮지만 위험하지 않은 비상 상황 같아서 다들 조금씩 들떠 있었다.

컴퓨터실에는 아무도 없었다. 조금 전까지 내가 쓰던 책상에 교과서가 놓여 있었다.

교실과 달리 컴퓨터실의 의자는 딱딱하지 않았다. 앉으면 몸이 살짝 가라앉는다.

1분도 채 지나지 않아 불쾌한 경보음이 스피커에서 흘러나왔다.

"긴급 지진속보입니다. 강한 흔들림에 주의하십시오."

교실이나 급식실에 있었다면 책상 밑으로 들어갔을 것이다. 투덜거리면서도 분명 지시에 따랐을 것이다.

하지만 여기는 나밖에 없다. 푹신한 등받이에 몸을 기대고 대피를 재촉하는 안내방송을 들었다.

"다 무너져 버려라."

좋아했을 뿐이다.

그저 가까이 다가가고 싶었을 뿐이다.

대피 훈련이 끝날 때까지 이 교실에 숨어 있고 싶었지만, 미처 대피하지 못한 애들이 없는지 확인하기 위해 교사들이 돌아다닐 것이다.

한참을 멍하니 있다가 무거운 엉덩이를 일으킨 나는 복도로 나왔다. 이미 학생들의 모습은 보이지 않았다.

이른 아침의 학교보다 조용한 복도에 있으니 내가 지금 무엇을 하고 있는지 알 수 없었다.

대피해야 한다는 건 알고 있었다. 하지만 진짜 재난도 아니니 대피하지 않아도 죽지 않는다.

그렇게 생각하자 움직이는 것까지 귀찮아져서 발이 떨어지지 않았다.

터덜터덜 걷고 있는데 계단 근처에 있는 준준이 보였다. 살짝 등이 굽은 채 비틀거리는 것 같았다.

"……선생님?"

내가 말을 걸자 준준이 걸음을 멈추었다.

천천히 내 쪽을 향한 준준은 지난번에 만났을 때보다 한층 더 안색이 나빠졌다. 핏기 없는 표정이 더없이 불안해 보였다.

"왜 여기에 있니?"

"두고 온 게 있어서요."

들고 있던 교과서를 보이자 준준은 "아아" 하고 알겠다는 표정을 지었다.

"그랬구나. 잘 챙겨서 다녀."

"네……."

왜, 우리는 이런 쓸데없는 이야기를 하는 걸까.

사실 조금 더 듣고 싶은 말도, 해야 할 말도 있었지만, 준준이 그것을 원하지 않았다. 나는 아무 말도 할 수 없었다.

내가 준준에게 다가가면 폐가 되니까 가까이할 수도 없었다.

지금도 여전히 준준에게 닿고 싶다. 다정한 목소리로 '모모세'라고 불러주었으면 좋겠다. 둘만의 시간을 가지고 싶었다.

원하면 안 되는 일들만 내 안에서 끝도 없이 부풀어 올랐다.

"모모세."

내가 원하던 목소리가 아니었다. 기계음처럼 억양 없는 말투에 팽팽한 실을 튕기는 듯한 날카로운 목소리였다.

"얼른 운동장으로 가라."

"선생님은 안 가세요?"

대답이 없었다. 준준은 운동장과 반대쪽으로 걸어갔다.

방으로 돌아가는 걸까? 그런 생각을 하는데 준준이 혼잣말처럼 중얼거렸다.

"도망갈 곳은 어디에도 없어."

그 뒷모습이 나를 돌아보는 일은 없었다.

준준은 어디로 가려는 걸까?

내가 그의 뒤를 쫓으려 할 때 건물 안을 살피러 온 선생님에게 들키고 말았다.

"빨리 운동장으로 가!"

준준이 마음에 걸렸다. 하지만 순찰하는 선생님이 "빨리!" 하며 내 손을 잡아끄는 통에 마지못해 운동장으로 갔다.

운동장에는 모든 학생이 줄을 맞춰 서 있었다. 나는 같은 반 아이를 찾아 맨 뒤쪽에 섰다.

교장의 긴 훈화가 끝나갈 무렵, 줄의 중간쯤에서부터 소리가 들렸다.

"저기 좀 봐. ……누가 있는 거 아니야?"

저기?

느슨했던 학생들 사이의 공기가 순식간에 바뀌었다. 마지막 줄에 있던 나에게 모두가 일제히 위쪽을 올려다보는 모습은 마치 밀려 나가는 파도처럼 보였다.

"준준!"

그는 옥상 난간의 바깥쪽에 서 있었다.

내가 못 알아볼 리가 없다. 체격이나 분위기만 봐도, 아무리 멀리 있어도 나는 알 수 있다.

운동장에서는 학생도 선생도 모두 '오쿠사와 선생님'이라고 외쳤지만 준준은 아무에게도 반응하지 않았다.

나는 마지막으로 들었던 준준의 말을 떠올렸다.

'도망갈 곳은 어디에도 없어.'

그의 다음 행동은 생각하지 않아도 상상할 수 있었다.

"안 돼!"

내가 눈을 감은 그 순간, 준준의 모습은 옥상에서 사라져 버렸다.

나는 어느새 교실에 있었고 아야노가 곁에 있었다.

아야노는 내 귀에 대고 아까부터 계속 무슨 말을 하고 있었다. 대답하려고 했지만 내 머릿속은 무언가로 휘저어진 것처럼 엉망진창이 되어서 제대로 답할 수가 없었다.

한마디만 계속 중얼거렸다.

"왜, 어째서? 준준이 왜 죽어야 하는 거냐고!"

"모모세!"

아야노가 나를 흔들었다. 어깨가 아팠다. 아, 그렇구나. 내 어깨를 잡고 있었구나. 통증이 나를 깨웠다.

"슬프지. 너는 준준을 많이 좋아했으니까."

슬퍼? 슬프다고?

아니야. 그런 게 아니야. 그런 게 아니었어.

"으아아."

나는 슬퍼할 자격이 없다. 괴롭다는 말도 하면 안 된다. 슬프다는 생각마저 용서받을 수 없다.

왜냐면, 왜냐하면…….

"내가……, 내가…….."

나는 더 이상 가만히 있을 수 없었다.

입을 다물기로 약속했던 준준은 이미 세상에 없다.

너무 늦었지만, 지금 와서 말한들 아무것도 바뀌지 않겠지만.

그렇지만 말하지 않으면 나는……. 내가 준준을 좋아했던 사실이 거짓이 될 것만 같았다.

"내가 선생님을 죽였어!"

이것은 내가 저지른 짓에 대한 벌이었다.

졸업할 때까지 얌전히 학생으로 있었으면, 준준을 따로 불러내지 않았더라면, 준준에게 안기지 않았더라면, 만지고 싶다는 생각 따위 하지 말고 바라보는 것만으로 만족했더라면…….

아니, 내가 선생님을 좋아하지만 않았어도.

그랬다면 준준이 사라질 일은 없었다.

"뭐? 모모세……. 그게 무슨 소리야……?"

아야노는 뒷걸음질을 쳤다. 그렇지, 나 같은 애랑은 같이 못 있을 거야.

이제 누구도 나를 상대해 주지 않겠지.

교실에 있던 애들이 한꺼번에 내 쪽으로 몰려들었다. 모두 무서운 얼굴이었다.

"모모세가 죽였다고…….?"

"하지만 그때 운동장에 있었잖아."

"정말이야?"

"야, 누가 나가쓰카 좀 불러와!"

교실이 소란스러웠다. 다들 제멋대로 떠들어대서 무엇부터 답해야 좋을지 알 수 없었다.

"그럼 저거, 네가 쓴 거야?"

아야노의 손가락이 칠판을 향했다. 교실은 한순간에 조용해졌다.

나는 그제야 칠판에 '내가 선생님을 죽였다'라는 글이 쓰여 있다는 사실을 깨달았다.

"뭐?"

"네가 말했잖아, 선생님을 죽였다고!"

"……어떻게 된 거야?"

"그건 우리가 할 말이야! 대체 어떻게 된 거냐고. 같이 점심 먹을 때 두고 온 거 찾으러 간다며 급식실을 나갔지? 그때 훈련이 시작돼서 네가 운동장에 돌아온 건 반에서 마지막이었잖아. 칠판에 이거 쓰느라 늦은 거야?"

"……모르겠어."

"모르다니 무슨 소리야!"

정말 모르겠다. 왜 칠판에 이런 글이 쓰여 있지?

나는 칠판 앞으로 가서 지우개를 손에 쥐었다.

내가 아는 건 이대로 놔두면 안 된다는 사실뿐이었다.

나는 칠판지우개를 힘껏 움직였다. '선생'의 '선' 자가 반 정도 지워졌다.

이 정도로는 안 돼. 다 지워야 해. 전부 다.

다시 칠판지우개를 들어 올리는데 뒤에서 누군가가 내 손목을 잡아챘다.

"지우면 안 돼."

고미나토가 내 뒤에 서 있었다.

"이걸 지워도 죄는 사라지지 않아."

뿌리치려고 해도 손을 놓아주지 않았다. 고미나토는 손힘이 셌다.

"어째서?"

고미나토는 내 질문에 답하지 않았다.

누가 좀 가르쳐줘.

답을 알고 싶은 나는 지우지 못하고 남은 글자를 하염없이 바라보았다.

내가 선생님을 죽였다.

제 4 장

고미나토 하루토

도서실의 에어컨 설정 온도가 교실보다 2도나 낮은 이유는 사서인 호소야마 선생이 더위를 많이 타기 때문이다. 부모님과 같은 세대인 호소야마 선생은 비만에 가까운 체형으로 입버릇처럼 '덥다'는 말을 달고 살았다. 하지만 나는 7월인데도 추워서 소름이 돋았다.

"선생님, 에어컨 온도 좀 올려도 돼요?"

호소야마 선생은 "음"이라고 하며 잠시 생각하더니 "어쩔 수 없지" 하고 에어컨 리모컨을 손에 들었다.

"1도면 돼?"

"2도 올려주세요."

"넌 꼭 이러더라."

"에어컨 설정 온도, 사실은 26도로 정해져 있죠?"

교실의 온도 조절판 근처에는 굵은 글씨로 '여름에는 26도, 겨울에는 22도까지'라고 적힌 안내지가 붙어 있다. 하지만 도서실은 언제나 24도다. 교사라는 사람들은 자기 좋을 대로 세상을 편하게 사는 종족이다.

"컴퓨터실은 24도로 한다고 정보 과목의 오토모 선생님이 말씀하셨어."

"거긴 컴퓨터가 열을 내서 덥잖아요."

"도서실은 해가 잘 들잖아. 사실은 좀 더 그늘지는 편이 좋은데 말이야."

"안 더우니까요?"

"책이 햇빛에 바랜다고."

"저도 알아요."

나는 대답과 함께 의자에서 몸을 일으켰다. 오늘은 하루 종일 날이 흐려서 해가 나지 않았다. 사실 도서실의 설정 온도는 2도는커녕 3도가 낮다. 내가 들어오는 순간에 슬그머니 변경된다는 사실을 알고 있었다.

200번대 번호의 책장으로 가니 아까 내가 한 권 빼놓은 곳이 그대로 비어 있었다. 손에 든 책을 꽂아 넣고 옆에 있는 책을 뺐다.

도서실의 가장 큰 장점은 조금 읽어보고 맞지 않으면 바로 반납할 수 있는 점이다.

대출 창구로 가자 호소야마 선생이 책 제목을 보고 고개를 끄덕였다.

"역시 역사를 좋아하는구나."

"그냥 흥미가 있는 정도예요."

"그거면 돼. 다 그렇게 시작하는 거야."

긍정의 답은 하지 않았다. 세상에는 흥미가 없어도 시작하는 일이 있다. 적어도 난 유소년기에 잘난 부모덕에 피아노와 수영, 영어 학원을 뺑뺑 돌았다. 나는 하고 싶다고 한 적도 없고 관심도 없었다.

결국 좋아하게 된 것은 아무것도 없었다. 초등학교를 졸업할 무렵에는 다 그만두었지만, 그 시간은 '흥미가 없다는 사실을 확인'하기 위해 써버린 느낌이 든다. 그나마 영어 회화는 영어 검정 2급에 합격했으니까 조금은 도움이…… 아니다. 역시 도움이 되지 않았다.

"대학교는 이쪽 분야로 갈 거니?"

"아뇨, 아마 아닐 거예요."

나를 쳐다보는 호소야마 선생의 얼굴에는 물음표가 떠올랐다.

'지금 3학년 아니야?' 아마 이런 말을 묻고 싶었을 것이다.

고등학교 3학년이 7월인데 아직 지원할 학부를 정하지 않았다니, 그런 학생은 이 학교에서 찾아보기 어려웠다. 일단 희망 진로 조사서에는 경제학부, 상학부, 국제학부라고 썼다. 대충 학교 이름과 시험 과목, 통학의 용이성을 기준으로 적었다. 유일한 공통점이라면 문과라는 것 정도였다.

"이왕이면 좋아하는 공부를 하면 좋을 텐데."

"아까 말한 대로 그냥 흥미가 있는 정도예요."

"그게 좋다는 거 아니야?"

좋아하는 것과 흥미가 같은 건가? 그런 고민을 하면 끝도 없다.

"글쎄요."

"네 장래 이야기잖아."

"솔직히 귀찮기도 하고요."

사실 진로 같은 건 적당히 정해도 상관없다고 대답하고 싶었지만, 그 말은 삼켰다. 그런데 입 밖에 내지 않은 소리가 호소야마 선생에게 전해진 모양이었다. 선생 역시 표정으로 말했다.

'대체 어쩔 셈이니?'

진로 지도 선생님에게 말했으면 도대체 무슨 생각이냐, 그렇게 대충 살다가는 나중에 큰코다친다, 하며 혼났을 것이다.

하지만 혼난다고 해서 내 생각이 바뀌는 것은 아니다. 오히려 야단을 쳐서 상대의 생각을 바꾸려는 사람의 말 따위는 조금도 영향력이 없다.

"자기 일인데 생각하는 게 귀찮아?"

"네, 어차피 뭘 해도 집에서는 반대만 할 텐데요."

"저런."

호소야마 선생의 입에서 한탄이 새어 나왔고, 살짝 걱정스러운 표정도 떠올랐다.

하지만 딱히 선생이 걱정할 일은 아니었다. 본인이 야단맞는 것도 협박당하는 것도 아니기 때문이다.

나는 그저 자신의 의견이 절대적으로 옳다고 생각하는 사람들에게 내 의견을 말해봐야 소용이 없다는 사실을 17년 동안 학습했을 뿐이다.

현관문을 열자 웬일로 아버지 신발이 있었다.

저녁 6시. 이 시간에 집에 있는 건 드문 일이었다. 몸이라도 아픈 건가 싶어 걱정될 정도였다. 물론 걱정보다 큰 불안에 오히려 내 몸이 나빠질 것 같았다.

"다녀왔습니다."

"늦었네."

'어서 와라'가 아니라 '늦었네'다. 무슨 인사가 저럴까 싶었지만, 어차피 말해봤자 무시당할 게 뻔하다.

아버지는 정장 차림으로 식탁에 앉아 의학 잡지를 읽고 있었다. 옷을 갈아입지 않은 걸 보니 몸이 안 좋은 건 아닌 것 같다. 다시 일하러 나갈 모양이었다. 이젠 진짜 내 몸이 아플 것 같다.

"도서실에 들렀다 왔어요."

"공부는 집에서 하는 게 낫지 않니?"

"음, 어차피 밤에는 방에서 하니까 기분 전환할 겸요."

공부한다면서 내빼는 게 이기는 거다. 싸워서 이길 수 없는 상대에게는 덤비지 않는 게 내 철칙이다.

그리고 아까 도서관에서 빌린 책을 빨리 읽고 싶었다.

"얘기 좀 하자."

그럴 줄 알았다.

도망칠 수 있다면 좋았겠지만, 이 시간에 집에 있다는 점에서 이미 탈출 가망이 없다는 걸 잘 알고 있었다.

"뭔데요?"

"잠깐 앉아 봐."

식탁에서 얼굴을 마주 보는 게 얼마 만일까? 지난 일주일간은 마주친 기억이 없다. 생활 패턴이 불규칙한 데다 대단히 바쁘신 외과 부장님이시라 고등학생인 나와는 마주칠 일이 없는 양반이었다.

"대학입시 이야기야."

"희망 진로 조사서 못 봤어요? 엄마한테 도장 받았는데요."

"엄마한테 들었다. 법학부는 어떠냐. 네가 고른 데보다 나을 것 같은데."

"힘들어요."

법학과에 들어가는 것까지는 할 수 있다. 하지만 그다음을 기대할 텐데 그건 나에게 벅찬 일이다.

"해보지도 않고 포기하지 마. 그 공부는 대학에 들어가고 나서 하는 거니까 괜찮아."

하지만 들어간 다음도 상상이 되니까 애초에 백기를 드는 거다.

"아버지가 기대하는 직업이라는 게 결국 의사 면허와 변호사 면허를 다 가진 사람이 하는 일이잖아요. 그게 어디 대충해서 될 일이에요?"

늘 듣는 소리라 일단 반론을 해보았다. 의료소송 변호라니, 내가 할 수 있을 리 없다.

"그건 혼자가 아니라 팀을 꾸려서 하는 거야."

"전문 변호사가 있잖아요. 무슨 일이 생기면 그 사람들에게 부탁해요."

"물론 그 사람들한테 부탁할 일도 있겠지. 하지만 가족 중에 법

률 전문가가 있으면 든든하잖아."

그렇군. '의사가 되지 못한 아들놈'에서 '병원 경영에 필요한 일에 써먹을 놈'으로 생각을 바꾼 듯하다. 적어도 장남인 형은 의대를 다니니까 그걸로 체면치레는 한 셈이다.

증조부 대부터 의사인 우리 집안은 꽤 큰 규모의 병원을 경영하고 있다. 지금 병원장은 할아버지다. 언젠가는 아버지가 그 자리를 물려받을 것이다. 그리고 장차 형도 그 뒤를 잇겠지.

어렸을 때부터 의사가 되라는 소리를 귀에 못이 박히도록 들었다. 고등학교 2학년 때 계열을 선택할 때도 부모가 우겨서 하마터면 이과로 갈 뻔했다. 결국 문과로 가게 된 것은 가정통신문을 낼 때 내가 고쳐 썼기 때문이었다. 의사가 되고 싶다는 생각도, 될 수 있다는 생각도 하지 않았다. 애초에 나는 의대에 갈 만한 성적이 안 됐다. 되고 싶은 건 없었지만, 되고 싶지 않은 것을 위해 노력하는 것도 불가능한 일이었다.

"경제학부랑 상학부에 지원할 거예요."

병원 경영에는 관심이 없었다. 가능하다면 병원으로부터 거리를 두고 싶었다.

우리 집이 보통의 가정보다 훨씬 더 유복하다는 건 나도 안다. 부모님은 바빴지만, 매일 가정부가 오기 때문에 집은 늘 청결했고 식사도 전자레인지로 데우기만 하면 되니 딱히 불만은 없었다.

하지만 경제적으로 풍족해도 스스로 장래를 결정할 자유가 없다는 사실에는 정나미가 떨어졌다.

"그 분야는 다카히로네 장남이 할 거야."

다카히로는 아버지의 남동생이고 그 집 장남이란 다시 말해 내 사촌인 히로키를 가리키는 말이었다.

"근데 히로키는 지금……."

"유학 중이야. MBA를 취득하겠지."

"아……."

최근 몇 년간 사촌과 만나지 않아서인지 정보가 업데이트되지 않았다. 실은 이런저런 핑계를 대며 거리를 둔 탓이다.

그랬군. 가계도에서 빈 포지션을 찾다 보니 변호사라는 결론이 나온 거네. 아무리 내 부모라지만 무모하기 짝이 없다. 아들 녀석이 자기들처럼 공부한다고 해서 다 할 수 있는 사람이 아니라는 사실을 17년 동안 키우면서도 아직 학습하지 못한 모양이다.

"병원은 잘되니까 괜찮잖아요. 나는 다른 데 취직할 테니까 신경 쓰지 마세요."

"그럴 수는 없어. 넌 우리 집 아들이잖아."

"집에 폐 끼칠 일은 안 할 거니까 걱정 마요."

"부모의 도움 없이 먹고 살 수 있다고 생각하는 거냐?"

"그건 아니지만……. 흥미가 없는 걸 공부하는 건 소용없는 짓이잖아요."

"경제에는 흥미가 있다는 거냐?"

"아니……, 사실 역사 쪽에 관심이 있어요."

내 말이 중구난방에 모순투성이라는 사실은 알고 있다. 하지만 어디까지나 부모와 타협할 수 있는 최후의 마지노선을 제시했을 뿐이다.

아버지는 한심하다는 듯 경멸의 눈초리로 나를 바라보았다.

"역사 공부해서 학자라도 될 생각이냐?"

세상 모두가 그 길을 가야 한다고 생각하는 걸까? 아마 그럴 거다.

"그건 엄마가 하시잖아요."

"네 엄마가 하는 건 연구가 아니라 학생 지도지."

엄마는 약대 준교수였다. 식구들이 하나같이 화학식을 좋아해서 뿌듯하시겠네요, 라고 비아냥대고 싶을 정도로 이 집구석에는 내가 있을 곳이 없었다.

"아직 그렇게까지 앞의 일은 생각할 수 없어요."

"그래?"

납득하는 것 같지는 않았지만, 아버지 역시 의대나 법대 말고 다른 곳을 졸업한다는 걸 상상하기 어려울 것이다. 문과를 선택했을 때 의대나 약대라는 선택지에서 벗어나 편하게 살 수 있겠다 싶었지만, 쉽지 않았다.

부모한테 학비를 받을 생각을 한 나도 순진했다.

"나중에는 집에 신세 지지 않고 혼자 살아갈 테니까 당분간만 좀 봐주세요."

넌지시 학비를 지원해 달라는 무언의 부탁을 해보았지만, 아버지는 아무 말이 없었다.

다음 날 아침, 이미 교실에 와 있던 군지가 하품하며 내게 물었다.

"너도 수면 부족이냐?"

"이것저것 생각하다가 좀 늦게 잤어."

"이해해. 생각해 봐야 소용없지만, 잠이나 자자고 누워도 어쩔 수 없이 계속 고민하게 되는 거지."

"넌 무슨 생각을 했는데?"

"음, 여자친구랑 어떻게 해야 할까 싶어서. 우리 장거리 커플이 될 거 같아."

서로 다른 지역의 대학을 지원한다는 말인가? 그건 좀 고민스럽 겠다고 생각했지만, 내게는 사치스러운 고민이었다.

"헤어져."

"너무한 거 아냐?"

"고민하면 뭐 하나? 될 대로 되겠지. 잘 모르겠지만."

나도 연애 경험이 있었지만 오래 지속된 적은 없다. 군지 녀석, 애초에 의논 상대가 틀려먹었다.

"그러면 고미나토, 너는 뭐가 고민인데?"

"뻔하지. 부모님과 내 진로에 대한 의견이 안 맞아."

"그야 너희 집은 좀 특수하잖아. 잘 모르겠지만."

잘 모르겠지만? 좀 전의 복수인가?

군지네 부모님은 진로에 대해 별로 간섭하지 않는다고 했다. 듣 기로는 부모님이 비교적 자유롭게 자라서 자식에게도 알아서 하라 고 맡기는 것 같았다.

부럽다. 우리 부모도 그러면 얼마나 좋을까.

부모가 정한 1지망 고등학교는 지금 다니는 사이카가 아닌 입시 성적이 더 좋은 학교였다. 남들이 보기에는 이 학교도 충분히 좋은 곳이었지만, 우리 집의 인식은 달랐다.

집에서는 한심한 놈. 학교에서는 고만고만한 학생. 세상에서는 그럭저럭 평범한 사람. 이것이 나에 대한 평가일 것이다. 어렸을 때는 정말 심각하게 나를 다리 밑에서 주워 왔다던가, 태어날 때 병원에서 뒤바뀌었을 거라고 생각했다. 하지만 엄마랑 얼굴이 닮았다. 유전자는 외형적으로만 기능을 충실히 수행했다.

부모의 기대에 부응할 수 없다고 생각한 건 1지망이었던 고등학교에 떨어졌을 때였다.

하지만 부모의 반대를 무릅쓰고 집을 뛰쳐나갈 정도의 근성은 없었다. 아르바이트에 매달리는 대학 생활을 하고 싶지도 않았다. 물론 고졸 학력으로 취직할 용기도 없었다. 역사를 좋아하지만, 업으로 삼을 정도는 아니었다.

"학비만 해결되면 대학은 집에서 다니고 싶은데……."

체면 차리는 것에 많은 신경을 쏟는 부모였다. 수상한 아르바이트를 하거나 사고 치는 것보다 낫다고 생각하고 집에서 살게 해줄 거라는 믿음이 있었다. 눈칫밥을 먹겠지만 어차피 부모는 집을 비울 때가 많다. 나도 대학생이 되면 지금보다 밖에서 보내는 시간이 많아질 거다.

"학비가 안 드는 대학은 없을까?"

"너희 집, 돈 많잖아?"

"그게 내 돈이냐? 부모가 돈이 있어도 지원을 안 해주면 무슨 소용이야?"

"하긴……. 근데 부모님한테 반항하는 것도 귀찮지 않냐? 알바 하느라 대학 생활을 못 즐기면 아깝잖아."

군지도 나와 비슷한 생각이었다. 가능한 한 부모라는 언덕에 오래오래 기대고 싶었다.

염치가 없다고 하겠지만 돈을 대준다고 해서 내게 간섭할 수 있는 권리는 없다. 원래 자식은 부모보다 돈이 없는 게 당연한 일이다.

"그럼 특대생이겠네. 가끔 텔레비전에서 광고하잖아."

"아아, 거기?"

군지가 말하는 대학교는 4년간 학비를 전액 면제해 주는 곳이었다. 솔깃했지만 소문에 따르면 난이도가 상당히 높았다. 그 학교로 진학하는 건 현실적으로 어려울지도 모른다. 그렇다면 다른 곳을 조사해서 조금이라도 더 가능성을 열어두고 싶었다.

한참 이야기를 하는데 아이하라가 숨을 헐떡이며 교실로 뛰어들어왔다.

"아슬아슬했네!"

1분만 늦었어도 수업 시작종이 울렸을 거다. 거의 매일 아침 일어나는 광경이다. 반에서 집이 제일 가까운 아이하라는 매일 지각할 듯 말 듯 아슬아슬하게 등교한다. 버스도 전철도 타지 않으니까 오히려 시간을 신경 쓰지 않기 때문에 집을 나서는 시간이 늦어진다고 했다. 출석번호가 1번이라 좀 불리하기는 했다.

"무슨 이야기 중이었어?"

"학비."

군지는 항상 말이 짧다. '부모가 학비를 대주지 않을 경우'라고 내가 보충 설명을 하자 아이하라는 눈치껏 사정을 헤아렸다.

"학자금 대출은?"

"그건 나중에 갚아야 하잖아."

"그럼 특대생?"

"지금 그 이야기 하는 중."

"저거 말하는 거야?"

아이하라의 손가락이 교실 뒤편에 붙은 지정교 추천 대학의 일람표를 가리켰다.

"저 안에 분명 특대생 전형이 있을걸?"

교실에 게시된 종이에는 자세한 내용이 없었다. 그래서 조례가 끝난 뒤 오쿠사와 선생이 복도로 나왔을 때 그를 불러 세웠다.

오쿠사와 선생은 내가 지정교 추천에 대해 묻자 조금 놀란 눈치였다.

"학교 마감일도 있지만, 지정교 추천은 일정 기준을 채워야 해. 어느 대학 희망하는데?"

"도코대 사학과요."

이 대학의 추천 입시 합격자는 첫해 수업료를 면제받는다. 일단 들어가면 2학년 이후에는 어떻게든 될 거라는 계산이었다. 결국 부모도 체념하고 학비를 내줄 것 같기도 했다. 무엇보다 도코대는 부모 세대에게는 꽤 이름이 알려진 대학이었다. 학과에 대해서는 안 좋은 말을 듣겠지만 뭘 하든 어차피 잔소리는 듣게 되어 있다.

오쿠사와 선생은 잠시 생각에 잠긴 채 먼 산을 바라보았다.

"도코대는……, 고미나토의 경우에는 지원 기준으로 보면 조금 힘들지도 모르겠네."

"어려울까요?"

"나중에 제대로 확인해 보겠지만, 아마 어려울 것 같아."

오쿠사와 선생이 그렇게 말하면 그럴 거다.

"그런데 거기는 네가 지망하던 대학이랑 학과가 다르지 않니?"

"사정이 좀 있어서요."

"그렇구나. 진로 변경은 상관없어. 배우고 싶은 곳에 가는 편이 좋긴 하겠지만, 도코대는 어렵지 않을까? 성적을 생각하면 다른……, 음."

오쿠사와 선생이 말을 얼버무리는 모습을 보아하니 돌아가는 사정을 알 만했다.

아무래도 내신 성적이 좋은 누군가가 지원한 모양이다. 내가 덤벼서 이기지 못할 상대가 틀림없었다.

"정말 역사를 배우고 싶으면 다른 학교를 찾아봐 줄까? 물론 너도 찾아보고."

꼭 역사를 배우고 싶어서 지망 대학을 변경하는 건 아니었다.

"고미나토, 도코대에 가고 싶냐?"

지나가던 나가쓰카가 갑자기 끼어들었다.

어디서부터 듣고 있었는지 모르지만, 기분이 나빴다.

"역사 선생이라도 될 생각이냐? 오쿠사와 선생처럼 모교로 돌아오는 방법도 있어."

나가쓰카는 진짜 짜증 난다. 입냄새도 지독했다. 제발 내 근처에서 말하지 말라고!

"거기까지는 생각 안 해봤어요."

"오쿠사와 선생도 처음엔 그랬잖아, 그렇지?"

나가쓰카의 마지막 화살은 오쿠사와 선생을 향했다.

멋쩍은 듯 쓴웃음을 짓는 오쿠사와 선생은 우리 앞에서 보이는 표정과 달리 조금 어려 보였다. 나가쓰카가 오쿠사와의 고등학교 때 담임이었던 사실을 모르는 사람은 없었다. 이제는 어엿한 선생인데 틈만 나면 옛날이야기를 들먹이니 오쿠사와 선생도 짜증 나지 않을까 싶었다.

"저는 그 이전의 문제로 지원하기 어려울 것 같아요. 1학년 때부터 더 열심히 할 걸 그랬어요."

아, 귀찮다. 하지만 얌전한 편이 나가쓰카에게 빨리 해방될 수 있는 방법이다. 나는 특별히 성적이 좋은 것도 아닌데, 나가쓰카가 참견하는 일이 잦았다. 하나도 고맙지 않다. 오히려 민폐다.

"꼭 가고 싶으면 포기하면 안 되지."

일반 입시를 목표로 하기에는 성적이 좀 위험했다.

수험공부라는 고난과 역경을 이겨내서라도 가고 싶냐면, 글쎄였다.

나는 열정이 부족한 걸지도 모르겠다. 그러고 보면 부모도 늘 의욕을 더 가지라며 내게 잔소리했다.

눈앞에 당근을 흔들어 준다면 조금은 노력할지도 모른다. 하지만 저 멀리 있는 당근을 위한 전력 질주는 무리다.

나가쓰카에게 열심히 하겠다고 말했을 때, 수업 시작종이 울렸다.

부모와 자세히 의논하지 않고 어디에 지원할지 결론도 내지 못한 채 2학기를 맞이했다.

여름방학이 끝나면 대부분은 입시라는 결승선을 향해 마지막 질주를 시작한다. 물론 쓸데없는 저항을 하는 놈도 있었다. 그 선두를 달리는 녀석이 도베였다. 저런 놈은 붙잡고 얘기해 봐야 입만 아프다.

나의 여름방학은 입시학원의 여름 특강과 학원 자습실에서 보낸 시간으로 순식간에 지나가 버렸다. 학교 도서실에는 딱 한 번 갔다. 내 얼굴을 본 호소야마 선생은 허둥대며 에어컨 온도를 올렸지만 실내는 여전히 서늘했다.

교내 방송에서 내 이름이 불린 것은 여름방학 기분을 완전히 떨쳐냈을 무렵이었다. 나를 부른 사람은 나가쓰카였다. 용건이 있는 사람이 찾아와야 하는 거 아닌가? 나는 영 못마땅해하며 진로 지도실로 갔다.

"도코대 추천은 너로 정해졌다."

"네?"

"지금부터 제대로 입시 준비를 해야 해."

"하지만 제 성적으로는 어렵다고……."

"다시 확인했더니 문제가 없었다. 어쨌거나 추천은 너로 정해졌으니까 그렇게 알아. 잘됐지? 원하는 곳에 갈 수 있게 되었으니 말이다."

"네, 뭐."

당황스러웠다. 왜냐하면 7월에 오쿠사와 선생에게 지정교 추천 이야기를 한 다음날, 그가 내 성적으로는 어렵다고 재차 확인해 주었기 때문이다.

"따로 추천받을 학생이 있었던 거 아닌가요?"

"교내 선발 기준은 성적만 보는 게 아니야. 모든 걸 종합적으로 판단하지."

종합적이라고 해도 내 경우는 마이너스는 없지만 딱히 내세울 만한 것도 없었다.

"결정은 학교가 하는 거야. 네가 신경 쓸 일이 아니지. 그동안 열심히 한 걸 인정받았다고 생각해."

석연치 않았지만, 다른 사람보다 내 진로가 더 소중한 건 당연했다. 이제 잘만 하면 부모를 설득하기도 쉬워진다. 학과는 탐탁지 않아도 학교 이름은 마음에 들어 할 것이다. 어차피 나는 병원 쪽에 도움이 될 리가 없으니 그럭저럭 부모를 만족시킬 만한 대학에 들어가고 싶었다.

"그건 그렇고 고미나토, 자격증 따놓은 건 있니?"

"2학년 때 영어 검정 2급을 땄어요. 그거 말고는……."

"그거면 됐어."

"그런가요? 저기, 추천 기준이라는 게 내신 성적 말고 또 어떤 게 있나요?"

나가쓰카는 와하하, 하고 시끄러울 정도로 큰 소리를 내며 웃었다. 젠장, 입안이 다 보이잖아.

"그건 공개할 수 없어. 종합적으로 판단했다고밖에 말할 수가 없단다."

"그렇군요."

"걱정하지 마라. 학교는 네가 괜찮다고 생각해서 뽑은 거야. 제대로 준비해서 시험에 대비하도록 해."

"네."

뜻밖의 추천 결정은 마치 블랙박스처럼 느껴졌다. 그 안을 들여다보면 무엇이 있을지 궁금해졌다.

방과 후 아이하라가 웬일로 도서실에 같이 가자고 했다.

아이하라는 학교가 끝나면 늘 입시학원의 자습실에 갔다. 열심히 공부하는 주위 사람들을 보면 자기도 게으름 피울 생각이 들지 않는다고 했다.

"오늘은 왜 도서실로 가냐?"

"자습실 에어컨이 고장 나서 수리 중이라고 연락이 왔어. 고치려면 6시는 넘어야 한대."

"그럼 집에서 하지."

"밤에는 괜찮은데 낮에는 동생들 때문에 시끄러워. 지금 한창 집중해서 공부하지 않으면 위험하잖아."

"아, 그렇구나."

아이하라는 부모의 재혼으로 한참 어린 여동생과 남동생이 생겼다고 했다. 그리고 요즘 들어 나처럼 지원 대학을 바꿀지 고민하고 있었다.

"도서실도 시끄럽기는 마찬가지야."

"떠들면 사서가 뭐라고 하지 않아?"

"그 사서라는 사람이 나한테 말을 거는데?"

아이하라의 얼굴에 의문이 떠올랐다. 백문이 불여일견이다. 가보면 알겠지.

도서실에 도착하자 아이하라는 자습실로, 나는 신간 코너로 갔다. 역사 관련 신간이 다섯 권 정도 들어왔다.

"이걸 읽는 사람이 있나?"

"넌 읽을 거잖니."

혼잣말이었는데 책장의 반대편에서 호소야마 선생의 대답이 들려왔다. 모습이 안 보이길래 안쪽에 있는 줄 알았는데 책장 뒤에 숨어 있었다.

"다른 애들은요? 저 말고 또 누가 읽어요?"

"맨날 읽는 애들이 읽겠지. 고정 팬이 있는 장르잖아."

그럴지도 모른다. 새로 들어온 책은 교과서 같은 역사책과 달리 상당한 마니아적인 게 많았다. 식품이나 철도 마니아들이 읽으면 감탄사를 연발할 것 같다는 생각이 들었다.

흥미로웠지만, 오늘은 따로 빌리고 싶은 책이 있었다. 수험 관련 도서가 진열된 책장으로 갔다.

내가 찾던 책을 발견하고 두 권 정도 책장에서 꺼냈다.

책을 가지고 갔더니 호소야마 선생이 의외라는 듯이 말했다.

"어머, 신간은 안 빌렸네?"

"이래 봬도 수험생이거든요."

"너무 무리하지는 마. 해마다 이곳에서 학생들을 봐왔지만, 너무 집착하는 애들도 있었거든. 그래도 결국은 어떻게든 잘 해결되니까 걱정하지 마."

"그러면 좋겠지만요."

말은 그렇게 했지만, 지정교 추천이 가능해진 다음부터 대학 생활을 향해 앞으로 나아갈 수 있었다. 추천 입시이기 때문에 소논문 연습을 시작해야 한다. 빌린 책을 넘겨보았다.

지금까지 소논문은 준비할 필요가 없다고 생각했었기 때문에 내심 초조했다. 원래 글 쓰는 것을 별로 좋아하지 않았다. 특히 소논문처럼 자기 의견을 주장하는 건 서툴렀다.

"다들 이걸 어떻게 준비하는 거야?"

"국어 선생한테 봐달라고 해."

자습 코너에 있어야 할 아이하라가 내 곁에 서 있었다.

"공부는 끝났어?"

"아직 안 끝났는데 이제 슬슬 학원 갈 시간이라서. 넌?"

오후 5시 반이 되어가고 있었다.

"나도 같이 갈래. 이따가 역 근처에서 누굴 좀 만나기로 했거든."

호소야마 선생에게 인사한 뒤, 나는 아이하라와 현관으로 향했.

9월이 되면서 갑자기 날이 너무 빨리 저무는 것 같은 느낌이었다. 8월의 이 시간이었면 아직 낮이었을 텐데 지금은 이미 석양이 깔렸다.

현관 바로 옆에는 오쿠사와 선생이 큰 상자를 껴안고 있었다.

우리를 알아본 선생이 말을 걸어왔다.

"아직 남아 있었구나."

"도서실에서 공부하다가 이제 학원에 가는 길이에요."

아이하라가 지쳤다는 듯이 대답했다.

"고생한다."

"선생님은 뭘 들고 계신 거예요? 무거워 보여요."

"안 쓰는 방을 정리하다 보니 버릴 게 잔뜩 나와서. 지금 갖다 버릴 참이야."

아이하라가 상자 안을 들여다보았다. 엉겁결에 나도 같이 고개를 들이밀었다.

안에는 먼지를 뒤집어쓴 책과 무슨 용도인지 알 수 없는 지름 10센티미터 정도의 플라스틱 원통, 녹슨 클립 같은 잡동사니가 수북했다.

"이건 가벼운 편이라 괜찮지만, 방에는 받침대가 대리석으로 된 무거운 트로피도 있어. 치우는 데 애를 먹을 것 같아. 언제쯤 끝날지, 원."

"오늘은 야근하시는 거예요?"

"오늘도, 라고 해야겠지?"

그 말투로 보아 야근하지 않는 날이 더 적다는 것을 알 수 있었다. 웃는 얼굴은 상쾌했지만 말하는 내용은 침울했다.

현관을 나선 나와 아이하라는 함께 역으로 향했다. 아이하라가 학원을 땡땡이치고 싶다며 투덜댔다.

"오쿠사와, 오늘은 몇 시에 퇴근하려나."

"글쎄. 아까 말하는 거로 봐서는 거의 매일 야근하는 거 아니야? 근데 그게 왜 궁금해?"

"우리 엄마도 교사인데 맨날 투덜대거든. 월급은 쥐꼬리만큼 주면서 야근 수당도 없이 부려 먹는다고. 자기 입으로 그런다니까. 그래서 역시 선생은 할 만한 직업이 아니라고 생각했지."

"그랬구나."

역사 전공을 살리려면 장래에 교사가 될 가능성도 있겠지만, 아이하라의 말을 듣고 내 장래 직업 후보군에서 바로 삭제했다.

"세상에 편한 일은 없겠지만 의사와 교사는 안 되겠네."

우리 부모는 내가 지금이라도 의학부에 지원하겠다고 하면 10수 정도는 거뜬히 시킬 기세다. 아니, 여차하면 비리를 저질러서라도 들여보낼지 모른다.

"둘 다 없으면 안 되는 직업이지만, 나는 무리야. 뭐, 원래 의사는 후보에 들어 있지도 않았지만."

얼마 전까지 아이하라는 교육학부에 지원할 예정이었다. 하지만 상황을 보니 학부를 변경할 게 확실했다.

"적당히 보람도 있고 일주일에 이틀은 확실히 쉴 수 있고 야근이 거의 없는 직업이 없을까? 월급도 그럭저럭 받을 수 있는 일."

내가 그렇게 말하자 옆에서 걷던 아이하라가 말했다.

"그런 직업이 있는지 없는지는 모르겠는데, 네 꿈이 엄청 크다는 건 알겠다."

역에서 아이하라와 헤어진 나는 근처 패스트푸드점에 갔다.

작년, 같은 위원회에서 만난 마세 선배는 나와 비교적 자주 이야기를 나누는 사이였다. 졸업하고 나서 실제로 만나는 일은 줄었지만, SNS로 서로의 근황을 확인했다. 직접 만나지 않아도 SNS로 서로의 근황을 알고 있으면 관계가 이어지는 느낌이다.

가게에 들어서니 선배는 이미 자리에 앉아 도넛를 열심히 먹고 있었다.

"미안, 배가 너무 고파서 먼저 먹었어. 물어보고 싶은 게 뭐야? DM으로는 할 수 없는 심각한 얘기야?"

"아니요. 선배, 도쿄대에 다니잖아요. 늦었지만 학교 분위기에 대해 듣고 싶어서요."

"별로 늦진 않았지. 아직 시험까지 네다섯 달 정도 남았잖아. 지금부터 지원할 학교를 정하는 애들도 있을 텐데 뭐."

"그게, 입시까지는 두 달도 채 남지 않아서요……."

선배는 도넛을 입에 넣은 채 동작을 멈추더니 바로 엄청난 기세로 씹어 삼켰다.

"어? 그렇다면, 학교 추천을 받은 거야? 내신이 높지 않으면 못 받을 텐데?"

"잘 아시네요."

"나도 지원했었거든. 결과적으로는 교내 선발에서 떨어져서 일반 입시를 봤지만."

난처한 질문을 했다는 당황스러움이 표정에 드러났는지 선배가 말을 이었다.

"괜찮아, 일반 입시로 합격했으니까 이젠 상관없어. 교내 선발에서 떨어졌을 때는 꽤 충격이었지. 경쟁 상대였던 녀석이 나보다 공부를 못 한다고 생각했었으니까."

"네? 선배보다 성적이 나쁜 데도 추천받았다는 거예요?"

나와 비슷한 사례가 있는 걸까?

"아니, 몰라."

"네?"

"반이 달랐고 걔 성적도 자세히는 몰랐으니까. 그냥 트집 잡는 거지. 그때는 내가 떨어지고 그 녀석이 추천받는 상황에 열받았었 거든. 난 입학했을 때부터 줄곧 도쿄대를 목표로 준비했어. 그런데 느닷없이 나타난 녀석이 내가 가고 싶던 대학에 홀랑 들어가게 되었으니까."

전후 상황이 나와 똑같다.

"그랬군요."

"뭐, 최종적으로는 같은 대학교에 들어갔으니까 지금 와서는 큰 차이가 없지만."

교내 선발에서 떨어진 시점부터 다시 열심히 공부했던 당시를 회상하는 건지, 도넛을 너무 먹은 탓인지 선배는 가슴이 메는 듯한 표정을 지었다.

"너도 계속 추천을 노렸던 거야?"

"아니요, 제 경우는 선배와 반대예요. 상황을 보다가 막판에 끼어든 셈이죠."

"그런 건 네가 신경 쓸 부분이 아니야. 문제가 있다면 학교도 널 고르지 않았을 테니까. 나도 이제는 편하게 말할 수 있어."

두 번째 도넛을 입에 넣은 선배는 대학 생활에 대해 이야기해 주었다. 즐겁기는 하지만 상상했던 것보다 공부를 훨씬 많이 한다는 것과 대학에 들어가면 저절로 여자친구가 생길 줄 알았는데 여태 낌새가 보이지 않는다는 이야기였다.

마세 선배는 공학부인 탓에 남녀 성비의 문제도 있겠지만, 애초에 어디를 가도 저절로 애인이 생길 수는 없다고 생각했다. 물론 선배에게 말하지는 않았다.

점심시간에 오쿠사와 선생이 나를 불렀다. 조용한 곳에서 이야기하자며 데려간 곳은 먼지투성이의 창고였다. 창문은 열어놓았지만, 에어컨도 선풍기도 없어서 무척 더웠다. 바람도 들어오지 않았다.

"얼른 끝낼 테니까 더워도 잠깐만 참아 줘."

오쿠사와 선생은 의자에는 앉지 않고 창가 벽에 기대 서 있었다. 바쁜 건지 평소보다 기운이 없어 보였다.

심각한 이야기인가 싶어서 마음의 준비를 단단히 했다. 역시 추천은 어렵다는 말일까? 불안해졌다.

"고미나토, 어제 나가쓰카 선생님한테 지정교 추천에 대한 이야기를 들었지?"

"네, 안 될 줄 알았는데 좀 놀랐어요."

"우선 내가 성급히 이야기한 탓에 널 혼란스럽게 한 거, 사과하고 싶어. 미안하다."

오쿠사와 선생은 나를 향해 머리를 깊숙이 숙였다.

"아니에요."

그렇구나. 날 부른 건 전에 추천이 어려울 것 같다고 했던 말을 사과하기 위해서였어.

오쿠사와 선생이 제대로 확인해 주었으면 했다. 방학 전에 알았다면 내 여름방학이 조금 더 즐거웠을 것이다. 기껏해야 공부시간이 줄고 동영상을 보는 시간이 늘어났을 뿐이었겠지만.

그래도 딱히 화가 나지 않는 이유는 상황이 호전되었기 때문이다. 만일 반대 상황이었다면 길길이 날뛸 정도로 화를 냈을 것이다.

"부모님하고 의논해 봤어?"

"일단 엄마가 찬성이라서 어떻게든 될 것 같아요."

사흘 전에 해외 출장을 간 아버지는 당분간 집에 없었다. 전부 결정이 나버리면 어떻게든 되겠지. 어차피 아버지가 원하는 코스대로 따라갈 생각은 없었다.

"그래, 잘됐네."

"아버지는 아마 이미 저란 놈을 포기했을 거예요."

"그렇지 않아."

"괜찮아요. 저도 부모님의 기대를 채워주지 못하는 게 조금은 미안하거든요. 지금까지 먹이고 입혀줬는데 말이죠. 뭐, 우리 부모님은 저에게 쓰는 시간이 아까울 정도로 바쁘시지만요."

최근 병원에 외과 의사 한 명이 나가서 그만큼 아버지의 부담이 늘어난 모양이었다. 누가 봐도 피곤에 찌든 얼굴이었다. 다시 한번 느꼈지만, 의사는 하고 싶지 않다.

"나한테는 교사도 의사도 무리네."

나도 몰래 새어 나온 말에 오쿠사와 선생은 영문을 모르겠다는 듯 미간을 찌푸렸다.

"갑자기 무슨 소리야?"

"아니요, 학교를 선택한다는 건 장래의 직업과도 관련이 있으니까요. 생각이 좀 많아졌어요."

"그래, 너희 집이면 의사라는 선택지도 있었을 텐데 고민이 많았겠네."

"저는 일찌감치 의사는 어렵다고 생각했어요. 형이 의학부에 들어가 줘서 한숨 돌린 것도 있어요. 선생님은 언제부터 교사가 되려고 하셨어요? 어릴 때부터인가요?"

오쿠사와 선생의 표정이 알 듯 말 듯 미묘하게 일그러졌다. 조금 부끄러워 보이기도 했다.

"고등학생 때는 너희와 다르지 않았어. 2학년 때 동아리를 그만뒀지만, 공부에 집중하지 못했지. 3학년이 되어서도 진로 문제로 고민이 많았어. 마음을 못 잡고 꽤 방황했어. 확실히 교사가 되겠다고 목표를 세운 건 대학에 들어가고 나서야. 이런 이야기는 별로 도움이 안 되지?"

오쿠사와 선생은 미안하다고 덧붙였다.

'선생님'은 젊어도 '선생님'이다. 우리 '학생'들과는 다르다. 그래서 어른이라고 생각하고 의지하게 된다. 하지만 10년 전, 이 학교에 다니던 오쿠사와 선생은 우리와 같은 '학생'이었다. 그 사실을 조금은 알게 된 것 같았다.

"아뇨, 도움이 됐어요. 지금은 고민하고 있지만 10년 후에는 제대로 일하는 어른이 될 수 있다는 거니까요."

약간의 허세를 부렸다. 사실 나는 그렇게까지 진지하게 생각해 보지 않았다. 10년 후의 일은 구체적으로 상상할 수 없다. 그냥 듣기 좋으라고 한 말인지도 모른다. 말만 저렇게 하지 사실은 꽤 우등생이었을지도 모른다.

"선생님, 모델이 될 생각은 안 해보셨어요?"

"한 번도 안 해봤어. 패션에는 자신이 없거든."

아, 알고는 있구나. 그 넥타이는 진짜 아니라고 말해주고 싶었지만 참았다. 사람이 전방위적으로 너무 완벽해도 거리감이 느껴진다. 빈틈이 조금도 없으면 존재 자체가 좀 짜증 날 수도 있다.

"그래도 학창 시절에 인기 많았죠?"

"그렇지도 않았어."

부정하지 않는다. 그렇다면 꽤 인기가 있었다는 얘기다. 학생한테 자기가 소싯적에 잘나갔다는 말은 할 수 없겠지.

"교사가 되길 잘한 것 같으세요?"

"글쎄, 좋은 일도 있고 나쁜 일도 있지만, 이 일 자체는 좋아해."

"나쁜 일……, 아! 야근 수당도 안 주고 부려 먹는 거 말이죠? 아이하라 어머니가 선생님인데 그렇게 말씀하셨대요."

"우리 같은 사립은 좀 다르지만, 다 비슷비슷할 거야."

그때까지 굳어 있던 오쿠사와의 얼굴에 긴장이 풀리면서 옅은 미소가 번졌다.

"10년 후에 놀러 와서 제가 어떻게 되었는지 보여 드릴게요."

"10년 후 네 모습, 기대된다. 그때 난 서른일곱 살이겠네……."

서른일곱 살의 오쿠사와 선생은 상상이 안 간다. 사람에 따라서는 아저씨가 되는 나이지만 연예인은 아무리 나이를 먹어도 멋지다. 오쿠사와 선생은 마흔 살이 되어도 여자애들이 쫓아다니려나?

"10년 후의 선생님도 좀 궁금하네요."

내 말에 오쿠사와 선생은 "별로 상상이 안 가네" 하고 중얼거렸다.

도서실에서 빌린 책을 반납할 때 가방 속에 있어야 할 영어 프린트가 없다는 사실을 깨달았다. 내일 제출하려면 오늘 밤에 풀어야 했다.

"귀찮은데……."

복도를 걷고 있자니 어느 교실에서도 학생의 모습이 보이지 않았다. 평소에 사람 많은 곳만 봐서 그런지 다른 세계로 흘러들어온 듯한 기분이었다. 이제 반년 뒤면 이 학교를 떠난다. 그 생각을 하면…… 뭐, 특별히 느껴지는 건 없다. 좋을 것도 나쁠 것도 없었던 고등학교 생활은 졸업 후에도 추억이라고 할 만한 게 없을지도 모른다.

일직선으로 뻗은 복도의 중간쯤에 덩그러니 놓인 가방이 보였다. 그것도 우리 교실 앞이다. 중간보다 조금 더 큰 사이즈의 보스턴백이었다. 누가 두고 간 건가?

"사람 드나드는 입구에 도대체가, 으악!"

갑자기 누군가 뒤에서 어깨를 끌어당기는 바람에 몸이 홱 젖혀졌다.

"고미나토, 여기서 뭐 해?"

나가쓰카다. 선생이야말로 뭐 하는 짓이냐고 묻고 싶었다. 그냥 부르면 되지 왜 사람을 끌어당기는 거람.

왜 이 사람이 여기에 있는 거지?

"잊은 게 있어서요."

"뭔데?"

"그게, 그러니까……."

영어 프린트다. 거짓말했다가 교실까지 따라오면 어떡하지. 들통나면 죽은 목숨이다. 솔직하게 말하는 수밖에 없었다.

"영어 프린트요."

"그건 내가 갖고 있어."

"네?"

"자."

나가쓰카는 손에 들고 있던 파일에서 프린트 한 장을 빼더니 내 쪽으로 내밀었다.

"가져가. 내일은 잊어버리지 마라."

"아, 네……. 감사합니다."

대박. 잊어버렸는데 설교를 하지 않고 새로 주기까지 하다니. 나가쓰카 답지 않다. 너무 친절해서 무서울 정도였다. 아무래도 얼른 사라지는 게 좋겠다. 비가 올지도 모르고.

인사를 하고 자리를 벗어났다. 나가쓰카는 나와 반대 방향으로 걸어갔다.

코너를 돌면서 뒤를 돌아봤더니 나가쓰카는 교실 앞에 놓아둔 보스턴백 근처에서 뭔가를 만지작거리고 있었다. 내용물을 확인하는 걸까?

"엄청난 게 들어있는 거 아냐? 누군지 몰라도 안됐다."

나랑은 상관없지만, 하고 생각하면서 학교를 벗어났다.

영어 프린트를 다 풀자 곧바로 군지로부터 메시지가 도착했다.

―오쿠사와, 대박이야.

첨부된 동영상은 처음에는 뭔지 알 수 없었다. 하지만 군지가 의미 없는 내용의 메시지를 보낼 리 없었다. 두 번째로 영상을 돌려보았을 때, 비로소 군지의 말을 이해할 수 있었다.

"……진짜 대박이네."

얼굴에서 핏기가 가셨다.

우리가 사용하는 교실에서 오쿠사와가 여자애한테 손을 댄 거다. 상대가 누군지는 알 수 없지만 그냥 넘어갈 수 없는 문제였다.

곧장 군지에게 전화를 걸었다.

"이거, 어디서 난 거야?"

"도베가 뿌려대고 있어."

"아……."

도베라면 그러고도 남을 놈이다. 늘 손에서 스마트폰을 놓지 않는 녀석이었기 때문이다.

군지는 통화하면서 몇 번이나 한숨을 내쉬었다.

"학생한테 손을 대다니, 선을 넘어도 한참 넘었어. 진짜 경멸스럽다. 오쿠사와를 믿었는데 말야."

"뭔지 알아. 말하기 편하고 우리 의견도 잘 들어줬으니까."

"난 연애 상담까지 했다고."

"뭐? 미친."

설마 선생한테 연애 상담을 할 줄은 몰랐다. 아니지, 할 수도 있나? 오쿠사와는 우리에게 나이 차이가 많은 형 같은 존재였다. 물론 조금 전까지는 말이다.

"말했잖아. 여친이랑 장거리가 될 것 같다고. 그래서 상담받았지. 같은 대학에 가는 게 좋겠냐고."

"오쿠사와는 뭐라고 했는데?"

"같은 대학도 좋고 여친이랑 가까운 학교도 찾아보라고 했어."

"선생이 여친 따라서 대학에 가라고 했다고?"

"자기도 장거리 커플이었다가 헤어진 경험이 있대. 물론 진짜로 여친이랑 가까운 학교로 가라는 건 아니고 다방면으로 잘 생각해서 나 자신도 납득할 만한 학교를 찾았으면 좋겠다는 이야기였어."

"그래? 근데 넌 결국 헤어지기로 했잖아."

"헤어지기로 한 게 아니라 내가 하고 싶은 공부를 더 우선으로 생각한 거야! 지금도 마음이 왔다 갔다 해."

"됐어. 헤어져."

군지는 으아악, 하며 목이 졸려서 숨넘어가는 듯한 소리를 냈다.

"너무한 거 아니냐? 오쿠사와는 자기 경험까지 얘기하면서 상담해 줬는데!"

오쿠사와는 내게는 개인적인 이야기를 하지 않았다. 물론 나도 말하지 않았지만.

자기 얘기는 잘 하지 않는 사람이라고 생각했는데, 질문이 아니라 상담이라고 하면 이야기해 줄지도 모른다. 오쿠사와의 고등학교 시절이라……. 좀처럼 상상이 가지 않는다. 그때도 여자애들한테 둘러싸여 있었겠지.

이 타이밍에 그런 광경을 떠올리니 마음이 복잡했다. 학생에게 손을 대는 교사는 최악이다.

"여자애들한테 엄청 인기 있었으니까 마음대로 고를 수 있었던 걸까?"

"관둬. 그런 상상은 하기도 싫어."

"내 말이 맞잖아. 그 동영상에 여자애가 찍혔으니까."

오쿠사와를 따라다니던 몇몇 여자애들의 얼굴이 떠올랐다. 하지만 나도 모르게 동영상에 나온 여자애와 얼굴을 맞춰보게 될 것 같아서 그만두었다. 만일 누군지 알아내 버리면 내일부터 한 교실에 있을 자신이 없었다.

수화기 너머로 군지가 후우, 하고 몇 번째인지도 모를 한숨을 내쉬었다.

덩달아 나도 한숨을 쉬었다.

"오쿠사와는 이제 어떻게 될까?"

"나도 그게 걱정이야. 하지만 이대로 넘어가는 것도 말이 안 되잖아. 이상한 작자가 오쿠사와의 자리를 대신하지나 않았으면 좋겠다."

우리는 당황스러운 상황 속에서 묘하게 침착했다. 아직 머릿속이 정리되지 않았기 때문일까.

그 증거로 우리는 결론이 나지 않는 이야기를 몇 번이고 되풀이하면서 좀처럼 전화를 끊지 못했다.

우리에게 보여준 얼굴은 어디까지가 진짜였을까? 교사라는 가면을 쓰고 본심을 감추었다면 우리가 보던 오쿠사와 선생은 다른 사람인 셈이다.

그렇지 않기를 바라는 마음도 있었다.

임시 담임은 나가쓰카가 되었다. 반 전체에서 무언의 한숨 소리가 들렸다. 물론 나도 그중 한 명이었다.

나가쓰카는 그런 사건이 일어난 직후인데도 전혀 동요하지 않고 여느 때와 다름없이 행동했다. 남자애들도 그렇지만 여자애들이 오쿠사와의 영상으로 더 큰 충격을 받았다. 그런 애들에게도 나가쓰카는 한결같았다.

"너희가 해야 할 일은 공부야. 쓸데없는 일에 신경 쓰지 말고 공부나 해."

정나미가 떨어졌지만, 어떤 의미에서는 존경스러웠다.

그러던 중, 아이하라가 나와 군지에게 와서 기가 막히다는 듯이 말했다.

"나가쓰카는 미쳤어!"

"왜, 아침부터 한 소리 들었냐?"

"뭐래? 그게 아니고 나 얼마 전에 지원 대학 바꿨다고 했잖아."

"그랬지."

"나가쓰카에게 슬쩍 말했더니 곧바로 그 대학의 입시 과목을 알려주는 거야. 나는 찾아보고 말한 건데 나가쓰카는 아무것도 보지 않고 바로 말해서 좀 쫄았어. 더 대박인 건 내가 희망하는 학교하고 다른 곳를 머릿속으로 따져보더니 이쪽이 더 낫겠다는 거야. 말이 돼? 입시 과목은 학과마다 다르잖아. 대학도 그때까지 한 번도 말한 적 없었거든. 근데 그 자리에서 바로 대답했다고."

"진짜 대박이네."

직전에 우연히 같은 내용으로 상담했을 수도 있다. 그래도 아이하라가 준비하는 입시 과목이 이미 머릿속에 들어있다는 소리다. 복수 지원하는 반 애들의 상황을 전부 외우고 있다는 뜻인데, 정말 말도 안 되는 이야기였다.

"오쿠사와는 태블릿을 보면서 이야기했었지?"

내 말에 아이하라는 당연하다는 듯 고개를 끄덕였다.

"다 외울 필요는 없는 거니까."

"필요 없다기보다 못 외우는 거겠지. 나가쓰카가 태블릿을 잘 다루지 못하는 것일 수도 있고."

하지만 데이터를 머릿속에 넣어두는 게 훨씬 어렵다. 그리고 나가쓰카가 컴퓨터 사용하는 걸 본 적이 있다. 디지털 기기를 못 쓰는 건 아니었다.

군지도 아이하라처럼 무서운 걸 본 듯한 표정으로 말했다.

"그러고 보니 1학년 때 영어 담당이 나가쓰카였거든. 기말고사를 망쳤는데, 복도에서 나가쓰카가 날 보더니 뭐랬는지 알아? 갑자기 '너, 문법을 많이 틀려서 낙제점이니까 공부 제대로 해!'라고 하는 거야. 그때는 모두의 앞에서 큰소리로 낙제라고 말해서 열받았는데 지금 아이하라의 말을 들으니까 어쩌면 학생 개개인의 장단점을 다 파악하고 있는 게 아닌가 싶기도 해."

"내 경우를 봐도 틀린 말은 아닌 것 같지만……."

설마, 하며 아이하라와 군지가 서로 마주 보았다.

"하지만 낙제라고 폭로하는 건 너무 배려가 없잖아. 요즘 같으면 학생 인권이다 뭐다 해서 문제가 될걸?"

"그럴지도 모르지. 내가 그것 때문에 학교에 안 나오면 나가쓰카는 처벌받을 수도 있어. 체벌이 있던 시절의 사람이라 사고방식이 지금과는 다르지 않겠어? 말투도 그 모양이니까 반발하는 애들도 많고. 나도 아이하라의 이야기를 듣지 않았다면 지금까지 몰랐을 거야."

"나는 별로 욕먹은 적도 없고 무슨 일을 당한 적도 없는데."

우리 세 사람의 결론은 '역시 나가쓰카는 짜증 난다'는 한마디였다. 하지만 무언가 놓치고 있다는 느낌을 지울 수가 없었다.

"오쿠사와 선생도 우리가 보지 못한 뭔가가 있었을까?"

내 질문에 아이하라도 군지도 대답하지 않았다.

방과 후, 역 앞의 패스트푸드점에 도착해 보니 마세 선배는 또 입 안 가득 도넛을 물고 있었다. 오늘은 접시에 네 개나 담겨 있었다.

"점심 못 먹었어요?"

"아니? 가쓰동 먹었어. 이 시간이면 당연히 간식이지."

저녁은 어쩔 셈인지 물으려다 말았다. 나도 도넛과 우롱차를 주문한 뒤 선배가 있는 테이블에 앉았다.

"물어볼 게 뭐예요?"

오늘 점심시간에 선배에게서 연락이 왔다. 시간 괜찮을 때 만날 수 있냐고 물었다. 우리는 만난 지 얼마 안 된 데다가 그렇게 자주 만나는 사이도 아니었다. 당연히 무언가 용건이 있다는 걸 짐작할 수 있었다.

"뭐겠어? 지금 사이카에서 화제는 하나뿐이잖아."

역시 예상대로였다. 교장은 함부로 떠들고 다니지 말라고 했지만 내가 입을 다문다고 크게 달라질 건 없었다.

"혹시 선배 쪽에도 동영상이 흘러갔어요?"

"응. 동아리 후배가 보여줬어."

"그럼, 그 사람에게 물어보면……."

"무슨 소리야, 네 담임이잖아. 동영상을 보내준 후배는 잘 모른다고 하니까 그러지."

"하지만 제가 설명하지 않아도 선배도 오쿠사와 선생을 알고 있잖아요."

"그렇지. 담임은 아니었지만 여자애들 사이에서 난리였고, 운동장 조회 때에도 눈에 띄었으니까. 그 이상한 넥타이도 그렇고."

역시 그렇게 보였군.

"그거 확인하려고 저를 부른 거예요?"

"맞아, 궁금하잖아."

그렇겠지. 하지만 내 쪽도 새로운 정보가 없다. 사실과 거짓이 뒤섞인 정보들. 한 다리 건널 때마다 일그러지고 덧칠해지는 것들뿐이다.

설명하기 귀찮아서 도베의 계정을 알려줬다. 그걸 보면 대강 파악할 수 있을 것이다.

"우리 반은 아무래도 다른 반보다 더 뒤숭숭해요. 다들 표면적으로는 평소처럼 수업을 듣지만, 작정하고 일을 키우려는 녀석도 있으니까요."

"장소가 학교잖아. 게다가 상대가 학생이니까 난리가 나는 게 당연하지. 선생들끼리 학교에서 연애하는 것하고는……, 아니다. 역

겨우니까 관두자."

마세 선배는 아직 도넛 세 개가 남았는데도 아이스커피를 다 마셔버렸다.

음료수도 없이 괜찮을지 보는 사람이 더 불안했지만, 선배는 개의치 않고 남은 도넛을 입에 쑤셔 넣었다.

"마실 거 더 안 사도 돼요?"

"괜찮아. 수험생을 불러내서 미안하네. 도넛은 내가 살게."

"됐어요. 지난번에도 말했지만, 입시 준비가 생각보다 빨리 끝날 것 같아요."

"맞다, 그랬지? 부럽네. 일찌감치 끝나서 좋겠다."

"선배는 이미 끝났잖아요."

"그런 뜻이 아니잖아. 그러고 보니 어제 우연히 들었는데, 예전에도 너처럼 갑자기 추천이 결정된 적이 있었나 봐."

"무슨 소리예요?"

"꽤 오래전이야. 10년도 더 됐을걸? 나가서 따로 살고 있는 아홉 살 차이 나는 큰형이 있는데, 어제 오랜만에 집에 왔더라고. 이런저런 이야기를 나누다가 입시 이야기가 나왔지. 자기 때도 너와 비슷한 일이 있었다고 하더라고."

"어떤 일이요?"

"분명 자기 성적이 더 좋은데 갑자기 다른 놈이 추천받은 적이 있었대. 당시에는 좀 시끄러웠나 봐. 물론 떨어진 놈이 혼자 난리를 피웠던 것뿐이지만."

"생각보다 자주 있는 일인가 보네요."

"드문 일이 아닐 수도 있어. 추천을 받지 못한 사람은 억울하니까 잊을 수 없겠지."

목표를 위해 계속 애썼는데 갑자기 떨어지면 잊어버리기 힘들겠지.

"전 그냥 운이 좋았던 거죠."

"고미나토, 잘 들어. 운이라는 건 계속되는 게 아니야. 분명 어딘가에 함정이 있다니까. 아니, 있어야 해."

"지금 저주하시는 거예요?"

"일반 입시의 괴로움을 너도 조금은……, 커헉!."

선배가 갑자기 가슴을 누르더니 세차게 두드렸다. 그것 보라니까, 그래서 마실 거 필요 없냐고 물었잖아요. 하지만 괴로워하는 모습을 보니 놀릴 수가 없었다.

"물 가지고 올게요."

내가 자리에서 일어선 순간, 선배는 내가 마시던 우롱차 컵을 움켜쥐었다.

동영상이 유출된 지 열흘 정도가 흘렀다.

우리 반은 조금씩 평온을 되찾았다. 나는 살짝 맥이 빠지는 기분이었다. 사실 더 큰 소동이 벌어질 줄 알았기 때문이다.

하지만 사람이란 불꽃이 터질 때는 하늘을 올려다보지만 꺼지고 나면 흥미를 잃는 법이다. 대부분의 학생들은 동영상 사건을 이미 지나간 일로 생각하고 각자의 공부에 몰두했다.

어떻게 보면 당연했다. 우리가 동요하는 이 순간에도 다른 학교

애들은 입시 공부에 열을 쏟는다. 공부를 제대로 하지 못한 사정을 고려해 줄 사람은 아무도 없다. 타인의 현재보다 자신의 미래가 더 소중하다고 생각하는 걸 탓할 사람도 없었다.

또 다른 이유는 새로운 정보가 나오지 않았기 때문이다. 상대 여자애 후보로 몇몇의 이름이 올랐지만, 그저 소문일 뿐이었다. 지치지 않고 소란을 피우는 멍청한 놈도 있었지만, 대부분은 상대를 하지 않았다.

그러다가 오쿠사와 선생이 교내에 있는 것 같다는 소리를 들었다. 내가 들을 정도면 어느 정도 소문이 퍼졌다는 이야기다. 어디 있는지 찾아내려는 애도 있었지만 실제로 행동에 옮겼는지는 모르겠다. 가장 난리를 칠 법한 도베는 무슨 이유인지 잠잠했다.

오쿠사와 선생의 사건은 조만간 적당한 이유로 흐지부지될 거라고 예상했다.

엄마가 입시 얘기를 꺼낸 건 그 무렵이었다. 처음 도쿄대에 지원하겠다고 했을 때 엄마는 찬성했지만 딱히 관심을 보이지는 않았다.

"오늘은 일찍 왔네."

내가 식탁에서 가정부가 만들어준 햄버거를 먹고 있을 때 지친 얼굴의 엄마가 귀가했다.

"저녁 7시인데?"

"보통 때는 더 늦잖아."

"요즘 학생 모집하느라 좀 바빠."

"교수가 그런 것도 해?"

"다른 데는 모르겠고, 우리 학교는 교수한테도 뭐든 시키니까."

엄마의 말투에는 불만이 가득했다.

엄마는 대학교의 준교수이지만 아버지 말로는 학자가 아니라 교사라고 했다. 업무 내용이 연구보다 주로 학생 지도이기에 틀린 말은 아니었다.

"네가 고른 대학교, 괜찮은 것 같아."

"의대도 약대도 아니지만 말이지."

"친척들 잔소리는 신경 쓰지 마. 일단 대학에 들어가면 다들 포기할 거야."

"엄마는 괜찮아?"

"괜찮고 말고가 어디 있어. 지금부터라도 의대에 갈 거야? 재수해도 괜찮으니까 도전해 보라고 하면 어떡할 건데?"

"당연히 안 하지."

"그러니까. 이제 이대로만 하면 돼. 다 잘될 거야."

"갑자기 무슨 바람이 분 거야?"

내가 중학교 입시를 준비할 때 엄마는 내게 꼭 의사가 되어야 한다고 말했다. 고등학교 입시 때도 그랬다. 정작 의사인 아버지보다 더 부담을 주어서 어렸던 나는 그저 '네'라고 말할 수밖에 없었.

엄마는 냉장고에서 캔맥주를 꺼내고는 그 자리에 선 채로 마셨다.

무슨 일이 있구나.

엄마가 신경질이 났다는 건 알기 쉽다. 평소 같으면 컵에 따라 마실 텐데 지금은 입을 대고 먹는다. 이유는 모르지만 그게 루틴이다. 지금은 아버지도 없는데, 학교 일 때문인가?

"대학에 온 학생들을 보면 여러 가지야. 물론 약사가 되고 싶거나 의약품 연구를 하고 싶어서 온 애들도 있지만, 의대에 못 가서 온 사람도 많아. 나도 의대를 포기한 사람이고."

"엄마도 그랬어?"

처음 듣는 이야기다.

"응. 다들 자기가 하고 싶은 일을 하는 건 아니겠지만. 네 형은 의대에 가고 싶은지 아닌지조차 생각하지 못했을 거야."

형은 성적이 좋아서 아무런 의문을 갖지 않고 의대에 갔을 가능성이 컸다. 그 정도로 우리 형제는 어릴 적부터 '의대는 당연히 가는 것'이라고 세뇌를 당했다.

"너는 잘돼가는 거야? 소논문하고 면접 준비를 해야 하지?"

"잘 알고 있네."

"그럼, 아들 일인데."

내 입시에는 전혀 관심이 없는 줄 알았다. 갑자기 이러는 것도 부담스러웠다.

"시험 준비는 하고 있어?"

진짜 왜 이러지? 지금껏 내버려둔 주제에.

요즘 학교가 시끄러워서 선생들이 정신없다는 설명은 귀찮아서 하지 않았다.

"그런대로 하고 있어."

"좀 더 열심히 해봐."

아, 진짜. 열심히 하면 된다는 건 60년대에서나 통하던 말 아니야? 라는 생각도 들었지만 말하면 시끄러워질 게 뻔하다.

"알았어요."

나는 그렇게 말하고는 서둘러 내 방으로 도망쳤다.

3교시 영어 수업이 끝난 직후, 나가쓰카가 나를 복도로 불러냈다. 학교 선생인데 마치 밤거리의 무서운 형님들에게 불려 가는 듯한 기분이 들었다.

복도 쪽 창가는 너무 시끄러워서 나가쓰카 곁으로 다가가야 했다. 마음속으로 얼른 끝나라, 빨리 끝나라, 하며 기도했다.

"도쿄대 추천 말인데, 준비는 하고 있니?"

"아뇨, 아직……."

"하긴, 요즘 좀 어수선했지."

웬일로 나가쓰카가 이해심을 보였다. 그러고 보면 동영상 사건은 우리보다 선생들이 더 충격이었을 것이다.

"소논문 경향을 알기 쉬운 대학이니까, 가와마타 선생님한테 지도받아."

"알겠습니다. 면접 연습은요?"

"그건 내가 할 거야. 시간이 별로 없으니까 소논문에 집중해."

"네. 조금만 일찍 알았다면 준비할 시간이 더 있었을 텐데요."

나도 모르게 본심이 튀어나왔다. 7월쯤에 얘기해 줬으면 더 좋았을 텐데, 하는 마음이 있었기 때문이었다.

나가쓰카가 눈을 매섭게 치켜떴다.

"투덜거릴 시간 있으면 어서 쓰기나 해."

더 이상 화나게 하면 귀찮아진다. 그때였다. 갑자기 나와 나가쓰카의 사이로 어떤 여자애가 달려들었다.

"이게 다 무슨 소리예요?"

구로다였다. 지금까지 본 적 없는 험악한 표정을 하고 있었다.

나가쓰카는 "저리 가라" 하며 구로다를 밀어냈다. 하지만 구로다는 한 발짝도 물러서지 않았고 오히려 덤벼들 기세였다.

"싫어요! 도코대 추천은 제가 받기로 한 거였잖아요! 저 대신 고미나토가 받은 건가요?"

뭐?

나가쓰카와 언쟁을 벌이던 구로다가 살기 가득한 얼굴로 나에게 따져 묻기 시작했다.

"야, 네가 말해 봐. 너 대회나 콩쿠르에서 우승했니? 아님 영어 검정 1급이라도 땄어?"

머릿속이 새하얘졌다.

구로다는 늘 조용히 공부만 하던 애다. 그런데 지금은 손도 대지 못할 만큼 흥분한 상태여서 말도 못 붙일 지경이었다.

혹시 도코대 추천은 구로다로 결정되었던 건가? 그게 뒤집힌 이유는 내가 뒤늦게 지원했기 때문이야? 그렇다면 어째서 구로다에서 나로 바뀐 거지? 무슨 일이 있었던 거야?

"구로다! 고미나토 괴롭히지 마!"

복도를 지나가는 사람들이 두 사람이 격렬하게 말다툼하는 모습을 흘깃거렸다.

나가쓰카도 낌새를 알아차린 모양이었다.

"계속 이러면 정학이야!"

평소보다 더 크게 호통치는 나가쓰카의 목소리에 구경꾼들은 순식간에 흩어졌다.

도무지 영문을 알 수 없는 상황에서 수업 시작종이 울렸다.

나는 석연치 않은 기분으로 4교시 수업을 들었다. 그 시간 교실에는 구로다의 모습이 보이지 않았다.

4교시 수업 동안 구로다가 어디에 있었는지 알 수 없다. 나가쓰카에게 무슨 일인지 물어본다고 한들 답해주지 않을 게 분명했다. 그렇다면 찾아가야 할 사람은 한 명뿐이었다.

군지, 아이하라와 함께 점심을 먹은 뒤, 나는 화장실에 간다며 교실을 빠져나왔다.

"빨리 와야 해! 좀 있으면 불이 나거나 지진이 일어나니까!"

나는 아이하라의 농담에 긴장이 조금 풀렸다.

한 손을 들어 알았다는 사인을 보내고 학교 중정으로 향했다.

나는 4교시 수업 내내 오쿠사와 선생이 어디에 있을지 생각했다.

사람들 눈에 띄지 않고 지금은 사용하지 않는 방. 딱 한 군데 짐작 가는 곳이 있었다. 하지만 확신은 없었다. 그래서 중정에서 짐작 가는 곳의 창문이 열려 있는지 확인했다. 그 방은 커튼으로 가려져 있었지만, 창문이 조금 열려 있었다.

나는 실습실이 늘어선 건물의 3층으로 올라간 뒤 문을 두드렸다.

대답은 없었다. 안에 사람이 있는지 없는지도 알 수 없었고, 있다고 해도 대답을 기대할 수는 없다.

하지만 여기밖에 생각나는 장소가 없었다. 나는 문에 대고 이야기했다.

"오쿠사와 선생님, 안에 계신가요?"

그래도 답이 없었다.

"선생님, 할 말이 있어요. 문 좀 열어주세요. 동영상 이야기 아니에요."

여전히 잠잠했다. 오쿠사와 선생은 안에 있지만 무시하는 듯했다. 선생이 그렇게 나온다면 나도 생각한 바가 있다.

"구로다가 여기에 왔었죠? 그 일에 대해 이야기하고 싶어요."

탁, 하고 희미하게 소리가 난 것 같았다. 하지만 문은 좀처럼 열릴 기미가 보이지 않았다.

"지정교 추천 건, 사실은 구로다로 결정 났던 거죠?"

그 순간 잠금쇠가 풀리는 소리와 함께 문이 열렸다.

누구……? 순간적으로 어리둥절해졌을 만큼 문 앞에 있는 사람이 누구인지 알아볼 수 없었다.

"오쿠사와…… 선생님?"

"들어와."

이렇게 갈라지고 떨리는 오쿠사와 선생의 음성은 들어본 적이 없다.

커튼이 쳐져 있어서 대낮인데도 방 안이 어두컴컴했다. 창문은 열려 있었고 바람에 나부끼는 커튼 틈 사이로 햇볕이 반짝였다.

오쿠사와 선생의 주변만 10년 정도의 시간이 흐른 것처럼 보였다. 초췌하고 지쳐 보였지만, 단지 그것뿐만은 아니었다.

나와 마지막으로 만난 게 불과 2주 전이다. 지금 오쿠사와 선생은 간신히 서 있을 정도로 수척했다. 초점을 잃은 두 눈은 멍하니 나를 바라보았다.

학교에서 얼마나 가혹하게 조사를 당한 걸까. 아니면 우리가 모르는 곳에서 경찰에게 취조를 당했을까?

인터넷에 자신의 이름을 검색해 봤을 수도 있다. 그러면 알고 싶지 않은 정보나 꾸며낸 거짓말, 말도 안 되는 억측 같은 걸 싫어도 보게 된다.

넓은 책상 위에는 스마트폰과 태블릿, 컴퓨터가 사용 중이던 채로 놓여 있었다.

도망칠 곳도, 내 편도 없는 이런 곳에 혼자 처박혀 있으면 누구라도 평정심을 유지할 수 없을 것이다. 게다가 학교 안에 있으니 미묘한 분위기를 느낄 수밖에 없다.

오쿠사와 선생의 망가진 모습에 나는 구로다의 이야기를 꺼내도 될지 망설였다.

"저기……."

"나가쓰카 선생님한테 어디까지 들었니?"

"네?"

"어디까지 들었냐고."

"별말씀 없으셨어요."

"거짓말 하지 마!"

오쿠사와 선생은 내가 대꾸할 틈을 주지 않고 책상 위에 놓인 스마트폰으로 손을 뻗어 SNS를 열더니 이것저것을 검색했다. 그것도 한 개가 아니라 두 개, 세 개……, 우리가 자주 사용하는 SNS 어플을 닥치는 대로 검색했다.

"……선생님?"

"없잖아!"

무시무시한 표정으로 쉴 새 없이 손가락을 움직이는 선생의 귀에는 내 목소리가 닿지 않는 눈치였다.

"여기도 없어……, 없다고! 없어!"

손가락을 멈춘 선생이 내게 달려들어 어깨를 꽉 움켜쥐었다. 충혈된 눈이 무서웠다.

"너는 어디까지 아는 거야, 응?"

알아? 내가?

내가 아는 것은 구로다가 추천받을 예정이었다는 사실뿐이었다.

문득 동영상의 여자가 구로다였을지도 모른다는 생각이 들었다.

하지만 그랬다면 구로다는 나가쓰카에게 그런 태도를 취하지 않았을 것이다.

분명 추천 때문에 무슨 일이 있었던 것이 틀림없다.

사실을 알고 싶은 마음과 알게 될까 봐 두려운 마음이 내 안에서 뒤섞였다. 결국 참을 수 없게 되어 확인하기로 했다.

"구로다는 저보다 성적이 좋죠?"

"응."

즉답이었다. 하지만 놀랍지 않았다. 오히려 역시 그랬구나, 하는 마음이 더 컸다.

우리 학교는 시험 결과를 복도에 게시하지 않는다. 하지만 같은 반이면 상위권이 누구인지 자연스럽게 알 수 있다. 3학년 초반에 구로다의 짝이 된 적이 있었다. 구로다는 시험이 끝난 뒤 시험지를 돌려받을 때면 항상 점수가 적힌 부분을 접어서 숨기곤 했다. 하지만 X를 찾아볼 수 없는 구로다의 답안지와 정답 풀이 시간에 움직이지 않는 빨간펜 덕분에 그녀가 거의 만점을 받았다는 사실을 알 수 있었다. 어느 과목이든 마찬가지였다. 그것이 특별한 일이 아니라는 건 구로다는 물론이고 시험 답안지를 나눠주는 선생님의 모습을 보면 알 수 있었다.

"구로다도 영어 검정 2급을 땄죠?"

"거기까지 아는 거야?"

그걸 알게 된 건 순전히 우연이었다. 나와 구로다가 같은 학교에서 영어 검정 시험을 봤기 때문이다. 그 후 구로다가 더 높은 급수 시험에 도전했는지는 모르지만, 나와 비슷한 정도라면 더 이상 확인할 필요가 없었다.

성적은 나보다 구로다가 더 좋았다. 취득한 자격증은 같았다.

결석 일수는 잘 모르지만, 구로다가 쉬는 걸 거의 본 적이 없다. 오히려 내가 더 많이 결석했을 것이다.

그렇기에 더 알 수 없었다.

"제가 더 뛰어난 부분이 뭐였나요?"

그때까지 묻는 즉시 대답하던 오쿠사와 선생이 이번에는 고개를 숙이고 침묵했다. 금방이라도 쓰러질 것 같은 상태로 중요한 부분에서 입을 다물었다.

이유는 알 수 없지만 원래 추천 대상은 구로다였는데 갑자기 나로 바뀐 모양이었다. 그 사실을 알게 된 이상, 앞으로 어떻게 해야 할지 혼란스러웠다.

"저는 어떻게 해야 해요?"

"이젠 어쩔 수 없어. 방법이 없어."

"하지만······."

"너는 책임이 없어. 물론 구로다도 마찬가지야. 다만, 이제는 모든 게 늦어버렸어."

"늦다니요, 벌써 대학교 마감이 지났다는 말이에요?"

오쿠사와 선생은 이번에도 내 질문에 반응하지 않았다.

"그럼 전 이대로······."

아무것도 모르는 척 시험을 보고 대학에 들어가면 다 괜찮아지는 걸까?

오쿠사와 선생의 말처럼 '이제 어쩔 수 없다'면 내가 지원하는 게 나을지도 모른다. 내년에 도코대에 지원할 학생에게도 그 편이 좋을 것이다. 부정행위가 들통나면 지정교 추천이 취소될지도 모른다.

비겁하다는 것을 알면서도 내 탓이 아니라며 아무 말도 하지 않고 소논문과 면접 준비를 해서 시험을 보면······.

"고미나토."

오쿠사와 선생이 내 쪽으로 팔을 뻗었을 때, 나는 그의 걷어 올린 와이셔츠 소매에 눈길이 갔다.

하지만 그 순간, 스피커에서 긴급함이 느껴지는 소리가 들렸다. 무너진 화음의 경보음은 훈련인 것을 알면서도 흠칫하게 했다. 되풀이되는 그 소리 뒤에 일어날 일을 상상할 수 있기 때문일지도 모른다.

"긴급 지진속보입니다. 강한 흔들림에 주의하십시오."

"선생님……."

"어서 운동장으로 가."

"네? 하지만……."

"그리고 구로다에게 전해줄 수 있을까? 원하는 조건의 대학이 있다고 말이야."

"네?"

"부탁한다."

무슨 말이지?

여러 정보가 한꺼번에 밀려와서 혼란스러웠다.

하지만 오쿠사와 선생은 그렇게 말하면 구로다가 알 거라고 말하며 나를 방에서 쫓아냈다.

알 수 없는 일투성이다. 아직 오쿠사와 선생에게 물어보고 싶은 것도 남아 있다.

하지만 닫힌 문은 바로 잠겼다.

"선생님!"

나는 문을 두드렸다. 하지만 더 이상 아무런 반응이 없었다.

"거기 학생, 빨리 대피해!"

체육 선생의 눈에 띈 나는 문 너머를 신경 쓰며 운동장으로 향할 수밖에 없었다.

오쿠사와 선생이 우리 앞에서 모습을 감춘 건 바로 그 직후였다.

교실에 돌아오니 칠판에 '내가 선생님을 죽였다'라는 글이 적혀 있었다.

그 글자를 보고 나는 오쿠사와 선생과 헤어질 때 느낀 묘한 위화감의 정체를 깨달았다.

도베는 반 애들한테 비난받았고, 구로다는 망연자실한 채 자기 자리에 앉아 있었다.

우리는 모두 혼란에 빠졌다. 누군가를 탓하는 것으로 갈 곳 없는 먹먹한 감정을 없애려는 사람도 있었고, 자신을 책망하며 마음을 다잡으려는 사람도 있었다.

숨 쉬기 어려울 정도로 무거운 공기가 교실 안을 짓눌렀다.

"내가 선생님을 죽였어!"

갑자기 맨 앞자리에 앉아 있던 모모세가 외쳤다. 그 애가 오쿠사와 선생을 좋아했다는 사실은 모두 알고 있었다. 모모세는 이 교실에 있는 누구보다 격렬하게 울부짖었고, 몸을 가누지 못할 정도로 슬퍼했다.

그런 모모세에게 너도나도 한마디씩 질문을 퍼부었다. 하지만 반쯤 넋이 나간 모모세는 친구들의 말 따위는 귀에 들어오지 않는 눈치였다. 그리고 무언가에 사로잡힌 듯 칠판 앞으로 가서 칠판지우개를 집어 들었다.

나는 서둘러 칠판으로 달려가 모모세의 손목을 잡았다.

"지우면 안 돼."

뒤를 돌아보는 모모세의 얼굴은 눈물로 젖어 있었고, 평정심 같은 건 눈꼽만큼도 느낄 수 없었다. 다만 두 눈에는 강한 의지가 깃

들어 있었다.

아, 역시. 그런 거였어. 모모세는 알아차렸겠지.

분명 나도, 모모세도 수학 문제의 계산식은 모르는 채 답만 맞춰 버린 느낌이겠지만, 우리는 깨달았다.

그러나 지금 모모세가 하려는 행동은 아무 의미가 없다.

"이걸 지워도 죄는 사라지지 않아."

내가 그렇게 말하자 모모세가 눈물을 왈칵 쏟았다.

"어째서?"

모모세는 그렇게 중얼거리며 하염없이 칠판을 바라보았다.

그때까지 도베를 둘러싸고 있던 무리가 이번에는 내 쪽으로 몰려와서 다그쳤다.

"고미나토, 죄는 사라지지 않는다니, 그게 무슨 뜻이야!"

"말 그대로야. 아마도."

나 역시 진실을 알 수 없었기에 애매모호한 대답이 나왔다.

그저 칠판에 적힌 글이 모든 것의 답인 것 같은 기분이 들었다.

내가 선생님을 죽였다.

제5장

오쿠사와 준

자리를 바꿔 창가 맨 뒷줄에 앉게 된 나는 책상 위에 턱을 걸치고 멍하니 밖을 내다보았다.

9월인데도 짜증 나게 더웠다. 햇살 때문에 눈이 부셨다. 하지만 움직이고 싶지 않았다.

"어디 아프냐?"

내 머리 위에서 목소리가 들려왔다.

"아니요."

고개도 들지 않고 대답했다. 몸은 문제없다. 아니지, 그렇지도 않은가? 요즘 계속 잠을 제대로 못 자서 몸이 무거웠다. 하지만 식욕이 있었고, 당장 운동장 열 바퀴를 뛰라고 하면 할 수도 있다. 물론 절대 하고 싶지는 않지만.

"아무것도 하고 싶지 않아서요."

"이런 데서 멍 때리고 있어 봐야 햇볕에 그을리기만 할 뿐이야.

수업 끝난 지가 언젠데. 고3은 얼른 집에 가서 공부해야지."

 나가쓰카 선생의 말은 틀린 게 없다. 하지만 내가 의미 없는 일로 시간을 때우는 이유는 집에 가서 공부하기 싫어서다. 그걸 왜 모르는지 의문이다.

"전기세는 공짜인 줄 아냐? 에어컨 끈다."

"창가는 더워요."

"그러니까 할 일 없으면 얼른 집에 가라는 거야."

그건 그렇네.

참기 대회도 아니니 더위를 버티고 있을 이유는 없다. 그리고 여기 있으면 끝도 없이 잔소리를 들을 게 뻔하다.

"알겠습니다."

자리에서 일어나는데 나가쓰카 선생이 나를 불러 세웠다.

"오쿠사와, 한가하면 와서 좀 도와라."

방금 집에 가라고 한 사람이 누구시더라?

"공부해야 하는데……."

"어차피 집에 가도 바로 하지는 않을 거잖아."

들켰다. 알고 있으면 그냥 좀 내버려둘 것이지.

"얼른 와. 나중에 뭐 사 줄게."

"학교 자판기 주스 말씀이죠?"

"왜? 싫어?"

당연히 싫죠.

"아니요. 콜라로 부탁드립니다."

어차피 집에 가봐야 공부는 안 한다. 날이 조금 더 저문 후에 가면 시원할지도 모른다.

"그래, 알았다. 다 끝나면 사 줄게."

"뭘 하면 되는데요?"

"안 쓰는 방 좀 치우려고."

나가쓰카 선생이 나를 데려간 곳은 실습실이 늘어선 건물의 3층에 있는 작은 방이었다.

문을 연 나가쓰카 선생은 손잡이에 손을 얹고 말했다.

"각오해. 좀 지저분하다."

나는 1초도 안 돼서 선생의 말을 이해했다.

정말 난장판이었다. 발 디딜 틈이 없을 정도였다.

"여기, 창고예요?"

"그래. 이 학교 건물이 지어진 게 지금으로부터 20년 정도 전이니까, 그때부터 이런 상태였나 봐. 스기사카, 아니 교장 선생님이 말씀해 주셨어."

나가쓰카 선생은 잡동사니를 발로 걷어차며 방 안쪽으로 들어갔다. 창문을 열자 미지근한 바람이 들어왔다.

"실습실을 만들고 나니 빈방이 하나 생겼어. 교실로 사용하기에는 너무 좁아서 창고로 쓰고 있었다고 교장 선생님이 그러시더라."

"교장 선생님하고 사이가 좋으신가 봐요?"

나가쓰카 선생은 아까부터 교장을 언급했다. 지금 교장은 작년까지는 교감이었다.

"내가 이 학교에서 일하기 시작했을 때는 교장도 평교사였거든.

나이대가 비슷해서 옛날에는 자주 같이 술 마시러 다녔지."

그랬구나, 하고 생각했지만, 그 이상의 별다른 감상은 없었다.

아재들의 우정은 전혀 관심 없다.

"그래도 이건 진짜 심한데요."

학생들한테는 맨날 정리 정돈하라고 잔소리하면서, 여기는 그냥 어지른 정도가 아니었다. 잡동사니가 산더미처럼 쌓여 있었다.

눈앞에 펼쳐진 상황에 나가쓰카 선생은 '미안하다'라며 가볍게 사과했다. 진심이라고는 눈곱만치도 느껴지지 않았다.

"일에 치이다 보면 나랑 상관없는 장소까지 치울 여유가 없어지거든."

역시 미안하다는 생각은 전혀 없는 듯했다.

"여름방학이 있잖아요. 한 달도 넘게 쉬시면서."

"학생들한테나 방학이지. 교사는 여름방학 때도 일하거든? 우리 집 식구들은 여름방학에 나만 빼고 여행 다니기 일쑤야."

"선생님, 결혼하셨어요?"

분명 쉰 살은 넘었을 것이다. 그래서 그리 놀랄 만한 일은 아니지만, 나가쓰카 선생이 누군가와 함께 사는 모습은 상상하기 힘들었다.

"딸도 둘이나 있는데? 대학생하고 고등학생."

나가쓰카 선생의 얼굴을 바탕으로 딸들의 얼굴을 상상해 봤다. 아……. 부디 아빠를 닮지 않았기를 빌었다. 딸 이야기를 할 때 선생의 표정이 살짝 부드러워졌고, 그는 어느새 아버지의 얼굴을 하고 있었다.

"우리 집 이야기는 관두자. 여름방학에 교사도 쉰다고 오해하는 사람들이 꽤 있지."

"네?"

"교사가 된 후로 몇 번이나 들었거든. 좋으시겠어요, 여름방학이 있어서, 라고 말이지. 여름방학이 있어서 좋을 것 같으면, 너도 나중에 교사하면 되겠네."

"교사는 하고 싶지 않아요."

"왜?"

"공부를 가르치는 건 어려울 것 같고, 방 청소까지 해야 하니까요. 이런 일은 학교 관리인들이 하는 거 아니에요?"

"인건비를 아껴야지."

그 말이 거짓이라고 생각할 수 없었던 이유는 최근 학교 관리인의 모습이 보이지 않았기 때문이다. 내가 입학했을 때에는 있었는데, 작년쯤부터 갑자기 눈에 띄지 않았다. 언젠가 현관 옆 화단의 풀 뽑는 일을 교장이 하고 있는 걸 본 적도 있었다.

"그리고 애들은 귀찮아요."

나가쓰카 선생은 아하하, 하고 좁은 방의 벽이 울릴 정도로 크게 웃었다.

"생각보다 나쁘지 않은 일이야."

학생 앞이니까 그렇게 말할 수밖에 없겠지.

"선생님은 계속 이 학교에 계셨던 건 아니죠?"

"응. 원래는 다른 지역의 공립 고등학교에서 근무했었어."

나가쓰카 선생의 설명에 따르면, 대학 진학을 위해 타지로 갔다가 그곳에서 취직했지만 고향에 돌아오기 위해 그만두었고, 이 학교의 모집 공고를 보게 되었다고 했다. 한번 그만두었어도 결국 다시 교사가 된 셈이니, 선생이 '생각보다 나쁘지 않은 일'이라고 한 말은 진심일지도 모르겠다.

"이 방은 치워서 뭐 하시게요?"

"공부 못하는 애들을 불러서 봐주려고."

"에어컨도 없는 방인데 누가 오겠어요? 학교에 다른 빈 교실도 많잖아요."

아픈 곳을 찔렸는지 선생은 떨떠름한 표정이었다.

"학생 수는 다시 늘어날 거야. 그렇게 되면 교실이 부족할 수도 있잖아."

과연 그런 날이 올까?

이곳 사이카 고등학교는 몇 년 전부터 정원 미달 상태가 이어지고 있다. 지금은 전교생을 다 합쳐도 350명 정도다. 설립 초기에는 입학 희망자가 꽤 있었던 모양이었다. 하지만 성적도 그럭저럭인 데다가 동아리 수상 경력이나 부속 대학의 전통도 없으니 매년 지원하는 학생이 줄어들었다. 입학 정원을 채우지 못하는 학교는 필연적으로 등급도 낮아진다. 최근에는 평균보다 조금 나은 수준이라는 평가를 받고 있었다.

"그리고 여기는 치워두면 내가 사용하고 싶을 때 마음대로 쓸 수 있잖아."

뭐야, 본심은 자기 방 만들기였어? 상관없다. 그냥 빨리 끝내고 집에 가고 싶었다.

"그보다 너, 어디로 갈지 아직 안 정했니?"

"어느 정도 정하기는 했는데……."

"부모님하고 얘기해 봤어?"

"그렇죠, 뭐."

"무슨 대답이 그래?"

어떻게 확실히 대답할 수 있을까. 나 자신도 모르는데 말이다.

부모님의 희망은 뻔했다. 등급이 높고 남들이 '좋은 대학'이라고 일컫는 곳에 들어가는 것.

문제는 나다. 부모님의 기대를 충족시키기에는 성적이 조금 모자랐다. 무엇보다 나는 원하는 게 없었다. 가능한 한 분쟁을 피하고 싶었다. 그렇다고 원만한 해결을 위해 미친 듯이 공부할 거냐고 하면……, 그것도 아니었다.

성가신 건 부모님과 내가 가진 진로에 대한 생각이 다르다는 점이다.

나가쓰카 선생의 입에서 의외의 말이 나왔다.

"하고 싶은 일은 대학에 들어간 다음에 찾아도 돼. 요즘은 그런 애들도 드물지 않아."

틀림없이 야단칠 줄 알았는데, 조금 놀랐다. 그동안 계속 학생들을 살펴온 만큼 선생은 내 기분을 이해해 주는 듯했다.

"그럴 수도 있지만, 하고 싶은 게 뭔지 모르면서 무작정 공부만 하는 게 좀 그래요."

"결국은 시험공부가 하기 싫다는 말 아니냐?"

말이 그렇게 되네.

"너는 이해력도 나쁘지 않으니까 마음 잡고 공부하면 성적이 많이 올라갈 텐데."

"감사합니다."

"칭찬하는 게 아니야! '하면 된다'는 고등학교 때까지나 가능한 거야. 그러니까 열심히 해보라고. 어른이 되면 가능성보다 성과로 평가받게 되니까."

"아, 네……."

그런 먼 미래까지 어떻게 생각하나? 당장 오늘 일도 생각하고 싶지 않은데.

여기서 말대꾸했다가는 또 한바탕 설교를 듣게 될 거다. 시선을 아래로 내려보니 발밑에 먼지투성이의 트로피가 굴러다녔다.

"이거, 여기에 그냥 놔둬도 돼요?"

"응? 아, 그거. 잘 모르겠지만, 중요한 물건이었으면 제대로 장식해 놨겠지."

그럼 버리면 되는 거 아닌가? 하지만 생각해 보면 이 방이 이렇게 된 것도 결국 물건들을 어디에 어떻게 쓸지 몰라서 방치했기 때문이다.

"맞다! 다음 구기대회에서 우승하는 반에 주면 되겠네."

"어차피 또 이렇게 굴러다닐걸요? 우와, 하고 들썩여도 금방 식어버리니까요."

"한순간이라도 즐기면 좋지. 순간순간이 즐거우면 꽤 재미있는 인생이 될 테니까."

"그런 건가요?"

"그런 거야. 넌 작년까지 농구부였지? 농구부 부원이면 못 나가지만, 그만뒀으니까 한번 나가보면 어때? 우승하는 거 아니야?"

"……구기대회에서 열심히 해봤자죠."

"농구는 왜 그만뒀어? 재미있게 하는 것 같더니만."

"농구는 좋아하죠. 그렇지만 진지하게 할 정도는 아니었어요. 주변에는 이기는 게 목적인 애들이 많아서 저와 온도 차가 있었던 것 같아요."

농구부는 최약체까지는 아니었지만, 지역 예선 8강이 최고 성적이었다. 그 이상은 무리였다. 순위를 올리려는 부원들은 연습량을 늘리자고 했고, 우리 학년에는 그 의견에 찬성하는 애들이 많았다.

하지만 나는 8강에서 4강까지 올라가려고 밤낮없이 연습에 매진할 마음은 없었다.

조금 더 하고 싶기는 했지만, 이미 끝난 일이다.

"자, 이제 슬슬 시작하자!"

"네."

나는 나가쓰카 선생의 지시에 따라 쌓인 인쇄물을 정리했다. 스테이플러로 묶인 책자의 표지에는 3학년 5반, 그리고 뒷면에는 1992년이라고 적혀 있었다. 펼쳐 보니 이름 순서대로 한 사람당 한 쪽씩 자유롭게 초상화를 그려 넣거나 자신이 잘하는 것을 적어놓았다.

"초등학교 문집 같네."

지금으로부터 약 20년 전이라는 것은 학교 창립 시기인 셈이다. 자세히 보니 3학년 1반에서 8반까지 전부 있었다. 반마다 책자가 다섯 부 정도밖에 없는 걸 보니 여분으로 남겨둔 것 같았다. 학생들이 졸업한 뒤에도 버리지 않고 남겨둔 게 신기했다. 심지어 다른 연도의 책자도 있었다.

"왜 버리지 않았을까?."

"나도 몰라. 그쪽에 있는 건 다 쓰레기봉투에 넣어. 아, 그 전에 스테이플러 심은 빼놓고. 재활용 쓰레기로 버리려면 분리해야 하니까."

"네?"

"당연하잖아."

얼굴은 고릴라같이 생겨서는 의외로 세심한 구석이 있네.

그건 그렇고, 엄청난 양이었다. 나는 쌓인 책자들을 훑어보았다.

책자는 졸업문집 이외에도 학부모회 회보나 진로 가이드북 등이 있었다. 다해서 족히 수백 권은 되어 보였다. 한 권에 스테이플러 심을 세 개 정도 뺀다고 치면 꽤 시간이 걸릴 듯했다.

"옛날에는 소각로에 통째로 던져서 태웠었는데 말이야."

"편했겠네요."

"편했지. 하지만 스테이플러 심은 타지 않고 유해물질까지 나오니까 지금은 어느 학교나 부지 안에서는 태우지 않게 됐어."

그러고 보면 초등학교에는 소각로가 있었던 것 같은데 잘 기억나지 않았다.

바닥이 먼지투성이라 앉고 싶지 않았지만, 의자도 별반 다르지 않았다. 청소를 한 다음에 앉고 싶었다. 하지만 그러려면 결국 치워야 했다.

나는 신발로 큰 쓰레기와 먼지를 치워내고 나서 바닥에 앉았다.

쌓아 올린 책자에서 스테이플러 심을 하나씩 뺐냈다.

그동안 나가쓰카 선생은 큰 비닐봉투에 두루마리 천 같은 것을 버렸다.

수백 권도 넘는 책자의 스테이플러 심을 빼는 작업은 30분이 지나도 끝날 줄 몰랐다. 손이 점점 아팠다.

문과 창문을 활짝 열었지만, 방 안은 더웠다. 이런 악조건 속에서 일하는데 콜라 한 병은 너무 싸다.

"선생님, 이런 곳에 있다가는 열사병에 걸리겠어요."

"내가 어릴 적에는 학교에 에어컨이 없었어."

요즘 애들은 연약하다고 말하고 싶은 걸까?

무슨 말을 해도 좋으니 얼른 여기에서 해방되고 싶었다.

청소는 그리 오래 하지 못했다. 직원회의 시간이 다 됐는데도 나타나지 않는 나가쓰카 선생을 교장이 찾으러 왔기 때문이다. 그리고 그때 이곳을 쓰레기장으로 만든 장본인이 다름 아닌 교장이라는 사실이 드러났다. 나가쓰카 선생은 떨떠름한 표정으로 나에게 150엔을 쥐여주며 말했다.

"잔돈은 너 가져."

앞으로 두 사람이 어떤 언쟁을 벌일지 상상하니 신이 났다.

학교 자판기에서 110엔짜리 콜라를 사서 단숨에 들이켰다. 탄산은 한 번에 마시면 목이 찌릿찌릿 타들어 가는 것 같은 느낌에 괴롭지만, 참지 못하고 늘 그렇게 마신다.

내가 집에 도착한 지 5분도 지나지 않아 엄마가 집에 돌아왔다.

"집에 있었네? 시원해져서 장 보러 갔었는데, 시간이 벌써 이렇게 됐네."

양손에 장바구니를 매달고 있는 엄마의 이마에서 땀방울이 흘러내렸다.

"오늘 저녁은 뭐야?"

"오늘은 더우니까 국수 어때?"

"괜찮긴 한데⋯⋯."

"'한데'라고 말하는 건 별로라는 뜻이지."

엄마는 다 알고 있다는 표정으로 "짜잔" 하고 입으로 효과음을 내며 장바구니에서 닭고기를 꺼냈다.

"닭튀김도 해줄게."

"앗싸!"

내가 작게 주먹을 쥐자 엄마는 재빨리 식사 준비를 시작했다.

"아빠는 오늘도 늦는대?"

"응. 회식이래. 저녁 먹고 온다고 전화 왔었어."

"리쿠는?"

"방에서 공부하고 있을걸?"

"대단하네. 중학교 입시를 준비하는 것도 아닌데."

"안 그래도 학교 선생님은 중학교 입시를 해볼 만하다고 했지만, 본인이 생각 없다니까 억지로 권할 필요는 없잖아."

"그렇지."

리쿠가 방에 있을 때는 거의 100퍼센트의 확률로 공부하는 거다. 내가 늘 '공부하는데요'라고 하면서 하는 척만 하는 것과 달리, 동생은 시늉이 아니었다. 정말 매일같이 공부했다.

"같은 부모에게서 태어났는데 어떻게 이렇게 다르지?"

"그래? 내가 보기엔 너도 엄마 아빠랑 닮은 구석이 있는데."

"어떤 부분이?"

"음……."

요리하던 엄마가 손을 멈추고 잠시 생각에 잠겼다. 그러더니 잠시 후 "패션 감각?" 하고 말하며 웃었다.

"뭐야, 아빠랑 같은 취급하지 말아 줄래?"

"장난이야. 둘 다 멋있잖아."

외모에 대한 이야기가 나오면 늘 쑥스럽다.

17년 동안 살아 보니 다른 사람들에게 내가 어떻게 보이는지 알 수 있었다. 체육대회 때는 얼굴도 이름도 모르는 여자애들에게 같이 사진 찍어달라는 부탁을 받은 일이 여러 번 있었다.

솔직히 아무도 나를 원하지 않는 것보다야 좋아해 주는 것이 기쁘고, 기분 좋다.

하지만 불특정 다수와 요령 있게 잘 지낼 수 있는 성격이 아니라서 주변에서 상상하는 것처럼 신나지는 않았다.

"밥 다 되면 불러줘."

나는 방으로 가서 스마트폰을 켰지만, 메시지도 전화도 오지 않았다.

책상 스탠드의 불을 켜고 참고서를 펼쳤다. 그리고 노트와 샤프를 꺼낸 다음 스마트폰 게임을 하기 시작했다.

옆방에 있는 동생이 신경 쓰였다.

"아, 왜 하필 내가 먼저 태어나서……."

동생이 먼저 태어났으면 장남으로서의 기대를 한 몸에 받았을 텐데. 아무리 생각해 봐도 나보다 잘난 동생이 회사를 물려받는 게 맞았다. 부모님도 분명 그렇게 생각할 텐데 여전히 나한테 '장남이니까' 하며 쓸데없는 기대를 건다.

하고 싶은 일이 없는 나와 달리 리쿠의 장래 희망은 건축가다. 아버지 회사는 해외 거래가 많은 식품무역 쪽이라서 건축하고는 관계가 없다. 하고 싶은 일이 딱히 없다면 내가 회사를 물려받는 게 자연스러울지도 모른다.

하지만 하고 싶은 일이 없는 내가 회사를 물려받는 것은 내키지 않는다. 경영에는 원체 흥미가 없었다. 공무원이 되어서 정년까지 일하는 편이 성격에 맞았다.

한참 게임을 하는데 메시지가 한 통 왔다.

슬슬 올 때라고 짐작하고 있었다. 아니, 그건 좀 허세다. 기다리고 있었다는 편이 맞다. 그동안 계속 삐걱대는 느낌이었기 때문이다. 막상 메시지를 읽으려니 두려웠다. 벼랑 끝에 아슬아슬하게 서 있을지라도, 떨어지고 싶은 것은 아니다.

하지만 이 메시지는 확실히 벼랑 아래로 내 등을 떠밀어버릴 것이다.

"아, 죽었다!"

게임 속 캐릭터가 부러웠다. 좋겠다, 몇 번이고 인생을 리셋할 수 있어서.

메시지가 신경 쓰인 탓이었다.

"후우."

여자친구가 보낸 메시지를 한숨을 내쉬면서 읽을 정도면 이미 관계가 끝났다는 사실 정도는 나도 알고 있다.

반년 정도 이어진 내 연애는 장거리는 힘들다는 메시지로 끝을 맺었다. 여자친구가 우리가 지원하는 대학이 달라서 불안하다는 말을 자주해서 이런 결말을 예상했지만, 그래도 조금 우울했다. 어쩌면 나의 이 '조금'이 그 애한테는 불안과 불만이었을지 모른다. 사이가 삐걱대기 시작한 이유도 연애에 대한 서로의 무게감이 달랐기 때문이다.

괜찮다고 생각한 여자애가 먼저 고백했다. 누군가와 사귀는 건 즐거웠지만, 내가 진심으로 그 애를 좋아했냐고 물으면, 글쎄. 차여서 '조금' 슬픈 정도였다.

애초에 그 애가 멀리 있는 대학교에 지원한다고 했을 때 '잘됐다'라고 말한 것이 잘못이었다.

"그럼 뭐라고 말했어야 했는데?"

다음 날 학교에서 하야토에게 여친이랑 헤어졌다고 말했더니 일장 연설을 듣는 신세가 되었다.

"떨어져 지내는 게 너무 슬프다고 했어야지."

내 연애 과정을 빠짐없이 봐왔던 하야토가 그렇게 말했다. 하야토는 작년부터 나와 같은 반이 되었다. 그는 내 학창 시절을 통틀어 가장 오래된 친구였다.

"축제 구경하러 온 다른 학교 애랑 사귀게 되는 그런 일은 잘생긴 놈들한테나 생기는 특권이라고. 알아?"

"그런 특권은 들어본 적도 없어. 축제 때 고백받은 것도 처음이었잖아."

"축제는 1년에 한 번뿐이니까 그렇지. 몇십 번이나 생기는 게 더 이상하잖아. 아니지, 너라면 충분히 그럴 수 있어."

"아니야. 여자애들이 그 정도로 말을 걸지는 않아."

"그 정도라는 단어가 좀 의미심장한데?"

'없다'고 단언하지 못하는 이유는 사실 몇 번 있었기 때문이다.

"나를 좋아해 주면 싫지는 않지만, 귀찮기도 해. 나도 모르는 사진이 돌아다니고 멋대로 내 이미지를 만들어대니까 성가시기도 하고. 그게 특권이면 나한테 무슨 이득이 있는 건지 내가 묻고 싶다."

"손이 닿는 아이돌 같은 느낌?"

"동물원의 판다가 아니고?"

"와, 너 완전히 꼬였구나?"

하야토가 질렸다는 듯이 말했다.

어제 여친한테 차였는데 긍정적이겠냐?

"나는 별로 정이 없는 인간인가 봐."

"그건 아니지. 아직 진짜 상대를 못 만나서 그래."

"그럴까?"

내가 여자친구에게 불성실했다는 말일까. 사귀는 동안 다른 사람과는 데이트하지 않았고 고백을 받아도 바로 거절했다. 여친이 싫어할 만한 일은 하지 않았다.

그러나 상대에게 푹 빠져 있었냐고 묻는다면 '아마도'라고 말할 수밖에 없다. 대학교 때문에 멀리 떨어져 있어야 한다고 해도 슬프다는 생각보다 다른 세계로 가는 여자친구가 부럽다는 생각이 먼저 들었다.

뭐가 정답이었을까?

"그보다 지금은 대학입시를 생각해야지."

"갑자기 왜 그래?"

"어제 나가쓰카 선생이 대학에 들어가고 나서 하고 싶은 일을 찾아봐도 된다고 하더라고. 그래도 공부할 마음이 안 드는 거야. 집에 가도 참고서를 쳐다보기만 하니까."

"그건 그냥 공부하기 싫은 거 아니냐?"

맞는 말이다. 하지만 영어 단어도, 지리의 지명도, 수학 공식도 나중에 어디에 쓸지 모르는데, 그걸 외워야 하는 이유를 찾을 수 없었다.

"나가쓰카 선생이랑 그런 이야기를 왜 했는데?"

"창고 청소를 도우라고 해서 갔다가 그렇게 됐어."

"대박!" 하며 하야토가 웃었다.

별로 웃긴 이야기는 아니었지만 일단 나도 같이 웃었다.

한바탕 웃었더니 나가쓰카 선생이 교실로 들어왔다. 아직 조회를 시작하려면 이른 시간이었다.

언제나 종이 친 후에 들어왔기 때문에 무슨 일인가 싶어서 교실 안이 묘한 긴장감에 휩싸였다.

"오쿠사와."

나가쓰카 선생은 교탁에 서지 않고 바로 내 자리로 다가왔다.

"이거 내일 아침까지 전부 써서 교무실로 가지고 와. 내가 없으면 책상 위에 올려두고."

건네받은 것은 접힌 B4 크기의 프린트였다. 한쪽 면만 인쇄되어서 안에 뭐가 쓰였는지는 보이지 않았다.

"꼭 다 채워야 한다."

프린트를 펼쳐 보니 영어 문제가 적혀 있었다.

"이걸 하라고요?"

내가 그렇게 말했을 때, 나가쓰카 선생은 이미 교탁 쪽으로 걸어가고 있었다.

불합리하다고 해야 할지 의미를 모르겠다고 할지, 왜 나한테만 그러는 거냐고 생각하면서도 일단 프린트에 답을 모두 채워 넣었다. 스스로도 손해보는 성격이라고 생각하지만, 내게 선생에게 반항할 힘은 없었다.

아무 생각을 안 해도 되는 건 오히려 편했다. 말 그대로 눈앞의 문제를 해치우기만 하면 되기 때문이다.

다음 날 프린트를 제출하자 곧바로 새로운 프린트를 받았다.

그리고 또 다음 날에는 영어뿐 아니라 다른 과목의 프린트까지 받았다.

영어 선생이 왜 다른 과목 프린트까지 주는 거야?

여전히 설명은 없었다. 나도 더는 참을 수 없어서 이유를 묻자 나가쓰카 선생은 '네가 도통 질문을 안 하니까 그렇지'라는 영문을 알 수 없는 대답을 했다.

"넌 못하는 게 아니라 안 하는 거잖아. 에너지를 아끼는 것 같아. 맨날 귀찮다, 힘들다고 하면서 의욕이 안 생긴다는 하찮은 이유만 대고. 그래서 한번 시켜볼까, 하는 생각이 들었을 뿐이야."

"제가 실험용 쥐예요?"

"불만이 있으면 언제고 말해. 남들이 시키는 대로만 하다가는 나중에 발목 잡히니까."

지금 발목을 잡고 있는 사람이 할 소리는 아니지 않나?

"선생님도 일이 늘잖아요."

"나는 학생들 공부 가르치는 게 일인 사람이야."

갑자기 짜증이 났다. 나를 완전히 손바닥 위에서 가지고 놀았다.

"그래서 어떡할래? 계속할 거야?"

히죽대는 나가쓰카 선생의 표정에 더 열받았다.

"글쎄요."

솔직히 귀찮은 건 마찬가지다. 하지만 스스로 생각하는 게 더 귀찮았다.

"알았어요. 할게요."

"그래? 좋아. 그럼 다음에는 이걸 해봐."

건네받은 것은 원고지 다발이었다.

"……네?"

이건 또 뭐지?

"소논문은 나 말고 구즈쓰카 선생님한테 봐달라고 해."

"네? 제가 지원하는 대학은 입시 과목에 소논문이 없는데요."

"네가 지원하고 싶은 대학이 있어? 명확하게 가고 싶은 곳도 없으면서."

"그렇게 대놓고 말할 필요는 없잖아요."

"일반 입시면 소논문을 보는 곳이 적지만, 추천 입시면 몇 군데 있어."

"추천이요?"

"왜, 싫으냐?"

"싫다기보다 괜찮은 학교는 성적이 안 되니까 그러죠. 저한테는 일반 입시밖에 없다고 생각했어요."

"그걸 알면서도 공부할 마음이 안 생겨서 빈둥대고 있었다 이 말이지?"

요즘은 공부하고 있다고 반박하고 싶었지만, 그렇다고 하기엔 나가쓰카 선생이 내준 과제만 했을 뿐이다. 인정할 수밖에 없었다.

나가쓰카는 험악한 눈으로 나를 노려보았다.

"빈둥대 봐야 바뀌는 건 없어."

누가 모르나? 하지만 공부는 하기 싫다고요.

"환경이 바뀌면 의욕이 생길 수도 있잖아."

그러려면 대학에 가야 하는데, 공부를 안 하면 그 대학에 못 들어간다니까요.

"잔말 말고 일단 시키는 대로 해. 너도 그게 편하잖아?"

나를 간파하고 있어서 짜증이 났지만, 틀린 말이 아니라 순순히 알겠다고 했다.

"그럼 1번 글을 읽고 내일까지 소논문 써서 구즈쓰카 선생님한테 가지고 가. 얘기는 해뒀으니까. 알았지?"

내 의견 따위는 들어볼 생각도 하지 않았다. 이건 그냥 강제다.

"하지만……."

나는 처음으로 나가쓰카에게 반기를 들었다.

지금까지 그가 내준 문제는 모두 입시 대책용이었다. 그래서 해두면 쓸모가 있다고 생각했다. 그렇지만 소논문은 다르다. 글을 써봐야 의미가 없다.

그렇게 말하자 나가쓰카는 콧방귀를 뀌며 대답했다.

"생각하는 건 싫지만 강제로 시키는 것도 싫다, 이거냐? 성가신 녀석이네."

"뜻도 모르고 하는 게 싫다는 말이에요."

"그럼, 추천 입시에 지원해."

뜻하지 않은 전개에 나도 모르게 "네?" 하고 얼빠진 소리가 새어 나왔다.

"그게 갑자기 무슨 말이에요?"

"추천받기 싫으냐?"

"아니요, 그게 아니라요."

나가쓰카 선생은 의자를 삐걱대며 등받이에 몸을 기대었다. 뒤로 기댄 자세가 거만해 보였다.

"오쿠사와, 내가 봄에 한 말, 제대로 듣고 있었던 거냐?"

선생님은 항상 무슨 말이든 하고 있어서 어떤 이야기인지 알 수가 없잖아요.

내가 아무 말도 하지 않자 나가쓰카는 어쩔 수 없다는 듯한 표정으로 말했다.

"성적 산출하는 방법을 고친다는 이야기, 기억 안 나니?"

"글쎄요."

기억 안 난다. 애초에 나와 상관없는 일이라고 생각해서 흘려들었을 것이다.

내가 천연덕스럽게 웃어넘기려 하자 나가쓰카가 노려보았다.

"올봄부터 산출법을 바꿨다. 덕분에 네 성적이 전보다 올라서 간당간당하기는 해도 추천을 노려볼 만하게 됐어."

"거짓말……이죠?"

"진짜야. 그러니까 지정교 추천에 지원해 봐."

나에게는 고마운 이야기다. 하지만 그럼 왜 지금까지 일반 입시 공부를 시킨 거냐고.

이유를 묻자 나가쓰카는 영문 모를 이야기를 했다.

"이것저것 논의해서 내린 결론이야."

나가쓰카는 대학교 팸플릿을 꺼내어 내 앞에 놓았다.

"이 학교에는 네가 배우고 싶은 학과도 있어. 이곳을 희망한 애도 있었지만, 내가 널 추천했다."

"하지만 저는 추천은 생각지도 못해서……."

"특별히 일반 입시만 고집하는 건 아니지?"

"그야 그렇죠."

"그럼 됐잖아."

처음 들었을 때는 나가쓰카가 자기 멋대로라고 생각했다. 하지만 이내 이건 내게 행운이라는 생각이 커졌다.

지정교 추천을 받으면 불합격될 가능성이 상당히 낮아진다. 거기다가 올해 안에 합격 여부가 결정된다. 그만큼 공부에서 빨리 해방될 수 있다.

"그럼 준비해라. 아무리 지정교 추천이라도 대충했다가는 떨어질 수도 있으니까."

들떠 있던 내 기분은 나가쓰카의 한마디에 와장창 깨졌다.

대학을 졸업하고 나서 다시 모교로 돌아오리라고는 고등학교를 졸업할 때만 해도 상상하지 못했던 일이다.

"앞서 입학식이 원활하게 진행된 것은 교직원 여러분의 덕분이라고 생각합니다. 올해도 정원을 웃돌 정도로 입학생들이 와주어서, 요 몇 년 동안 안정적으로 학생들을 확보하고 있습니다. 하지만 본교는 여전히 최상위 대학에 진학하기 어려운 학생들이 지원하는 것이 현실입니다. 가능하면 우리 학교를 학생들의 1지망으로 만들고 싶습니다. 또한 입학을 희망하는 학생 수를 더 늘리고 싶습니다. 이와 관련해서는……."

스기자카 교장은 배포자료의 수험생 수 추이 부분에 대해 설명했다. 입학식이 끝난 직후에 열린 회의에서 교장은 시작부터 열변을 토했다.

몇 년 전까지 정원 미달이었던 탓에 관리직들은 입학자 수의 증감에 신경을 곤두세웠다. 학창 시절 편의점에서 아르바이트할 때 크리스마스만 되면 시작되던 케이크 판매 경쟁 정도는 아니어도 학교 역시 일반 기업과 다르지 않다는 사실은 취직하고서야 깨달았다.

입학식을 이제 막 마쳤는데 벌써 내년 학생 모집 계획에 대해 논의하기 시작했다. 우선 올해 열릴 학교 방문의 날 행사에 대한 세부 내용을 결정해야 했다. 중학생들이 와야 하니 여름방학은 제외하고 매주 토요일마다 행사가 열린다. 교사들은 당연히 출근해야 하므로 대체 휴일은 있으나 마나였다. 한때 학생 수가 감소했을 무렵, 교직원 수를 한계치까지 줄여 놓아서 지금도 일손이 부족한 상태였다.

입학식이 끝나면 1학년 이외의 학년은 바로 수업을 시작한다. 봄방학 때 준비하려고 해도 졸업식이나 입학 준비에 쫓겨서 거의 진척이 없다. 매년 간신히 돌려막으며 헤쳐 나가는 느낌이었다.

교장은 앞으로도 입학 정원을 더 늘리고 싶은데 그러려면 먼저 수험생 수를 늘려야 한다고 강조했다.

나는 이야기를 들으면서 주말에 있을 농구부 연습 시합 인솔에 대해 생각했다. 아침 7시까지는 학교에 와야 한다. 토요일은 종일 그곳에 묶여 있을 게 틀림없다. 주말이라고 여유롭게 늦잠을 잘 수도 없었다.

괜찮다. 가쓰우라 선생이 돌아올 때까지만 참으면 된다.

그렇게 스스로를 다독여 봤지만, 연초부터 이미 너무 지쳤다.

농구부 고문은 체육과의 가쓰우라 선생이다. 기술 연습은 그 선생이 맡아서 가르쳤다. 하지만 엊그제 병이 나서 한동안 입원하게 되었다. 그동안은 내가 동아리 업무를 전부 떠맡아야 했다.

하아, 하고 쏟아질 것 같은 한숨을 가까스로 삼켰다.

"오쿠사와 선생님?"

"네?"

교장의 호명에 회의실에 있던 사람들의 시선이 모두 내게로 쏠렸다. 옆에 앉은 나가쓰카 선생은 나를 노려보고 있었다. 아뿔싸, 순간 식은땀이 뿜어져 나왔다.

"몸이 안 좋은가요?"

교장의 말을 듣고 있지 않았다는 건 누가 봐도 명백했지만, 차마 그렇다고 할 수는 없었다.

"아닙니다. 죄송합니다."

내가 고개를 숙이자 교장은 다시 이야기를 시작했다.

일을 막 시작했을 무렵에는 나도 진지하게 교장의 이야기에 귀를 기울였으나, 요즘은 시들하다. 교사가 된 지 5년째다. 응시료 수입을 기대하고 수험생을 늘리려는 속내쯤은 눈치챌 정도로 학교의 뒷사정을 알게 되었다.

대학교 3학년 때 아버지가 병으로 세상을 떠났다. 갑작스러운 일에 나는 물론 엄마와 동생도 어찌할 바를 몰랐다. 아버지 덕분에 유지되던 회사는 아버지의 사망과 함께 급속도로 기울었고, 남은 가족은 그때까지 경험한 적 없는 고생길로 내몰렸다.

내키지 않았지만 언젠가는 물려받을 생각이었던 회사가 사라졌다. 하루하루 생활비와 학비를 걱정해야 할 지경이었다. 동생이 아직 중학생이어서 대학을 자퇴하는 것도 진지하게 고민했다.

하지만 2년만 있으면 졸업하는 데다가 1학기 수업료는 이미 냈기 때문에 학자금 대출을 받아 가까스로 졸업할 수 있었다.

아버지 회사에 들어갈 생각이어서 취업 준비도 제대로 하지 않았다. 그런데 갑자기 장래에 대해 치열하게 고민해야 했다. 결과적으로 교직을 택한 이유는 '그렇게 나쁘지 않은 일'이라는 나가쓰카 선생의 말이 마음 한구석에 남아 있었기 때문이다.

아버지 회사를 물려받을 생각이었기에 교사라는 미래는 생각지도 않았다. 하지만 자격증이나 따놓을 생각으로 교직과목을 이수했던 것 자체가 내 미래를 위한 준비였을지도 모르겠다.

졸업과 동시에 모교에 취직한 것은 타이밍 좋게 학교에서 사람을 구하고 있었기 때문이다. 학자금 대출 변제와 동생의 학비, 생활비를 책임져야 하는 현실이 나의 진로를 결정했다. 나는 대학교 3학년 1학기까지 부모님에게 학비를 받았다. 하지만 남동생은 4년 내내 대출받아서 학비를 내야 한다. 나는 아버지가 살아계실 때만큼은 아니더라도 집안에 조금이라도 도움이 되고 싶었다.

일을 시작하고 알게 된 것은 학창 시절에 생각했던 교사의 업무는 극히 일부에 지나지 않는다는 사실이었다. 근무시간보다 일찍 출근해서 동아리의 아침 연습을 감독했다. 학생 대부분이 등교할 무렵에는 교직원 조회를 하고, 수업이 끝나면 다시 동아리 지도를 했다. 시험 문제 작성과 성적 처리 같은 업무도 해야 한다. 늦는 날은 밤 10시가 넘어도 집에 가지 못했고, 동아리의 아침 훈련이 없어도 아침 7시부터 근무하는 날이 적지 않았다.

업무를 줄여주었으면 좋겠다고 생각했지만, 다들 나와 비슷하거나 더 많은 일을 하고 있었다. 결정적으로 '학생들을 위해서'라는 말을 들으면 할 수밖에 없었다.

얼렁뚱땅 시작했지만, 생각보다 학생들이 귀여웠다.

한 가지 오산은 너무 바빠서 대학 때부터 사귀던 애인한테 취직한 뒤에 차였다는 점이다. 그 후에도 연애할 여유도 없이 바빴다.

1학년 오리엔테이션이 끝나고 모든 학년의 수업이 시작되자 더 정신없었다.

방과 후에는 동아리에 얼굴을 비쳤다. 가쓰우라 선생은 여전히 쉬고 있었다. 2주 정도면 복귀한다고 하지만, 아무래도 당분간은 내가 계속 연습에 나가야 할 것 같다. 나는 고등학교 2학년 때까지 농구부를 했지만, 대단한 수준은 아니었다. 내가 할 수 있는 일은 사고가 나지 않도록 지켜보는 정도였다.

그런데도 아이들은 가쓰우라 선생에게 말하기 어려운 내용을 내게 종종 의논하러 왔다. 1학년 학생들은 선배랑 어떻게 지내야 하는지 물었고, 농구부 매니저는 물품 구입을 부탁하기도 했다.

"선생님, 공 바구니 새로 사 주시면 안 돼요? 저것 좀 보세요. 아무리 고쳐도 또 떨어져요. 바퀴 하나는 고장 나서 있으나 마나예요."

매니저의 하소연대로 한눈에 통이 망가진 것을 알 수 있었다. 어디에서 가져왔는지, 누더기처럼 천을 덧대놓은 꼴이 가여울 정도였다. 게다가 바퀴 하나가 빠져서 기울기까지 했다.

"가쓰우라 선생님은 뭐라고 하셨어?"

"공만 들어가면 되지 않냐고 하셨어요. 하지만 바퀴가 고장 나서 옮길 때 너무 힘들어요."

"그렇네. 알았어. 내가 말씀드려 볼게."

다들 편하니까 나를 붙잡고 이야기한다는 건 알고 있었지만, 고문의 결정을 뒤집는 건 어려운 일이다. 하지만 바구니는 내가 봐도 사야 할 정도였다.

다음날 결국 농구공 바구니를 샀지만, 그 과정이 녹록지 않았다. 예산이 빠듯하다는 건 알고 있었다. 농구부에서 쓸 돈은 작년에 결정이 나서 큰일이 아니면 예산 내에서 써야 했다. 올해는 이미 골대를 새로 만들었고, 팀 조끼를 절반 정도 교체했다. 그럴 수밖에 없는 상태였기 때문이다.

물론 예산이 남긴 했지만, 대회 참가에 필요한 버스 대여비 등 대부분 쓸 곳이 정해져 있었다.

바구니는 내가 인터넷을 뒤져서 중고품을 찾아낸 덕분에 바꿀 수 있었다. 새 제품을 주문하면 금방 끝날 일이었지만, 불평할 수는 없었다.

동아리 활동이 끝나고 교무실로 돌아와 수업 준비를 시작했다. 자료를 만들고 학생 인원수만큼 인쇄해서 반별로 나누었다. 그러고는 5월에 있을 참관 수업 준비를 했다. 다음은 학부모회 간담회가 있고, 회의 일정을 조정하기 위해 학부모들에게 연락하고, 그리고 또……

"수업만 할 수 있으면 얼마나 좋을까……"

교사가 되고 나서 실감한 것은 상상 이상으로 업무가 많다는 사실이었다.

프린트를 만드는 건 그나마 괜찮다. 하지만 만든 프린트를 학생들에게 나눠주면 학부모에게 전달되지 않았고, 출결 여부를 알리는 연락 시한도 지켜지지 않았다. 학부모가 날짜를 착각하고 오는 정도면 감사한 편이었다. 당일에 사정이 있으니 바꿔 달라는 사람도 있었다.

"이것만 끝내고 가야겠다."

시간은 이미 저녁 8시를 넘겼다. 일이 다 끝나는 법은 없다. 적당한 곳에서 멈추지 않으면 학교에서 살아야 할지도 모른다.

교무실에는 아직 몇 명의 교사가 남아 있었다. 어디나 그렇겠지만 일찍 가는 사람은 매일 일찍 갔고 늦게까지 남아 있는 멤버는 정해져 있었다.

"오쿠사와 선생님."

이타가키 교감이 나를 불렀다. 이 사람도 매일 늦은 시간까지 남아 있는 멤버다.

이 시간에 무슨 일일까. 두려운 마음으로 교감에게 다가갔다.

"무슨 일이세요?"

"선생님, 이번에 처음으로 3학년 담임을 맡으시는 거죠? 점점 더 바빠지겠지만 입시 스케줄은 확실하게 관리해 주세요. 다른 학교에서는 교사가 원서 제출을 깜빡해서 학생 인생을 망쳐버린 일도 있었거든요."

"네, 조심하겠습니다."

"그리고 학생이 갑자기 조사서* 같은 서류가 필요하다고 할 수도 있으니까, 미리미리 준비해 두세요. 과거 조사서를 참고하고 싶으면 나하고 교장 선생님에게 말해주세요. 자료는 꼭 주의해서 다

---

*   학생의 성적, 특별활동, 출결이 기록된 서류. 한국의 생활기록부에 해당한다.

뤄주시고요."

교감은 자기 책상 서랍을 툭 쳐서 열었다.

"그리고 이 자료를 이번 주 중으로 만들어 주세요."

건네받은 것은 중간고사 계획표였다.

그랬다. 5월이 되면 중간고사가 있었다. 형식은 매년 같았지만, 내용까지 그대로일 수는 없었다.

"이번 주까지요?"

나도 모르게 시선이 시계를 향했다.

"부탁해요."

상사를 앞에 두고 한숨을 쉴 수는 없었다. 간신히 "알겠습니다" 하고 대답했다.

바쁜 와중에 하나의 구원이라면 올해 담임을 맡은 반의 학생들이었다. 작년부터 같은 반이어서 이미 1년 가까이 함께 지내고 있었다. 반 분위기는 좋았다. 다 함께 체육대회나 축제와 같은 행사도 신나게 보냈다.

사소한 다툼이 있어도 큰 문제는 일어나지 않았고, 장기 결석하는 학생도 없었다. 여학생 일부는 교사에 대해 단순한 호감을 넘어서는 감정을 호소하기도 했지만, 공부를 열심히 하는 모습을 보면 나도 힘을 낼 수 있었다.

"선생님 사진 보내드릴게요. SNS 계정 알려주세요."

호감을 대놓고 표시하는 그룹의 선두 주자인 모모세가 수업이 끝난 후 내 자리로 찾아왔다.

학생 하나가 다가오면 다른 애들도 옹기종기 모여든다.

"저도요."

"저도 알려주세요."

그 자리에 있던 학생들이 한꺼번에 스마트폰을 꺼내 들었다.

"사진?"

"수학여행 때 사진이요."

"아……."

수학여행은 2학년 3월에 갔었다. 수학여행이 끝나고 바로 봄방학에 들어가서 오랜만에 아이들을 만난 셈이었다.

"개인 계정은 안 된다고 몇 번이나 말했는데?"

2학년 체육대회나 축제 때도 같은 실랑이를 벌였다.

"수학여행은 괜찮은가 해서요."

"그게 무슨 논리야? 안 돼."

쓴웃음을 지을 수밖에 없었다. 물론 모모세도 내 거절을 예상한 듯 그 이상 조르지는 않았다.

"그래도 다 같이 찍은 사진은 보고 싶으니까 USB에 넣어줄래?"

"스마트폰에서 옮기는 법을 몰라요. 됐어요. 편의점에서 프린트해 올게요."

항상 이런 식이다. 물론 돈은 내가 나중에 따로 챙겨준다.

모모세는 불만스러운 듯 입을 삐죽였다.

"이메일 주소나 SNS 계정은 절대 안 알려주시네요."

"학교에서 알려주지 말라고 하니까."

"하지만 알려주는 선생님도 있는데요?"

학교에서 금지하는 건 사실이다. 단, 동아리 활동처럼 연락이 필요한 경우라면 예외다. 하지만 이를 확대해석해서 반 아이들에게 연락처를 알려주는 교사도 있었다.

그러나 나는 절대 알려주지 않기로 했다. 한 명에게 알려주면 두 명, 세 명, 끝도 없이 퍼질 게 뻔하기 때문이다.

"치이, 선생님한테 바로 연락하고 싶은데."

"지금 말해. 무슨 일인데?"

"그게 아니라······. 그럼 지금 말씀드릴게요. 저번에 본 토익 결과가 나왔는데 생각보다 점수가 높았거든요."

"몇 점?"

"2점만 더하면 700점이었어요."

그건 정말 놀라웠다. 모모세는 처음에는 어떻게 이 학교에 들어왔나 싶을 정도의 성적이었지만, 지금은 영어만 놓고 보면 학년에서 톱이었다.

"열심히 했네."

"그러니까 보상으로 선생님 계정 알려주세요."

모모세는 빙긋 웃으며 기회를 놓칠세라 황급히 스마트폰을 내게 내밀었다.

"안 된다고 했잖아."

역시나, 하고 토라진 척했지만 모모세의 그 모습이 연기라는 건 다들 알고 있었다.

땡동땡동. 스피커에서 종이 울렸다.

"오쿠사와 선생님, 지금 즉시 교무실로 와주세요."

그러고 보니 점심시간에 학부모회 임원과 만날 약속을 했었다. 점심시간 말고는 어렵다고 해서 이 시간으로 잡았다. 이렇게 되면 오늘 점심시간이 날아가는 건 확정이다. 면담 후에는 곧바로 수업이 있었다.

오늘도 점심밥 먹기는 글렀다고 생각하면서 교무실로 바삐 발걸음을 옮겼다.

거울 앞에서 넥타이를 매고 있는데 부엌에 있던 동생이 웃으며 말했다.

"형, 그 넥타이 정말 좋아하네. 오늘도 늦어?"

"아마도. 아니다, 늦어."

동아리 대회에서 학생들을 인솔하느라 주말도 날아갔다. 일정이 없는 날이 언제였는지 까마득했다. 봄부터 제대로 쉬어 본 기억이 없었다.

"매일 바쁜가 봐."

동생의 얼굴에 미안함이 번졌다.

"너도 취직하면 알게 될 거야. 준비는 어떻게 돼가?"

"그럭저럭. 다음 주부터 인턴십 시작이야."

"원하는 곳으로 가면 좋겠네."

"나도 그렇게 생각해. 형처럼 일하는 건 정말 사양하고 싶거든."

농담처럼 말했지만, 동생은 진심으로 그렇게 생각하는 모양이었다. 나도 이렇게 일하게 될 줄은 상상도 하지 못했다. 적어도 고등학생 때는 그랬다.

"근데 시간 괜찮아? 벌써 7시가 넘었어."

"큰일 났다. 다녀올게."

남동생의 인사를 뒤로 한 채 집을 뛰쳐나왔다. 엄마는 조금 있으면 일어날 것이다. 최근에 일하는 시간을 늘린 탓에 피로가 꽤 쌓인 모양이었다. 하지만 오랫동안 전업주부였던 엄마가 일을 고를 입장은 아니었기에 지금 일하는 곳에서 열심히 해보겠다고 말했다. 가능하다면 무리하게 일을 시키고 싶지 않았지만, 20대 교사인 내 월급으로는 가족을 충분히 부양할 수 없었다.

동생이 대학을 졸업해도 내가 학교를 그만두는 일은 없을 것이다. 불만도 있지만, 분명히 다른 일을 해도 100퍼센트 만족할 수 없을 거라는 사실을 알았다.

"적어도 휴일이 좀 있으면 좋을 텐데……."

그렇게 중얼거리면서 오늘도 역을 향해 달렸다.

처음 맡는 3학년 담임은 상상 이상으로 신경 쓸 일이 많았다. 학생이 희망하는 진로와 성적, 학부모의 의향. 모든 것이 맞아떨어지면 괜찮다. 하지만 그렇지 않은 학생도 있다. 본인과 부모의 생각이 다르거나 생각은 일치하지만, 성적이 따라주지 않는 학생도 있었다. 무모한 도전이라고 생각되면 그냥 두고 볼 수만은 없어서 성적을 올리거나 목표하는 학교를 바꾸라고 단어를 골라가며 조심스럽게 말했다. 그중에는 경제적인 문제를 안고 있는 학생도 있었다.

그리고 자신의 장래를 결정하는 일인데도 원하는 게 확실하지 않은 학생이 많아서 놀랐다. 하기 싫은 건 많고 하고 싶은 건 적은 느낌이었다.

옛날 나가쓰카 선생의 모습이 가끔 떠올랐다. 한편으로는 과거의 내 모습을 보는 것 같기도 했다.

"선생님도 하고 싶은 말이 더 있었겠지."

나가쓰카 선생은 학생이 원하면 즉시 대응할 수 있도록 늘 준비하고 있었다. 지금도 진로 지도실에서 자료를 꼼꼼히 읽고 있을 것이다. 그 모습은 순수하게 존경스럽다. 다만······.

"오쿠사와 선생님?"

"응?"

멍하니 있던 내 옆에 어느새 구로다가 서 있었다. 여름방학에는 학교에 학생들이 거의 없었기 때문에 방심하고 있었다.

"괜찮으세요?"

"응? 아, 맞다! 미안."

내가 구로다를 불러놓고 까맣게 잊고 있었다.

"선생님, 여름방학인데 피곤하세요?"

몇 년 전까지 같은 생각을 하던 내 모습이 떠올라 웃음이 나왔다. 역시 학생들한테 교사는 방학이면 팔자 좋은 신세로 보이는 것 같다.

"여름방학이 아니면 할 수 없는 일도 있거든."

"선생님은 다른 사람 일까지 떠맡아서 하실 것 같아요. 다들 너무 선생님한테만 시키는 거 아니에요?"

"아냐, 그렇지 않아."

부정하는 목소리에 힘이 없는 이유는 사실이기 때문이다. 스물

일곱 살이나 되었는데 교무실에서는 여전히 젊은 축이었다. 거의 매년 신규 교사를 채용해도 기껏해야 한 명 아니면 두 명이었다. 내가 부임한 다음 해에는 아무도 없었기 때문에 나이 많은 선생들은 젊다는 핑계로 툭하면 내게 힘쓰는 일을 맡겼다. 그래서 나는 육체적으로도 지쳤다.

여름방학을 일주일 남긴 이 시점에 내가 구로다를 부른 이유는 1시간 전쯤 우연히 학교에 있는 걸 봤기 때문이다.

"저기, 다름이 아니라 지난번에 희망했던 지정교 추천 말인데, 지금대로라면 아마 틀림없이 될 것 같아."

"정말요?"

"교내 마감까지는 아직 시간이 남았지만, 지금까지 도코대 희망자는 너 하나뿐이거든."

"앞으로 다른 애가 지원할 가능성은 없나요?"

구로다의 전신에서 불안이 느껴졌다. 구로다는 가정 형편상 일찌감치 특대생을 목표로 도코대 추천 입시를 희망했다. 요령 있는 타입은 아니었지만, 꾸준히 노력해서 모두에게 성실하다고 평가받는 학생이었다.

"오랫동안 진로 지도하던 선생님한테도 여쭤봤는데, 우리 학교는 대개 여름방학 전까지 지원이 마무리된다고 하셨어."

구로다의 표정이 확 밝아졌다.

기쁜 듯한 그 표정에 나까지 마음이 가벼워졌다. 학생을 편애하면 안 된다고 생각하지만, 구로다의 노력이 보상받았으면 했다. 그래서 조금이라도 더 빨리 소식을 전해주고 싶었다.

"벌써 준비하고 있겠지만, 소논문 연습도 시작하면 어떨까 싶어서 불렀어."

"네, 알고 있어요."

"최종 결정은 9월 이후니까 정식으로 정해지면 다시 말해줄게. 그래도 마지막까지 마음을 놓지 않도록 해. 아니다, 너라면 걱정할 필요 없겠지."

"열심히 하겠습니다."

이제부터 시작될 입시 전쟁의 짐을 하나 내려놓은 기분이었다. 다음 일은 계속 신경 쓰이던 그 방의 정리였다. 꼭 해야 할 이유는 없었지만, 학교에 공간적인 여유가 없어서 학생들과 조용히 얘기할 방이 필요했다. 그 방을 치울 때가 왔다.

오랜만에 문을 열고 안을 들여다보니 역시 심각한 상태였다. 항상 모른 척 지나치던 방은 언제부터 쓰지 않았는지 알 수 없을 정도로 열쇠가 뻑뻑했다.

"하나씩 치워볼까?"

과연 끝나는 날이 올까, 하는 마음으로 창문을 열었다.

2학기가 시작되자 일상적인 업무 외에 문화제 준비까지 더해졌다. 밤 10시를 넘겨도 일이 끝나지 않았다. 교무실에서 마지막으로 남게 되고서야 퇴근할 준비를 했다.

에어컨을 끄고 가방을 집어 드는데 누군가 "오쿠사와 선생" 하며 나를 불렀다. 나가쓰카 선생이었다.

"선생님, 여태 퇴근 안 하셨어요?"

7시쯤부터 모습이 보이지 않아서 이미 퇴근했을 거라고 생각했다.

"늦게까지 고생이 많으시네요. 지금 가려는 참인데, 에어컨 다시 켜드릴까요?"

"교장실로 와주게."

"지금요? 교장 선생님도 아직 학교에 계신가요?"

"그래."

나가쓰카 선생은 오늘따라 평소보다 더 긴장으로 굳어 있는 느낌이었다.

"다른 선생님도 교장실에 계세요?"

선생은 대답하지 않았다. 그의 침묵은 나쁜 상상만 불러일으켰다.

교무실에서 그다지 떨어지지 않은 교장실에 도착하자 나가쓰카 선생은 노크도 없이 문을 열어젖혔다.

"데리고 왔어."

평소의 나가쓰카라면 학생 앞에서는 물론 교직원들 앞에서도 교장에게 반말하는 법이 없었다. 하지만 지금은 달랐다. 아무리 두 사람이 옛날부터 함께 일하던 사이라도 직책을 생각하면 있을 수 없는 일이었다. 하지만 교장은 전혀 신경 쓰지 않는 눈치였다. 그뿐만 아니라 오히려 당연하다는 듯이 고개를 끄덕였다.

"이렇게 늦은 시간에 미안하군. 오쿠사와 선생도 매일 고생이 많아요."

의자에서 일어난 교장은 소파 쪽으로 다가오더니 나에게 앉으라고 손짓했다.

"자, 어서 앉아요."

학생 때는 미처 몰랐는데, 교장의 미소는 왠지 수상쩍었다. 가식적인 미소라고 할까, 믿으면 안 될 것 같은 무언가가 있었다.

소파에 앉기 전에 내가 물었다.

"경찰에서 연락이 왔나요?"

"응?"

"학생이 문제를 일으켰나 해서요."

이런 시간에 불렀으니 좋은 이야기일 리 없다. 하지만 내가 선 채로 있었더니 앉아 있던 교장이 나를 올려다보면서 웃음을 터뜨렸다.

"안심하세요, 그런 일 아니니까."

교장 옆에 앉은 나가스카도 고개를 끄덕였다.

아무래도 내가 생각하던 상황이 아닌 모양이었다. 긴장을 조금 풀고 두 명의 상사와 마주 보는 모양새로 소파에 앉았다.

"그럼 무슨 일로……?"

"그 전에 먼저 현재 우리 학교의 상황을 설명해 줄게요."

교장은 작년 수험생과 입학생 수, 응시료와 현재 재정수지 등을 그래프까지 꺼내서 이야기하기 시작했다.

"참고로 현재는 1학년 8반까지 거의 정원을 채웠지만, 오쿠사와 선생이 학생일 때는 많이 달랐죠? 기억하나요?"

"4반이었어요. 10년도 안 돼서 꽤 많이 늘었네요."

"네, 앞으로 학생을 더 늘릴 예정이에요. 여름방학 때 학교 방문의 날에 와준 중학생도 작년보다 많았으니까, 올해도 기대해 볼만할 거예요."

"그래서…… 하실 말씀이?"

이야기의 윤곽이 잡히지 않아서 답답했다. 그렇지만 상사를 닦달할 수는 없었다.

나가쓰카 선생은 팔짱을 끼고 소파에 등을 기댄 채 반쯤 누워 있었다.

"스기자카, 서론이 너무 길어. 내가 말할게."

교장은 반박하려는 듯 나가쓰카 선생을 보았지만, 별말 없이 소파에서 일어나 큰 책상 쪽에 있는 의자에 앉았다.

"오쿠사와 선생, 한때 학생 수가 감소했음에도 불구하고 다시 회복한 가장 큰 이유는 대학 합격률이나 진학 실적이 향상되었기 때문이야."

"네, 제가 다닐 때보다 상위권 대학의 합격자 수가 늘었어요."

"그래. 방과 후나 여름방학 때 외부 강사를 불러서 입시 대비 수업을 했는데, 그게 꽤 효과가 있었지."

학교에서 입시학원 강사를 불렀다. 이에 대해 찬반이 갈렸지만, 학교에서 상당 부분의 비용을 부담해서 학생들은 비교적 저렴하게 수업을 들을 수 있었다. 덕분에 학부모들의 반응도 나쁘지 않았다. 물론 강제는 아니어서 듣지 않는 학생도 있었지만, 선택지가 늘어난 만큼 마이너스로 작용하지는 않았을 터이다.

"그 밖에도 대학교수를 초빙해서 학생들이 강의를 듣고 진로를 선택할 수 있도록 지원도 하고 있어. 모든 학생에게 효과가 있다고는 할 수 없겠지만, 없다고도 할 수 없지."

"학생들에게 동기부여가 되었을 겁니다."

"하지만 그런 일을 하려면 돈이 필요하지. 수업료를 올릴 수 있다면 좋겠지만, 다른 곳보다 비싸면 이 학교는 선택받을 수 없을 거야. 학생 수가 오쿠사와 선생 때와 같았다면 지금쯤 어떻게 되었을지 생각만 해도 아찔해."

"학교 건물을 수리한 것도 학생들에게 반응이 좋습니다."

"그렇지, 전면 리모델링은 하지 못했어도 화장실이나 현관은 새로 공사했어. 컴퓨터도 신형으로 바꿨고. 내년에는 동아리 활동에 쓸 건물을 지을 예정이야."

체육계 동아리 활동에 주력하기 위해서 동아리실이 들어갈 건물을 새롭게 건축하기로 예정되어 있었다. 샤워실이나 체력 단련 시설도 같이 짓게 되면 더 큰 비용이 들 것이다.

"재정적으로는 상당히 부담되겠네요."

그 모든 비용을 학생들의 수업료만으로 충당할 수 있을까?

정원 미달이 이어지던 이 학교의 경영 상태가 어땠는지 나로서는 알 수 없다.

나가쓰카 선생은 등받이에서 몸을 일으켜 나와 거리를 좁혔다.

"그래, 돈이 필요하지. 그래서 오쿠사와 선생에게 부탁이 있어. 고미나토의 성적을 좀 올려줬으면 해."

"……개별적으로 공부를 봐주라는 건가요?"

위화감. 정확히 설명할 수는 없지만, 이렇게 질문하면서도 이게 정답이 아니라는 것을 어렴풋이 느낄 수 있었다. 학생 한 명만 특별 대우하는 게 좋은 일은 아니지만, 성적이 안 좋은 학생을 열심히 가르친 사례가 있긴 하다. 사실 모모세의 처참했던 영어 성적도 개인 교습 덕분에 비약적으로 올랐다.

하지만 그 정도 내용의 이야기라면 일부러 여기까지 부를 리가 없었다.

짐작대로 나가쓰카 선생은 "아니"라고 말하며 고개를 가로저었다.

"성적을 올리라는 거야. 들키지 않을 정도로만. 고미나토는 도쿄대 추천을 희망했지? 하지만 지금 걔 성적으로는 지원할 수 없어."

순간 머릿속이 뜨거워졌다.

"나가쓰카 선생님! 지금 무슨 말씀을 하시는지 알고 계십니까?"

"물론 알고 있어. 여태껏 해왔던 일이니까."

"……네?"

"작년에도 재작년에도, 내가 그렇게 했어. 올해는 오쿠사와 선생에게 그 일을 맡기고 싶어."

손이 떨렸다. 다리까지 후들거렸다. 분노가 치밀었지만, 그보다 내가 지금 무슨 소리를 듣고 있는 건지, 현실감이 없었다.

"그건…… 범죄예요!"

"성적 조작 자체가 범죄인지 아닌지는 확실치 않아."

"법적인 건 모르겠습니다. 하지만 학생들을 가르치는 저희가 정도를 벗어난다면 교사 실격이지 않습니까! 도대체 무슨 생각이신 겁니까!"

나도 모르게 자리에서 일어섰다. 이 두 사람 앞에서 내가 화를 내다니, 있을 수 없는 일이다. 하지만 지금은 상사나 학생 시절 담임 같은 상하 관계는 머릿속에서 완전히 사라졌다.

나가쓰카의 입에서 한숨이 새어 나왔다. 그러고는 그게 아니라고 말하는 듯 고개를 가로저었다.

"뭘 모르는구나, 오쿠사와."

내가 학교에 들어온 이후로는 늘 '오쿠사와 선생'이라고 부르던 나가쓰카가 옛날처럼 이름을 불렀다.

"흥분하지 말고 일단 앉아."

"싫습니다!"

"앉으라고 하잖아!"

나가쓰카의 말을 따라야 할 이유는 없었다. 하지만 제대로 이야기를 들으려면 지금은 앉는 수밖에 없었다.

"이 학교는 오랫동안 계속된 정원 미달 때문에 꽤 심각한 경영난에 빠졌어."

"그렇지만, 그래도 조작이라니요. 그게 교사가 할 짓입니까? 우리가 할 일은 학생들에게 도덕과 학업을 가르치는 일이잖아요!"

"그러니까 하는 말이야. 그러려면 돈이 필요하다고."

"그래서 범죄에 손을 댄다는 겁니까?"

나가쓰카의 목에서 크흥, 하는 소리가 났다.

자정 가까운 시간의 학교에는 학생이 없었다. 들리는 소리도 없었다. 다만 학교 건물을 짓눌러 뭉갤 정도로 무겁고 괴로운 공기가 떠다닐 뿐이었다.

교장이 뜬금없이 온화한 미소를 지었다.

"오쿠사와 선생, 갑자기 이런 이야기를 듣고 순순히 받아들이지 못하는 것도 무리가 아니에요. 다만 학교가 없어지면 어떻게 될지를 생각해 주세요. 이 학교를 희망해서 입학한 학생들이 만족스러운 교육을 못 받게 되는 건, 무책임하다고 생각지 않나요? 나와 나가쓰카 선생도 원해서 하는 게 아니에요. 학생 수가 감소해서 선생님들 월급도 제때 주지 못했어요. 그때 수많은 교사가 퇴직하는 바람에 학교는 혼란에 빠졌죠. 오쿠사와 선생이 교사로서 이 학교에 부임했을 때는 정상적인 교육 활동을 할 수 있었으니까 몰랐던 거예요."

물론 나는 몰랐다.

교사도 생활이 있다. 이른 아침부터 늦은 밤까지 일하는 걸 당연하게 생각하는 사람도 있겠지만, 가정을 책임지는 교사도 많았다. 어린아이를 둔 교사도 있으니 말할 것도 없이 생활비와 교육비가 필요했다. 자신의 직장을 지키고 싶은 마음은 부정할 수 없었다.

교장의 말로는 이사장이 한때 폐교를 검토했을 정도였다고 하니 꽤 심각한 상태였을 것이다. 그러고 보면 내가 학생일 때와 비교해서 재학생 수는 그래프가 V자를 그리며 급격히 회복되었다. 단기간에 결과를 내려면 나름의 방법이 있었을 것이다. 당연히 돈이 필요했다는 점은 이해할 수 있었다.

"그렇다고 성적을 조작하는 일이 학생 수 증가와 어떻게 이어지는지 모르겠습니다."

"돈이야."

나가쓰카가 다시 등을 뒤로 기대며 마뜩잖은 듯한 표정을 지었다.

"성적이 조금 모자란 학생이 있는데 그 부모가 돈이 있으면 지갑은 느슨해지는 법이야."

"그래서 고미나토를……."

등줄기가 오싹해졌다. 확실히 고미나토의 집은 경제적으로 여유가 있었다. 상당한 금액을 낼 수 있을 것이다.

"고미나토는 이 일을 알고 있나요?"

"본인에게는 말하지 않아. 위험이 너무 크니까."

외부에 들킬 위험 요소를 차단하는 거겠지.

"또 누가 알고 있나요?"

"부모와 우리뿐이다."

"어째서 그런 짓을……."

"말했잖아. 학교 경영을 위해서는 자금이 필요했어. 내 주머니에 넣기 위한 게 아니야. 그리고 우리 역시 가족이 있어. 월급을 못 받거나 폐교가 되면 생활을 할 수 없게 된다고."

"그렇지만……."

"오쿠사와도 마찬가지 아니야?"

나가쓰카가 다 안다는 듯한 눈으로 나를 뚫어지게 쳐다보았다. 어머니와 동생 이야기였다.

몸속 깊은 곳에서부터 분노가 끓어올랐다.

물론 월급을 받지 못하면 큰 문제다. 하지만 그건 이것과는 다른 문제다.

"교육청에 신고하겠습니다."

"멍청한 소리 하지 마. 괜찮아. 하다 보면 익숙해져. 그 방법을 올해 안에 가르쳐주려고 널 부른 거야."

그제야 왜 나를 부른 건지 알 수 있었다.

나가쓰카는 내년 3월에 정년퇴직한다. 이후 촉탁으로 학교에 남을 수는 있지만, 담임 업무에서는 배제된다. 그러니 자신을 대신할 교사가 필요했던 것이다.

"언제까지 이런 짓을 계속할 생각인데요!"

"경영이 안정될 때까지만이야. 우리 학교에 지원하는 학생 수를 더 늘리고 싶어. 응시료 수입도 무시할 수 없으니까. 또, 지금보다 성적이 더 좋은 애들이 우리 학교에 지원하게 만들고 싶어."

나가쓰카가 이야기하는 동안 교장도 옆에서 고개를 끄덕였다.

이 사람들은 바보인가.

부정하게 얻은 돈으로 경영을 안정시키는 게 말이 되냐고. 이런 일을 계속할 수 있을 리 없다.

게다가 이런 바보짓 때문에 구로다처럼 열심히 해온 학생의 꿈이 짓밟혀서는 안 되는 일이었다.

"고미나토는 그렇다 쳐도 과거부터 계속해 왔다는 거잖아요? 나는 조작 같은 건 안 합니다. 경찰에도 고발할 겁니다."

"그런 짓을 하면 어떻게 될 것 같은데?"

"협박하시는 건가요? 지위로 봐서는 저보다 두 분이 더 곤란하실 것 같은데요."

심장이 쿵쾅댔다. 내가 옳다는 자신은 있었다. 하지만 이 두 사람을 헤쳐 나갈 수 있을까. 너무 갑작스러웠다. 나중에 누군가가 이 대화의 증거를 내놓으라고 하면 어쩌지. 여느 때처럼 야근하다가 이런 이야기를 듣게 되리라고는 생각지도 못했다.

나가쓰카와 교장은 침착했다.

"오쿠사와, 이 이야기를 밖에다 흘리면 지금 대학에 다니고 있는 애들은 어떻게 되겠나?"

"네?"

"당연히 합격이 취소되겠지. 본인들은 전혀 모르는 사이에 어른들이 멋대로 저지른 일인데. 녀석들은 책임만 지게 되는 거야. 네가 그 학생들의 인생을 책임질 수 있어?"

"그건……."

나가쓰카의 말을 듣고 나서야 깨달았다. 성적 조작으로 진학한 졸업생들은 지금도 대학에 다니고 있는 것이다.

그 학생들을 어떻게 할지에 대한 판단은 대학에 맡기게 될 것이다. 하지만…….

"지금 대학교 4학년인 녀석이 얼마 전에 취직됐다고 신나서 학교로 찾아왔어. 대학교를 제적당하면 당연히 입사도 취소되겠지. 그런 녀석들 생각도 하면서 말하는 거냐? 부정행위가 대대적으로 보도되면 곤란한 건 우리만이 아니야. 그 녀석들의 인생도 엉망이 되는 거라고."

그렇다고 해서 그게 부정행위를 계속하는 이유가 될 수는 없다.

"고미나토를 추천하는 건 안 됩니다. 구로다가 추천받아야 해요. 그 학생이 추천받지 못할 이유가 없어요."

"구로다가 노력한 건 알아. 인정하지. 하지만 학교로서는 고미나토를 추천하고 싶어. 그리고 구로다 정도면 일반 입시에서 합격할 가능성도 충분하잖아."

"하지만 특대생은 못 되잖아요."

"학자금 대출을 받으면 될 일이야."

"그건 그 학생이 지원해서 떨어졌을 때 결정할 일이에요. 응시하기 전부터 밀어내는 건 우리가 해서는 안 되는 일이고요!"

"이미 고미나토의 모친에게 돈을 받았어. 지금 와서 추천을 못 한다고 했다가 난동이라도 부리면 곤란해."

"누구한테 말할 수 있겠어요? 아들 성적을 조작해 달라고 청탁했다는 사실을 들키고 싶지 않을 거예요."

그때까지 침묵하던 교장이 나가쓰카를 막아서며 입을 열었다.

"물론 대놓고 말할 수는 없겠지요. 하지만 고미나토 집안은 인맥이 넓어요. 자기들이 부탁한 건 숨기고 어딘가에 제보할 가능성이 없지 않죠. 그렇게 되면 아까 나가쓰카 선생이 말한 대로 졸업생들이 엄청난 피해를 입지 않겠어요?"

그러니까 입 다물고 시키는 대로 하라는 건가.

나가쓰카가 교장을 돌아보며 기가 막히다는 듯이 웃으며 말했다.

"말 하나는 청산유수라니까. 솔직히 말해. 돈을 벌써 받았고 쓸 데도 정해 놓았으니 돌이킬 수 없다고 하면 되잖아."

"어쨌든 나는 이런 일에 참여할 수 없습니다. 이런 일은 있어서는 안 된다고요."

내가 의자에서 일어나자 교장과 나가쓰카는 서로의 얼굴을 바라보았다. 표정만으로 말이 통하는지 두 사람 모두 입을 다물고 있었다.

몇 초 후, 나가쓰카가 퉁명스럽게 내뱉었다.

"아, 됐어. 내가 할 테니까."

"안 됩니다!"

"넌 입 다물어! 납득할 수 없다면 내년부터 안 하면 돼. 하지만 올해는 그대로 한다."

"올해도 안 됩니다. 이런 짓은 그만두세요."

"올해 그만둔다고 해서 지금껏 해온 일을 없었던 일로 할 수는 없어."

아무리 말해도 나가쓰카가 흔들릴 것 같지 않았다. 부정행위라고 생각하면서도 그만둘 마음이 없었다.

어째서일까. 그렇게까지 해서 학교를 지켜야 할 이유가 무엇인지 알 수 없었다.

나가쓰카는 입은 좀 거칠지만, 학생들의 입장을 헤아릴 줄 아는 선생인 줄 알았다. 내 생각이 틀렸던 걸까.

내가 고등학교 때 봤던 나가쓰카 아키하루라는 인물은 어디로 가버린 걸까. 처음부터 그런 사람은 없었던 걸까? 아니면 학창 시절의 내가 멋대로 만들어낸 허상이었던 걸까.

나가쓰카에게 추천받지 못한다는 소리를 듣고 구로다가 나를 찾아왔다. 당연히 납득할 수 없다는 태도였다.

하지만 나도 성적 조작 이야기를 들은 지 이틀밖에 지나지 않은 상태였다. 구로다에게 제대로 설명하지 못했고 나가쓰카와 교장을 멈추게 할 방법도 생각나지 않았다.

어쨌든 이대로 있을 수는 없어서 진로 지도실에 찾아갔다. 방에는 나가쓰카 혼자였다.

고등학교 3학년 때 이 방에서 함께 면접 연습을 했다. 노크하는 방법부터 입·퇴실 시 인사할 때 숙이는 고개의 각도까지 몇 번이고 연습했다. 그가 좋은 선생님이었다고 생각하는 마음은 지금도 지울 수 없다. 하지만 그것과 이건 별개다.

"나가쓰카 선생님."

"무슨 일이야?"

나가쓰카는 의자에 앉은 채 움직이지 않았다. 나는 학생 때처럼 선 채로 이야기했다.

"왜 벌써 구로다에게 말한 겁니까?"

나가쓰카는 내가 할 말을 이미 짐작한 듯했다.

"고미나토로 정해졌으면 빨리 알려주는 편이 구로다에게 좋은 거잖아. 구로다는 지금껏 모의고사도 별로 안 봤으니까 일반 입시로 응시할 거면 시간이 부족해."

"그건 모두 학교의 사정이잖아요. 구로다는 충분히 추천받을 만한 학생입니다. 지금이라도 구로다로 바꿔주세요."

"거참 끈질기네. 이미 끝난 일이야. 지금 와서 고미나토 부모에게 뭐라고 설명할 건데?"

"애초부터 하면 안 되는 일이었다고, 그런 일은 할 수 없다고 말할 수밖에요."

"그래. 하지만 교장 말대로 어디에다가 제보하면 곤란하다고."

"그건 그때 가서 생각해 봐야죠."

나가쓰카가 기가 막히다는 듯 눈썹을 찌푸렸다.

"성적 조작은 해서는 안 되는 짓이에요. 하루라도 빨리 청산해야 합니다. 여태껏 해온 그 짓은 명백한 학교의 잘못이에요. 지금이라도 바로잡아야 합니다."

"외부에 공표되면 구로다가 원하는 대로 안 될 텐데?"

"네?"

"성적 조작이 세상에 드러나면 우리 학교 추천은 당연히 불가능해질 거야. 어차피 일반 입시를 볼 수밖에 없어."

"그건……."

"고미나토도 마찬가지야. 학교 평판은 땅에 떨어질 거고, 학생들은 비난이 쏟아지는 와중에 입시 준비를 해야겠지. 재학생들이 무사할 리 없잖아. 다음 해 지원자 수가 줄어드는 건 보나 마나지. 생각해 봐. 네 말대로 해서 행복해지는 사람이 누가 있어? 도저히 못 하겠으면 더 이상 끼어들지나 마!"

"먼저 말씀하신 건 선생님, 윽!"

나가쓰카가 내 넥타이를 잡아챘다. 숨이 막혔다. 당황해서 뿌리치자 나가쓰카가 웃었다.

"전에도 너 같은 소리를 한 녀석이 있었지."

"나 말고도 이 사실을 아는 선생이 있습니까?"

"정확하게는 '있었어'야. 네가 들어올 때 나갔으니까."

"그 사람은……?"

"돕지 않겠다며 거부해서 핑계를 만들어 해고했다."

나가쓰카의 표정에서 후회 같은 것은 전혀 느낄 수 없었다.

"그건 불법 아닙니까?"

"불법은 벌써 저지르고 있지. 부당 해고는 아무것도 아니야."

오히려 당당했다.

"그 사람은 고발하지 않았나요?"

"처음에는 고발한다고 길길이 날뛰었지. 하지만 해고 직전에 그 녀석의 자녀가 병에 걸려서 급하게 돈이 필요했어. 스기자카가 위로금을 건넸더니 분해하면서도 받더군."

입 다물게 하는 비용인가. 그 사람은 돈을 받았으니, 아무것도 할 수 없었겠지.

"너도 직장을 잃으면 곤란하지 않나? 나쁜 말을 하고 싶지 않아. 이대로 조용히만 있어 주면 된다. 나도 내 옛 제자가 길바닥에 나앉는 꼴은 보고 싶지는 않거든."

춥지도 않은데 소름이 돋았다. 심장을 쥐어뜯기는 느낌이었다. 나가쓰카는 우리 집 사정을 잘 알았다. 아버지가 대학교 재학 중에 돌아가셔서 학자금 대출을 받은 것도 말했다. 졸업 후 이 학교에 돌아왔을 때 '그동안 애썼다'라며 나를 위로해 주기도 했다.

"오쿠사와 선생. 이건 학생을 위한 일이기도 해. 더 나은 환경에서 아이들을 공부시키는 게 우리의 사명이잖아."

"하지만 피해를 보는 학생이 있어요. 이건 잘못이에요."

"구로다는 괜찮다는데 그러네. 네가 힘이 되어주면 되잖아. 학교가 지원해 줄 수도 있어. 학비 문제는 어쩔 수 없지만 특대생 제도가 있는 다른 학교가 있을 거고, 장학금도 없는 건 아니야. 나도 힘을 보탤게."

아니다. 이건 정말 잘못됐다.

하지만 어째서인지 내 입에서는 반박의 말이 나오지 않았다.

구로다에게 제대로 설명하지 못한 채 시간만 흘렀다. 물론 고미나토에게도 미안한 마음이었다. 이대로 진학한들 그 아이의 인생에 절대로 플러스가 될 리 없다고 생각했지만, 나가쓰카를 멈출 수가 없었다.

성적 조작과 관련된 과거 사건을 찾아봐도 내부에서 어떤 움직임이 있었는지는 알 수 없었다.

그리고 조작 사건에 휘말린 학생들이 어떻게 되었는지 알기 위해 몇 개의 '입학 취소 가능성'이라는 기사도 찾았지만, 그들의 결말까지는 알 수 없었다.

"어떻게 해야 하는 거냐고!"

출구가 없는 미로였다. 어디로 가야 할지 길이 보이지 않았다. 이미 대학을 졸업하고 사회로 진출한 사람도 있을 텐데 이번 사건이 그 사람의 인생을 어디까지 망가뜨려 버릴지 전혀 예측할 수 없었다.

방문을 노크하는 소리가 들렸다.

"형, 무슨 일 있어?"

동생의 목소리였다. 옆방에서 내가 소리친 걸 들은 모양이다.

문을 열자 걱정스러운 표정의 동생이 서 있었다.

"미안, 시끄러웠지."

"그건 괜찮은데, 오늘은 웬일로 일찍 오기도 하고, 무슨 일이 있나 해서."

"일찍은 무슨. 벌써 7시가 넘었잖아."

여느 때처럼 야근할 마음이 들지 않아서 일을 내팽개치고 집에 와버렸다.

"7시가 빠르다니, 나도 형도 감각이 마비된 거 아니야?"

"그러게. 네 말이 맞다."

웃어보려 했지만, 감정과 표정이 제대로 연동되지 않아서 억지웃음과 쉰 목소리가 나오고 말았다.

옛날에는 나보다 작았던 동생이 지금은 나와 눈높이가 비슷할 정도로, 아니 더 위일 정도로 컸다. 동생은 걱정스러운 눈으로 나를 바라보았다.

"괜찮은 거야? 요 며칠, 좀 이상해."

"그래?"

집에서는 일 이야기를 하지 않으려고 했지만, 완전히 속일 수는 없었던 모양이다.

"나는 기껏해야 들어주는 것밖에 못 하겠지만, 무슨 일 있으면 얘기해줘."

"그래, 알았어."

동생에게 의논할 수 있는 이야기가 아니다.

"그보다 인턴십은 어때? 잘돼가?"

"글쎄. 회사에 가보니까 학교에서 수업 듣는 건 정말 수동적이었구나, 싶어. 그래도 아직 그렇게 어려운 일은 안 하니까 괜찮아."

"수동적이라."

"응, 앉아서 듣기만 하는 수업이면 특히 그렇지. 까놓고 말해서 인원이 많은 수업에서는 스마트폰을 만져도 상관없으니까."

"선생님에 따라 다르겠지만 대학에서는 주의를 주거나 하지는 않지? 하기야 고등학교도 선생마다 다르지만."

"그래?"

"응. 상황을 보면서 행동하지."

도베의 얼굴이 머릿속에 떠올랐다. 도베는 마치 초딩처럼 수업을 방해해서 다른 애들이 불만이 많았다. 하지만 주의를 줘봐도 그런 반응을 재밌어하는 편이라 다루기가 쉽지 않았다.

"엄마는 오셨어?"

"아까. 요즘 또 일을 늘렸나 봐."

"그러게, 야간 근무도 늘었고."

엄마와 동생이 돈 걱정하는 것은 알고 있었다.

"내 탓인가 봐. 인턴십 시작해서 알바를 줄였거든."

"신경 쓰지 말라니까."

동생은 1, 2학년 때 꽤 많은 아르바이트를 했다. 방학이 되면 깨어 있는 시간의 대부분을 알바하는 데에 보냈다.

"네가 지금까지 너무 많이 일했던 거야. 학창 시절에는 적당히 일하고 놀아야지."

"하지만 나만 일을 안 하니까."

"그건 네가 졸업하면 기대할게."

동생한테는 미안한 마음이다. 나는 대학교 2학년 때까지 꽤 여유 있는 생활을 누렸기 때문이다. 하지만 동생이 중학생 때부터 가세가 기울어서 금전적으로 궁핍한 생활을 했다. 스무 살이었던 나와 사춘기의 동생은 상황을 느끼는 정도도 꽤 달랐을 것이다.

지금은 일을 그만둘 수 없다. 그렇다고 해서……

제대로 생각하고 싶지만, 일상의 업무에 쫓긴 채 시간만 흘렀다. 뭔가를 해야 한다고 생각하면서 이렇게 또 하루가 끝나버렸다.

복도를 걷다가 교실에서 나오던 가와마타 선생과 부딪힐 뻔했다. 사과를 건네는 나에게 가와마타 선생은 뜬금없는 말을 꺼냈다.

"아, 맞다! 구로다, 추천을 못 받았더군요. 의외였어요."

"네, 그렇게 되었어요."

"하긴, 고미나토도 그런대로 잘 하니까요."

고미나토는 가와마타 선생의 현대문 성적이 비교적 좋았다. 그래서 공부를 꽤 한다고 생각했을 수 있다.

"그래도 구로다 학생, 소논문 준비도 열심히 했는데 아쉽네요. 엄청 노력했거든요."

"언제부터요?"

가와마타 선생은 잠시 천장을 올려다보다가 말했다.

"7월부터네요."

"그렇게 일찍이요?"

내가 구로다에게 추천받을 것 같다고 말해준 때는 8월 하순이었다. 구로다는 그 전부터 입시 준비를 하고 있던 것이다. 자신이 추천받을 거라고 굳게 믿으면서 말이다.

"한 사람한테만 너무 정성을 쏟으면 안 되지만, 그렇게 열심이면 저도 응원하고 싶어지거든요. 그럼, 구로다는 다른 대학 추천을 받나요?"

"아직 확실하지 않아요."

인원 제한이 없는 일반 공모 추천이면 구로다가 원하는 대학을 고를 수 있다. 다만 희망하는 조건이 모두 맞는 곳이 있을지는 알 수 없었다.

"가와마타 선생님, 오늘 시간 좀 내주시겠어요? 의논할 일이 있어서요."

"죄송해요. 오늘은 휴가 가신 선생님 대신 수업에 들어가야 해서요. 아, 도베 학생은 신경 쓰지 마세요. 그럭저럭 대처하고 있어요."

그 일이 아닌데. 매일같이 업무에 쫓기는 사람들에게 어떻게 말해야 할까? 나가쓰카의 편에 설 것 같은 사람은 곤란하니, 내 편이 되어줄 사람을 신중히 골라야 했다.

정작 중요한 이야기는 하지도 못했는데 쉬는 시간이 끝나버렸다.

진로 지도실의 문을 열기 전에 주머니에 숨겨둔 녹음기를 켰다.

나가쓰카는 방 안에서 컴퓨터 화면을 보면서 무언가 메모를 하고 있었다.

"나가쓰카 선생님."

"무슨 일이지?"

"다른 선생님들에게도 성적 조작 건에 대해 말하겠습니다."

혼자서 무리라면 누군가를 끌어들일 수밖에 없다. 그 누군가는 역시 같은 학교 선생님들이다. 이렇게 된 이상 모두에게 한 번에 알릴 생각이었다.

비밀리에 일을 진행하고 싶었지만, 매일 업무를 보면서 혼자 대처하는 건 도저히 무리였다. 그리고 동료가 있으면 새로운 해결책이 생길 수도 있다.

"그만둬."

"왜요?"

지금까지는 나가쓰카와 교장 둘이서 비밀리에 진행해 온 일이다. 아는 사람이 늘어나면 당연히 나처럼 용납하지 못하는 사람이 나올 것이다. 원래는 그래야 한다.

하지만 나가쓰카는 무슨 여유인지 메모하는 손을 멈추지 않았다.

"교육청이든 경찰이든 제보하는 거라면 너 혼자서도 할 수 있었을 거야. 하지만 지금까지 안 했다는 건 네가 그 입장이 되고 싶지 않아서 아니야?"

"네?"

"학생들이 알면 너를 원망할 테니까."

"무슨 소리를 하시는 겁니까?"

"자기한테만 불똥이 튀는 게 싫다는 거 아니야? 그래서 다른 선생들까지 끌어들이려는 심산이지?"

아니다. 그런 마음은 없다고 당당하게 말하고 싶었다. 하지만 전혀 없었냐고 묻는다면, 대답할 수 없다.

"지난번에도 말했지만, 소란을 피워서 좋은 건 아무것도 없다니까? 어차피 나는 내년에 정년퇴직이야. 교장은 올해가 마지막이고. 고문 정도로 남겠지만 발언권은 약해지겠지. 그런데도 일을 벌이겠다는 거냐? 1년 정도만 소란 피우지 말고 얌전히 있을 수는 없겠나? 그러면 다 잘 해결된다고."

"그런 식으로 해결해서는 안 됩니다."

나가쓰카는 연필을 내려놓고 의자를 내 쪽으로 돌렸다.

"오늘 방과 후에 교장과 같이 다시 한번 얘기해 보지 않겠나?"

"오늘은 회의 이후에 반 학생과 보충 수업이 있어서 언제 끝날지 모르겠습니다."

"회의 이후에? 꽤 늦은 시간에 시작하네."

"반드시 오늘이 아니면 안 된다고 해서요."

반드시, 라는 말에 나가쓰카는 짐작이 간다는 듯 냉소를 띠며 말했다.

"그 여자애 말이군."

모모세가 여러 의미로 나에게 열심인 사실은 교사들 모두가 알고 있었다.

그보다 이 이상 상대의 페이스에 말리면 위험하다. 얘기하자는 건 연막이고, 나를 끌어들이려는 속셈일 것이다.

절대 두 사람의 생각대로 내버려두지 않을 테다.

"나가쓰카 선생님. 저를 설득하실 생각은 마세요. 절대 없었던 일로 두지 않을 테니까요."

예정보다 회의가 길어져서 교실까지 뛰어갔다. 모모세는 자기 자리에서 나를 기다리고 있었다.

도베와 공부하던 방으로 부르지 않은 이유는 모모세와 둘이서 좁은 공간에 있는 상황을 피하기 위해서다.

"미안. 예정보다 회의가 길어졌어."

교실 문을 조금 열어놓은 채 모모세에게 다가갔다.

"그래서 어떤 문제야?"

여느 때 같으면 내가 오기 전부터 문제집을 펼쳐놓고 기다렸을 것이다. 그런데 오늘은 좀처럼 공부를 시작할 낌새를 보이지 않았다. 뭔가 분위기가 달랐다.

"모모세?"

"선생님, 구로다와 무슨 일이 있었나요?"

뜨끔했다. 모모세가 성적 조작 사건을 알고 있는 건가?

"저, 다 알아요. 구로다하고 선생님 사이에 특별한 일이 있다는 거요."

모모세는 나와 구로다 사이에 무언가가 있다고 의심하고 있었다. 그 '무언가'의 정체를 따져 묻고 싶었지만 그랬다가 의심을 확신으로 바꿀 것 같아서 차마 그럴 수 없었다.

무엇보다 모모세의 궁지에 몰린 듯한 표정이 신경 쓰였다. 이대로 함께 있으면 위험하다고 느꼈다.

"공부 질문이 아니면 그만 가자. 늦게까지 남아 있게 해서 미안하다."

거리를 두지 않으면 안 된다. 하지만 방심한 틈을 타서 모모세가 내 팔을 획 잡아당기더니 품에 안겼다.

큰일이다. 당황해서 모모세를 밀쳐내려는 순간, 그 아이가 내 귓가에 대고 속삭였다.

"저, 다 알아요. 구로다하고 무슨 일이 있었는지."

그 말에 추천 사건이 떠올라 몸이 굳어버렸다.

지금까지 모모세는 조금 멋대로이기는 해도 웃어넘길 수 있는 정도였지 진짜 나를 곤란하게 만드는 일은 하지 않았다.

하지만 오늘은 달랐다.

모모세는 나와 구로다가 한 방에 있었던 사실을 지적했다. 아무래도 이 아이는 완전히 오해하고 있나 보다.

어쨌든 언제까지 이 자세로 있을 수는 없었다.

모모세를 떨어뜨리려고 몸을 밀치다가 순간적으로 그 아이의 가슴에 손이 닿았다.

당연히 고의가 아니다. 그건 모모세도 아는 듯했다. 겁내는 기색은 없었다.

나는 돌발적인 사고라고 하며 그녀에게 사과했다. 나는 모모세와 달리 그녀를 '학생'으로만 생각한다.

지금은 모모세와 거리를 둬야만 했다.

바닥에 주저앉은 모모세를 남겨둔 채 나는 교실에서 나왔다. 지금은 이런 일로 고민할 시간이 없었다.

성적 조작 사건을 어떻게든 해야 한다는 생각만 머릿속에 가득했다.

교장실에 끌려가다시피 한 나는 그들이 무슨 말을 하는 건지 이해할 수 없었다. 여학생과의 음란행위라고? 당연히 아니라고 부정했다. 그러나 내게 들이민 동영상을 보고 그제야 이해할 수 있었다.

"오쿠사와 선생, 이게 도대체 어떻게 된 일입니까?"

"오해입니다."

교장은 왠지 이 상황을 즐기는 듯했다.

나 대신 담임을 맡은 나가쓰카를 제외하고 지금 교장실에는 나와 교장뿐이었다.

실제로 그 동영상은 완전한 오해에서 비롯된 것이었으므로 모모세에게 물으면 바로 진실이 밝혀질 것이다.

"오해?"

"동영상은 조작되었습니다. 저는 학생에게 부적절한 행위를 한 적이 없습니다. 떳떳하지 못한 일도 하지 않았어요."

"그렇다면 왜 교실에서 학생과 껴안고 있었던 건가요?"

"그러니까 그건 오해라니까요."

"오해든 뭐든 그렇게밖에 볼 수 없잖아요."

동영상은 교묘하게 편집되어 있었다. 모모세가 먼저 내게 달려들어 안기는 모습이 잘렸다. 영상은 정확히 두 사람이 껴안고 내가 그녀의 가슴을 누르는 부분에 멈춰 있었다. 게다가 자세히 보니 편집해서 이어 붙였는지 움직임도 부자연스러웠다.

"이 학생에게 물어보면 확인할 수 있습니다. 어제는 그 학생이 조금 불안정한 상태라서 잘못된 행동을 했지만, 제가 교사라는 사실은 잘 알고 있어요."

"그런 건 아무래도 상관없어요. 오쿠사와 선생이 교사라는 사실은 이 학교에 있는 사람이라면 다 아는 사실이니까요. 그리고 선생이 학생을 껴안았는지 학생이 먼저 선생을 껴안았는지는 큰 문제가 아니에요."

"네?"

"동영상을 본 사람이 어떻게 판단하느냐가 중요한 거죠."

"잠깐만요. 하지 않은 일을 했다고 하는 건 참을 수 없습니다!"

"그럼 아니라는 증거를 보여줄 수 있나요? 그렇다면 선생이 하는 말을 믿어보죠."

악마의 증명이다. 교실에는 방범 카메라가 설치되어 있지 않았다. 아니라는 증거를 대라니, 억지다.

"……잠깐만."

원래 교실에는 카메라가 없다. 나도 모모세도 그런 건 설치하지 않았다.

편집되기는 했지만, 어제 방과 후의 영상이 찍혀 있다. 그것은 다시 말해…….

"왜 제가 교실에 있었던 시간에 녹화가 되어 있는 거죠?"

나는 동영상을 다시 확인했다.

처음 봤을 때는 정신이 없어서 상황만 확인했다. 하지만 찬찬히 살펴보니 이 동영상이 복도 쪽에서 촬영되었다는 사실을 금방 알 수 있었다. 즉 누군가가 복도에서 카메라로 우리를 찍고 있었다는 이야기다.

교장은 천연덕스럽게 고개를 갸웃거렸다.

"그야 나도 모르죠. 인터넷에 있던 것을 선생님 반의 도베라는 학생이 퍼뜨린 것 같던데요."

"왜 이 동영상이 인터넷에 있었는데요?"

"글쎄요. 그건 제가 알 수 없죠."

이제는 대놓고 연기가 들통나도 상관없다는 태도였다.

지금 이 자리에 다른 선생은 한 명도 없다는 사실이 무엇보다 확실한 증거다. 원래대로라면 교감도 함께 있어야 했다.

모모세는 교장과 나가쓰카에게 이용당했을 뿐이다. 물론 그녀의 행동까지 조종할 수는 없었겠지만, 기회를 노리고 있었던 것만큼은 확실하다.

그나마 다행인 것은 동영상만으로는 상대 여학생이 누구인지 알 수 없도록 편집되었다는 사실이다. 교장도 나가쓰카도 학생에 대해서만큼은 최소한의 배려를 한 셈이다.

하지만 다 위선이다. 이런 식으로 학생을 이용하다니 용서할 수 없었다.

나는 태블릿을 손가락으로 가리켰다.

"이 학생은 끌어들이지 마세요."

"물론입니다. 우리는 누구보다 학생을 생각하니까요."

뻔뻔스레 웃는 낯짝을 후려갈기고 싶은 마음을 필사적으로 참아냈다.

"조금만 더 치워 뒀으면 좋았을걸."

이런 상황에 처했으면서 방 청소를 신경 쓰는 게 우스웠다.

바닥에 널브러진 트로피에 손을 뻗었지만, 어떻게 처리해야 할지 몰라 그대로 내버려두었다. 걸레로 더러워진 곳을 닦아내자 '제4회 교직원 대항 테니스 대회 준우승'이라는 글자가 드러났다.

"상관없기는 하네."

낡은 트로피를 보자 고등학교 시절이 떠올랐다.

고등학교 3학년 2학기 때 열린 지역 대회에서 우승한 반이 트로피를 받았다. 플라스틱으로 만든 싸구려 트로피는 교실 뒤편의 책장에 장식되었고 이내 아무도 눈길을 주지 않았다.

하지만 그 트로피를 손에 들었을 때 꽤 기뻤던 것을 기억한다. 3학년 2학기에 지역 대회에 참가하는 녀석이 있겠냐고 했지만, 막상 대회가 시작되니 너 나 할 것 없이 신나서 참가했다. 이 학교에 다니면서 즐거웠던 추억은 분명히 있었다.

창문을 조금 열고 커튼을 쳤다.

"불을 켜면 들키려나."

내가 학교 건물 안에 있다는 사실은 학생들에게 비밀로 했다. 이건 내가 먼저 말을 꺼낸 부분이기 때문에 괜찮았다.

학교 건물에 남겠다고 한 이유는 그들 멋대로 하게 내버려둘 수 없기 때문이다. 동영상 역시 부정행위를 돕지 않은 나를 제거하려는 수작이었을 것이다.

당연히 처음에는 두 사람 모두 교내 근신은 허락할 수 없다고 했다. 하지만 내가 엊그제 나가쓰카와 진로 지도실에서 나눈 대화의 녹음본을 외부에 폭로하겠다며 으름장을 놓았다.

성적 조작 이야기를 처음 들었을 때는 아무 준비를 하지 못했지만, 요즘은 증거를 모을 생각으로 녹음기를 항상 지니고 다녔다. 조금 더 증거를 모은 뒤에 움직이려고 했는데 그 직전에 동영상 사건이 터져버린 것이다.

"제가 막지 않으면 그 여학생은 자기가 했다고 나설 거예요. 학교가 상대해 주지 않으면 SNS에 폭로하겠죠."

"설마. 입 다물고 있으면 들키지 않게 만들었는데 스스로 이름을 대고 나설 리 없어."

자신들이 동영상을 편집했다고 말하는 것과 다름없었다. 숨길 생각도 없는 듯했다.

"아니요. 그 학생은 그렇게 할 겁니다. 적어도 자기만 살겠다고 모르는 척할 애가 아니에요. 그리고 그 학생이 먼저 나서면 사태는 더 골치 아프게 될 거예요."

말하면서도 꽤 비열하다고 생각했다. 나는 모모세를 끌어들이고 싶지 않다고 하면서도 그녀를 협상 카드로 쓰고 있었다.

그런 내 모습에 가슴이 아팠지만, 그들의 뜻대로 일이 풀리게 놔두고 싶지 않았다.

교장은 한참 동안 입술을 깨문 채 아무 말도 하지 않았다. 나가쓰카가 1교시 수업을 끝낸 후 교장실로 찾아와서 교장과 의논한 결과 나는 교내 근신을 허가받았다.

하지만 담임 자리도 수업도 모두 배제되었다. 이 먼지투성이 방에서 얌전히 있을 수밖에 없었다. 물론 학생들 눈에 띄지 않겠다고 약속했다. 아무래도 지금 내가 학교 안을 어슬렁거리면 학생들이 동요할 것이기 때문이다.

"자, 시작해 볼까."

이 방도 언제까지 머물 수 있을지 모르겠다. 하지만 있는 동안만이라도 할 수 있는 일을 해두고 싶었다.

SNS에서는 다들 멋대로 지껄였다. 동영상과 관련 있는 내용은 그렇다 치지만 없었던 일까지 사실처럼 써댔다. 그 발언들의 진원지는 대부분 도베였다.

"내 이야기로 끝나면 좋을 텐데……."

도베가 하는 짓에 화가 나지 않는 것은 아니다. 하지만 어떤 의미에서는 그 아이도 피해자다.

동영상을 처음 발견한 건 도베였는데, 그건 아마 우연이 아니었을 것이었다. 그의 평소 행동으로 보아 가장 먼저 달려들어 동영상을 퍼뜨릴 거라는 생각은 이 학교 선생이라면 다들 할 법했다. 학생의 불성실한 수업 태도는 교원 사이에서 금방 퍼진다. 나가쓰카가 그걸 모를 리 없었다. 때마침 음란행위로 보일 만한 동영상이 찍혀서 그걸 이용했겠지만, 그렇지 않았다면 또 다른 무언가를, 그러니까 도베가 득달같이 달려들 만한 장면을 만들기 위한 편집을 했을 것이다.

스마트폰에 메시지가 왔다. 3분 후에 나가쓰카가 이 방에 오겠다고 했다.

학생들에게는 누군가가 이 방에 출입하는 모습을 보이지 않는 편이 좋다. 여태 쓰지 않던 방에 사람들이 빈번히 드나들면 의심을 살 것이다. 나는 나가쓰카가 오기 직전에 문을 열어두었다.

나가쓰카는 신기한 듯 방 안을 둘러보았다.

"여전히 엉망진창이네."

"10년이 지나도록 치우지 않으니까요."

"나도 바빴어."

말하지 않아도 알 수 있었다. 학교에 취직하고 난 뒤로 비로소 교사들의 다망함을 실감했다.

"방 체크를 하려고 온 건 아니겠죠?"

"구로다 가논이 수업을 빠지고 있어."

"알고 있어요."

수업 출결 상황은 학내 시스템으로 파악할 수 있다. 어느 요일, 어느 수업에 빠졌는지 확인할 수 있었다.

"그 이야기를 하러 오신 건가요?"

바쁘시다면서요? 한마디 하고 싶었지만, 쓸데없는 이야기를 할 마음은 들지 않았다.

나가쓰카는 설마, 하며 나를 무시하는 듯한 웃음을 흘렸다.

"교장과 이야기해 봤는데 동영상 건은 당분간 상황을 지켜보기로 했어. 학생들한테도 소란 피우지 말라고 얘기해 두었고. 언제까지 말을 들을지는 모르겠지만."

상황에 따라서는 해고가 될 수도 있다. 하지만 이 말투라면 좀 더 경미한 처분으로 끝날 수도 있었다. 조사 결과 '결백하다'로 정리할 가능성도 있다. 모모세가 증언한다면 그렇게 될 것이다.

해고해 버리면 나를 다루기가 더 어려워질 수도 있다. 내가 외부로 나가면 언제 사건을 폭로할지 몰라 불안할 것이다. 그걸 방지하기 위해서라도 나를 내부에 두고 지켜보고 싶겠지.

"당분간이라면 어느 정도인가요?"

"글쎄다. 일주일에서 2주 정도. 인터넷 소동이 얼마나 있어야 잠잠해질지 예측할 수가 없어서. 하지만 한 달쯤 후에도 그대로면 그때는 나름대로 대응이 필요하겠지."

최대 한 달. 적어도 2주 안팎이면 어느 정도 방향이 보일 것이다.

"알겠습니다."

나가쓰카는 발치에 굴러다니는 쓰레기를 찼다.

"그건 그렇고, 왜 하필이면 이 방을 고른 거냐? 빈방 중에 조금 더 나은 곳도 있을 텐데."

"교실에서 멀리 떨어져 있으니까요."

"이런 곳에 있는 것보다 자택 근신이 편하지 않겠어?"

"조금이라도 학생들 가까이에 있고 싶을 뿐입니다."

내 대답이 본심이 아니라는 건 나가쓰카도 알고 있을 것이다.

하지만 그 마음이 다 거짓은 아니었다. 이런 상황에서 무엇을 할 수 있을지 몰라도 이 말도 안 되게 썩어빠진 어른들로부터 아이들을 지켜주고 싶은 것만은 진심이었다.

모모세에게 연락하고 싶지만 눈에 띄게 움직일 수 없었다. 하지만 그 아이라면 알아차릴 테니 교실 책상 위에 메시지를 남겼다. 자만하는 건 아니었지만 모모세라면 내 글씨를 알아볼 수 있을 거라고 생각했다. 그 시도는 성공이었다. 그리고 모모세에게 절대로 동영상의 여학생이라는 사실을 밝히지 말라고 했다. 쉽지는 않았지만 어쨌든 설득에 성공했다.

인터넷상에서는 예상만큼 큰 소동이 벌어지지 않았지만 쉽게 가라앉지도 않았다. 신경 쓰이는 댓글이 하나 있었다.

'그 동영상, 학생들이 주작한 거 아니야?'

그쪽으로 바람이 불면 곤란하다. 그래서 반박하려고 만든 계정으로 '사실무근'이라는 댓글을 달았다. 누구인지 알 수는 없었지만, 댓글 중에는 신규 계정이 여럿 있었다. 그중에는 분명히 우리 반 학생도 섞여 있을 것이다. 시간상 수업 중에 쓴 것으로 보이는 도베의 게시물은 못 본 척 해두었다.

학생들의 SNS를 지켜보면서 나는 본래의 목적을 향해 움직이기 시작했다.

졸업생의 성적은 5년 동안 보관할 의무가 있지만, 그 이전 것은 이미 폐기되어 있었다. 이 5년간의 자료도 열람하려면 허가가 필요했다. 물론 지금 내가 허가를 받는 것은 불가능했다.

그러므로 교장과 교감만 가지고 있는 열쇠를 손에 넣어야 했다. 열쇠의 관리는 그리 엄중하지 않았다. 교장실에 몰래 숨어 들어가기는 어려워도 교무실은 간단했다. 수업이나 행사가 있으면 교무실에 아무도 없을 때도 있다. 교감이 출장 가는 날을 노려서 열쇠를 손에 넣고 졸업생들의 성적을 사진으로 찍어놓았다.

하지만 이 자료만으로는 부족했다. 교내에 남아 있겠다고 고집한 이유는 학교에서 지급한 교사용 개인 컴퓨터를 쓸 수 있었기 때문이다. 외부 반출이 엄격히 금지된 그 컴퓨터에는 학년별 성적표가 보관되어 있었다. 물론 내가 입력한 내용뿐이지만 교직원이라면 자유롭게 볼 수 있었다.

원래 매년 삭제해야 하지만 잊어버리고 방치한 것이 오히려 행운이었다.

확인 대상은 추천 입시로 진학한 학생들이었다. 인원은 전교생의 약 3분의 1, 학년 당 100여 명 안팎이다. 그중 컴퓨터에 저장된 데이터는 5년 치였다. 즉 조사 대상은 500명 정도가 된다.

한 사람 한 사람 데이터를 대조하고 확인하는 작업을 계속하자니 정신이 아득해질 지경이었다. 하지만 내가 가지고 있는 데이터 말고는 확인할 방법이 없었다.

한참 동안 작업을 이어가던 나는 스트레칭을 하기 위해 의자에서 일어났다.

내가 학교에 있다는 사실을 들키지 않기 위해 계속 커튼을 치고 있었다. 암막 커튼이 아니라서 그렇게 어둡지는 않았지만, 기분이 우울해졌다.

"언제까지 이런 짓을 해야 할까?"

학교를 그만두면 편해질 것이다. 일자리도 찾아보면 분명 내가 할만 일이 있을 것이다. 하지만 그러면 나 혼자 도망치는 것 같아서 양심에 찔렸다.

학생들의 얼굴이 떠올랐다.

웃는 얼굴뿐 아니라 짜증 내거나 화내는 얼굴도 사랑스러웠다. 그들의 순수한 감정과 부딪치는 건 결코 싫지 않았다.

"조금만 더 힘내자!"

복도에서 잠깐 이야기한 여학생이 동영상의 여자애라고 소문이 났다. 또 후보자 몇 명은 이름의 이니셜이 인터넷에 돌기도 했다. 학교와 내 이름의 이니셜과 나이는 이미 알려졌다. 본명까지는 밝히지 않은 모습에 나름 배려심도 느꼈다. 유출된 사진도 화질이 안 좋아서 바깥을 돌아다니는 게 힘들지는 않았다.

하지만 결국 내가 학교 안에 숨어 있다는 사실을 들켜버렸다. 이렇게 되면 재미 삼아 나를 찾으러 다니는 학생들이 생길 수도 있었다.

역시나 그 무리의 리더 격인 도베가 방으로 찾아왔다. 그 아이는 나를 몰아붙이면서 상황을 즐기는 듯했다. 나와 공부할 때는 볼 수 없었던 생기 가득한 표정을 보면서 교사로서 무력함을 느꼈다.

SNS에는 악플이 넘쳐났다.

#교사실격 #도망치면끝인가 #네가무슨선생이냐

악의적인 해시태그를 무시하려고 했지만, 점점 상처가 쌓여갔다.

교장이 말하길 언론에서도 취재 문의가 온다고 했다. 모모세를 통해 도베가 인터넷 매체와 연락한다는 사실도 알게 되었다.

음란 교사라는 오명을 쓴 채 학교를 떠나고 싶지는 않았다. 하지만 할 수 있는 게 없는데 이곳에서 버텨야 할 이유를 찾을 수 없었다.

학교의 부정행위를 입증하려면 경찰에 신고할 수밖에 없을까? 그렇게 되면 고미나토와 그의 부모도 피해를 입을 것이다. 하지만 더 이상은 견딜 수 없었다.

스마트폰에 메시지가 도착했다. 3분 후에 나가쓰카가 이곳으로 온다는 연락이었다.

어디로 가야 할지 알 수 없는 나는 일어서는 것도 고역이었다. 시간 맞춰 나타난 나가쓰카가 내 얼굴을 보자마자 말했다.

"그래서 뭐, 알아낸 거라도 있나?"

그는 이미 내가 부정의 흔적을 찾지 못할 거라는 사실을 알고 있었다. 뻔뻔한 태도에 화가 치밀었지만, 대꾸할 기력이 없었다.

"무슨 일이시죠?"

내가 무시하자 나가쓰카는 순간 의외라는 표정이었지만, 곧 여느 때의 거만한 태도로 돌아왔다.

"결론은 나왔어?"

"결론이라뇨?"

"내 뒤를 이을지 아니면 얌전히 있을 건지 말이야."

"아니면 학교를 그만두던지요?"

"그럼 먹고 살길이 막막하지 않아?"

"이대로 있느니 그편이 차라리 나아요."

"그래, 그런 인생도 있지. 꼭 교사를 해야 하는 건 아니니까."

학교를 위해서 그리고 학생을 위해서라고 주장하던 나가쓰카가 그렇게 말하자 위화감이 느껴졌다. 이 사람은 지금까지 무엇을 위해 교사로 일했던 것일까?

"당신은 이 일을 그만두고 싶었던 적이 있었나요?"

"갑자기 무슨 소리야?"

나가쓰카는 헛소리라는 듯이 웃더니 말했다.

"……있었지."

짧은 한마디에 나도 모르게 "네?" 하고 되물었다.

"평소에는 그런 생각을 할 여유가 없었지. 선생 노릇이 싫지는 않아. 어차피 밥벌이는 해야 하니까. 요즘 젊은 놈들은 모르겠지만 우리 세대는 남자가 일하는 게 당연하다는 생각이 머릿속에 박혀 있거든."

"하지만……."

"3년 전에 내가 일주일 정도 입원했던 적이 있었지?"

"네? 아……."

그러고 보니 3년 전 나가쓰카는 학교 계단에서 굴러서 다리 골절로 입원했었다. 마침 학년 말이라 나가쓰카의 업무를 다른 교사들과 나눠 맡았다. 담당 과목이 같아서 나도 꽤 많은 업무를 대신 처리해야 했다.

"슬슬 정년을 바라보는 나이인데 마침 시간이 생겨서 이것저것 생각을 좀 해봤지. 병원에 있어서인지 중학교 때 의사가 되고 싶었다는 사실이 떠올랐어. 그때 만일 그 꿈을 이루었다면, 학교 말고 다른 곳에서 일했다면 어떻게 되었을까. 뭐 그런 상상."

"그래서요?"

"그래서는 무슨. 그냥 생각만 한 거야. 이 나이에 새로운 일을 할 수 있는 것도 아니고 내가 일한 시간을 지울 수도 없어. 네 나이라면 이제라도 진로를 바꿀 수 있겠지."

"의사는 무리예요."

"예를 들어 하는 말이잖아. 젊다는 건 그만큼 가능성이 있다는 거야."

이때 나가쓰카는 조금 쓸쓸해 보였다.

어째서일까. 나는 나가쓰카에게 여전히 분노를 느꼈고 그가 교사 자격이 없다는 생각도 여전했다.

하지만 10년 전처럼 이 방에서 둘이 함께 이야기를 하고 있자니 그는 '선생'이고 나는 '학생'이 되고 말았다. 나도 모르게 나가쓰카의 말을 순순히 듣고 있었다.

하지만 나는 이제 학생이 아니다. 지금은 동등한 입장이다.

"내일 다시 올게. 그때까지 어떻게 하고 싶은지 생각해 둬."

나가쓰카가 나가자 나는 크게 한숨을 내쉬었다. 온몸에서 힘이 빠져나갔다.

지쳤다. 어디로든 도망치고 싶었다.

구로다가 자기 대신 고미나토가 추천받은 사실을 알아버렸다.
역시 아무것도 안 할 수는 없었다.
나가쓰카에게 메시지를 보내자 곧장 찾아왔다.
지금까지와는 달리 내게 불려 온 것이 못마땅한지 투덜댔다.
"이게 뭐 하는 짓이야. 이딴 건 나중에 해도 되잖아."
그렇게 말하면서도 내가 부탁한 대학교의 안내 책자를 가져다주었다. 하지만 그도 내게 볼 일이 있으니 왔을 터이다.
"좀 있다가 대피 훈련 시작하니까 그 전에 얼른 끝내자고. 다시 물을게. 결론은 나왔나?"
"그 전에 이걸 먼저 봐주시죠."
나는 컴퓨터와 태블릿의 화면을 가리켰다.
내가 설명하지 않아도 나가쓰카는 바로 알아차린 모양이었다.
그는 불쾌하기 짝이 없다는 표정으로 말했다.
"좀도둑처럼 무슨 짓이야?"
"성적을 조작하고 좀도둑질도 하고. 쓰레기 교사들이 모인 학교네요."
비아냥이 정확히 전달된 모양이었다. 나가쓰카의 코끝이 주름이 지며 떨리기 시작했다.
나가쓰카에게 보여준 것은 졸업생들의 성적과 내 컴퓨터에 남아 있던 데이터다. 정확하게는 입원한 나가쓰카 대신에 내가 처리한 성적 자료다. 내 컴퓨터에는 남아 있지 않았지만, 첨부파일로 보냈기 때문에 자료를 확인할 수 있었다.

"제가 채점한 점수와 기록된 점수가 달랐습니다. 3년 전, 선생님은 본인이 담임을 맡은 학생들의 영어 성적에 손을 대셨죠?"

그 학생을 직접 담당하지 않아서 잘은 모르지만, 성적이 별로라는 얘기를 들었었다. 그런데 지정교 추천으로 나름 이름 있는 대학교에 들어가는 걸 보고 내가 잘못 알았다고 생각했다. 하지만 성적을 대조해 보고 나니 깨달았다.

"자기 반이면 손을 쓰기가 쉬웠겠지요."

과거 5년 치밖에 조사할 수 없었지만, 그 기간 동안 지정교 추천으로 진학한 학생은 나가쓰카가 담임을 맡은 반이 가장 많았다.

컴퓨터 화면을 바라보던 나가쓰카가 중얼거렸다.

"얘는 아직 대학 재학 중이겠네."

그리고 나를 똑바로 바라보며 말했다.

"이걸 들고 가서 고발할 생각이냐?"

"교육청에는 이메일로 보낼 겁니다. 경찰에게는 편지를 써서 보낼 생각이에요."

"이 학생은 대학에서 쫓겨날 수도 있어."

"압니다. 하지만 얼렁뚱땅 넘어갈 문제가 아니죠. 한 번은 제대로 처벌받지 않으면 안 됩니다."

나가쓰카는 먼지투성이 의자에 털썩 주저앉았다. 잔뜩 성이 난 표정은 도저히 받아들일 수 없다는 태도가 역력했다.

"당신은 변했어요."

"네 녀석이 뭘 알아?"

"몰라도 상관없어요."

교사가 되어 모교에 돌아온 내가 가장 놀란 점은 변해버린 나가쓰카였다. 옛날부터 입이 거칠고 거만한 성격에 사람을 함부로 대했지만, 그래도 싫지 않았다. 학생과 교사 사이에 놓인 벽이 느껴지지 않았기 때문이었다.

하지만 지금은 학생의 이야기를 들을 생각 없이 강압적으로 지시만 내리는 선생이 되었다.

나가쓰카의 그런 모습에 나는 이전처럼 그를 신뢰할 수 없었다.

옛날에는 친근하게 느껴졌던 나가쓰카의 반말이 지금은 윽박지르는 것처럼 느껴졌다. 그래서 나는 학생들에게 정중한 말투를 쓰려고 애썼다. 아이들에게 공포심을 심어주고 싶지 않았기 때문이다.

내가 졸업하고 4년 동안 무슨 일이 있었던 걸까. 아니면 내 입장이 달라졌기 때문일까. 하지만 이제는 나가쓰카가 성적 조작을 계기로 변해버렸다는 사실을 알 수 있었다.

"학교라는 데가 그렇게 깨끗하게만 일할 수 있는 곳이 아니야."

"그건 알아요. 학생이 보는 풍경과 우리가 보는 풍경은 다르죠. 하지만 사회가 그럴수록 학교만큼은 더 깨끗한 세상이어야죠."

"순진하긴."

나가쓰카는 비아냥댔다.

"네가 어떻게 생각하든 그건 네 마음이니까. 하지만 남들 일을 떠벌리기 전에 너부터 고발하는 게 어떠냐?"

"네?"

"고등학교 때 성적표는 아직 있니?"

······무슨 말이지?

남 일이 아니라 내 이야기?

나가쓰카의 약 올리는 듯한 태도에 등줄기가 서늘해졌다.

"도대체 무슨 말이에요?"

"있냐고 없냐고. 그것만 말해."

"있을지도 모르지만······."

엄마는 '추억'이라며 뭐든지 남겨두는 사람이었다. 초등학교 때는 잘 모르겠지만 고등학교 때 물건이라면 어딘가에 챙겨두었을 법했다.

"그래?"

나가쓰카는 입술을 달싹였다. 웃음을 참지 못하겠다는 듯 그의 입꼬리가 일그러졌다.

"3학년 2반 출석번호 4번 오쿠사와 준 학생. 어떻게 확인해야 할지 설명할 필요는 없겠지? 10년 전의 성적은 남아 있지 않을 거고 아버지도 돌아가셨겠다. 돈거래를 아는 건 나하고 교장뿐이야."

머릿속이 새하얘졌다. 핏덩이가 온몸에서 소용돌이쳤다. 심장 소리가 귀가 멍멍할 정도로 시끄럽게 울렸다.

"······거짓말."

"내가 왜 거짓말을 하겠어? 따지고 보면 성적 조작은 네 아비의 부탁으로 시작된 거나 마찬가지야."

"거짓말이야······."

"사실이야. 원래 교사란 학교 안의 세상밖에 모르는 작자들이지. 돈 계산에 밝은 편도 아니고. 스기자카 놈도 그때는 막 교장이 된 참이라 경영에는 영 젬병이었어. 그럴 때 네 아버지가 우리 아들놈 대학 좀 어떻게 안 되겠냐고 부탁했지."

"거짓말이야!"

나가쓰카는 쉿! 하며 자기 입술에 손가락을 갖다 댔다.

"소리가 너무 커."

아버지가 그런 짓을 할 리가 없다.

하지만 어떤 아버지였는지 생각나지 않았다. 늘 일만 하던 사람이라 별로 이야기를 나눈 적이 없었다. 적어도 진로에 대해 의논한 기억은 전혀 없다.

"아버지는 자기 혼자 한 일이라고 했으니까, 어머니는 모르실 수도 있지."

아마 그럴 것이다. 엄마는 숨기는 것이 서툰 사람인 데다가 집안의 경제적 상황이나 회사 경영 같은 건 전혀 알지 못했다.

나는 어느새 나가쓰카의 페이스에 말려들고 있었다.

"말도 안 돼. 거짓말이에요."

"네 맘대로 생각해. 도저히 못 믿겠다면 교장에게 물어보면 되겠네. 그 녀석은 꼼꼼하니까 증거를 남겨 놓았을 거야. 어때, 지금 당장 여기로 가지고 오라고 할까?"

나가쓰카가 바지 주머니에서 스마트폰을 꺼내며 말했다.

"이 시간이면 교장실에 있을 테니 3분이면 올 수 있겠지"

나가쓰카의 태도나 말에서 거짓은 느낄 수 없었다. 그리고 또다시 거짓이라고 반박하지 못한 이유는 내게도 짚이는 바가 있었기 때문이었다.

"그때…… 선생님이 추천 이야기를 했을 때 사실 어리둥절했어요. 내 성적이 그렇게 좋았나 싶었거든요. 하지만 제대로 기억도 안 나고 괜찮다고 해서 그냥 믿었었는데……."

"뭐야, 너도 어렴풋이 눈치를 챘다는 거잖아?"

결국 못 참겠다는 듯 나가쓰카가 큰소리로 웃었다.

아니야. 그렇지 않아. 난 몰랐어.

하지만…….

의자에서 일어난 나가쓰카가 내 어깨에 손을 얹었다.

"알겠니? 지금 와서 까발려 봐야 아무도 행복해지지 않아. 네가 제일 잘 알잖아? 그리고 잘 보라고. 넌 성적 조작으로 대학에 갔어도 멀쩡히 선생 노릇을 하고 있잖아."

"하지만 그건……."

"괜찮아. 학생들이 우리 오쿠사와 선생님을 얼마나 좋아하고 따르는데."

나가쓰카의 말이 귓속에서 쉴 새 없이 윙윙 울렸다.

나는 지난 5년 반 동안 이곳에서 교사로 일했다. 학생들에게도 진심이었다.

하지만 출발이 잘못되었다면 종착지도 달라질 수밖에 없다. 내가 지금 서 있는 이곳 역시 모두 거짓으로 이루어진 것일지도 모른다.

교사를 하게 된 건 그때 아버지와 나가쓰카가 만들어준 길을 걸어왔기 때문이다.

만일 처음부터 다른 방향으로 나갔다면 나는 지금 여기에 없을 것이다.

지금까지 걸어온 길이 한순간에 무너져 온몸이 물속으로 가라앉는 느낌이었다. 아무리 발버둥 치고 허우적대도 지상으로 가는 길은 아득했고 점점 숨이 가빠왔다.

"방법은 딱 하나야. 네가 걸어온 길을 거짓이 아니게 만드는 거."

물속에서 들리는 나가쓰카의 목소리는 윤곽을 잃은 듯 흐릿했다.

어떤 방법이지? 숨을 헐떡이며 입을 열었지만 내 외침은 제대로 된 소리가 되지 못했나 보다.

그렇지만 나가쓰카는 알아들었는지 고개를 끄덕였다.

"맞아, 이대로 계속하는 거야."

"이대로?"

"그래, 돌이킬 수 없다면 계속 앞으로 가면 돼."

이대로 계속 간다고? 그러면 지금까지 쌓아 올린 것이 다 괜찮아진다고?

하지만 그렇게 걸어간 길은 도대체 어디에 닿는다는 말인가.

"그렇게 하면 거짓이 아닌 게 되는 거야."

잘못된 길로 나아가는데도?

만일 그 길을 계속 걸어간다고 해도 앞은 암흑처럼 캄캄할 것이다. 아무것도 보이지 않는 곳을 향해 혼자 걸어가는 일은 너무 괴롭다.

그렇다면 나는 어떻게 하면…….

그 순간 내 시선 끝에 낡은 트로피가 보였다. 캄캄한 방에서 어째서인지 그것만 환하게 빛났다.

그래. 이걸 잡으면 길이 환해질 거야.

나는 그쪽으로 손을 뻗었다.

신기하게도 트로피의 무게를 전혀 느낄 수 없었다.

그래, 밝은 세상으로 나아가기 위해서야.

"오쿠사와, 너, 무슨 짓……!."

그것만 생각했다. 그리고 오른손을 내리쳤다.

몸속에서 폭풍우가 휘몰아쳤다.

나는 이제부터 어떻게 해야 할지, 무엇을 해야 좋을지 몰라 망연자실했다.

그때 고미나토가 찾아왔다.

서둘러 책장 안쪽에 '그것'을 감추었다. 밝은 세상으로 나가려면 지금은 숨겨야 했다.

하지만 난 이제 어떻게 하면 좋을까?

밝은 세상으로 나아간다고 생각했지만, 캄캄한 심연을 향해 걷는 느낌이다.

내 안에서는 폭풍우가 쉬지 않고 세차게 몰아쳤다. 고미나토가 묻는 말에 대답하고 있었지만, 그가 무슨 소리를 하는 건지 이해할 수 없었다.

"전 어떻게 하면 되는데요?"

어떻게 하면 되냐고?

모른다. 뭐가 옳은지 어떻게 하면 되는지, 이제는 아무것도 알 수 없다.

"이젠 어쩔 도리가 없어. 아무것도 할 수 없어."

그래, 그렇다. 모든 것이 너무 늦었다. 무엇 하나 돌이킬 수 없는 곳까지 와버렸다.

"고미나토."

내가 손을 뻗자 그 아이의 시선이 나가쓰카의 피가 묻은 내 소매로 움직였다.

그때 스피커에서 긴급 지진속보를 알리는 안내방송이 흘러나왔다.

불쾌한 음향 탓에 내 안의 폭풍이 순간 잠잠해졌다.

잠시 냉정을 되찾은 나는 학생만은 지켜야 한다는 사실을 떠올렸다.

아직 묻고 싶은 말이 있는 듯한 고미나토에게 구로다에게 전할 말을 부탁하고 방에서 쫓아냈다.

그는 잠시 문 근처에 머무르는 듯했지만 이내 바깥의 인기척이 사라졌다.

나는 조심조심 복도로 나갔다. 복도에는 아무도 없었다.

고미나토는 지금쯤 운동장에 도착했을까? 모든 것을 알게 되면 어떻게 생각할까.

내가 입을 다물고 나가쓰카의 지시에 따랐으면 좋았을 거라고 생각할까?

아니면 발각되어서 차라리 잘됐다고 생각할까.

내 안에서 폭풍이 다시 몰아치기 시작했다.

교실에는 아무도 없었다. 평소보다 의자와 책상이 엉망이었다. 점심을 먹다가 만 학생도 있었던 모양이다. 반찬이 조금 남은 도시락이 놓인 책상도 있었다.

구로다의 책상 안에 대학교 안내 책자를 넣었다. 그 아이라면 무슨 뜻인지 알 것이다.

나는 교탁 앞에 섰다.

내 앞에는 아무도 없었다. 이제 내가 수업할 일은 없다. 하지만 여기에 서보니 지난 일들이 되살아나 쉽사리 떠날 수 없었다.

방향을 바꾸어 칠판으로 향했다. 흰 분필을 손에 쥐었다.

무슨 말을 적을까. 아이들에게 어떤 말을 전하면 될까.

탁. 칠판에 분필을 대자 처음 이 반의 담임이 되었을 때가 떠올랐다. 지금처럼 칠판을 향해 돌아서자 등 뒤에서 속삭이는 소리가 들렸다.

등에 뭐라도 묻었나? 아니면 머리가 또 삐친 걸까.

돌아보니 모모세가 웃으며 말했다.

'그 넥타이, 처음 하셨네요.'

신학기에 맞춰서 새로 산 것이지만, 비슷한 디자인의 넥타이가 많은데 잘도 알아봤다고 생각했다. 그러자 내 넥타이를 두고 아이들이 너도나도 질문을 퍼부었다.

'언제부터 모으기 시작했어요?'

'몇 개나 있어요?'

'그런 넥타이는 대체 어디에서 사는 거예요?'

'그냥 평범한 넥타이는 없어요?'

아마 그런 이야기였을 것이다.

어째서 지금 그런 쓸데없는 일들이 떠오르는 걸까.

학교에 정나미가 떨어졌고 한시라도 빨리 벗어나고 싶다고 생각했다.

그런데…….

돌아보니 아무도 없던 교실에 모두가 앉아 있는 모습이 보였다. 아이들 전부 웃고 있었다.

이 지경이 되어도 나는 여전히 이곳에 머물고 싶었다.

하지만 이제 그럴 자격이 없다.

내게는 아이들에게 전해줄 것이 없다. 교사도 아닌 내가 해줄 수 있는 건 아무것도 없었다.

모두에게 남겨야 하는 것은 내가 저지른 죄뿐인지도 모른다.

떨리는 손을 부여잡고 분필을 움직였다.

내가 선생님을 죽였다.

손이 떨려서 글씨가 삐뚤어졌다. 하지만 고쳐 쓰지 않았다. 이제 아무것도 남길 게 없다.

어디로 가지?

잘못된 길의 끝은 어디로 이어지는 걸까.

교실을 나와서 걷기 시작했다.

"……선생님?"

등 뒤에서 들려오는 목소리에 돌아보니 모모세가 서 있었다. 당장이라도 울음을 터뜨릴 듯한 얼굴이었다.

그런 모모세를 봐도 손을 뻗을 생각이 들지 않았다.

"얼른 운동장으로 가라."

여전히 나는 선생처럼 말할 수밖에 없었다.

"선생님은 안 가세요?"

……어디로?

잠시 생각했지만 떠오르지 않았다.

"도망갈 곳은 어디에도 없어."

내가 가야 할 곳은, 그곳뿐이다.

옥상에 올라오자 그때까지 몸속에서 휘몰아치던 폭풍이 돌연 잠잠해졌다. 손발의 떨림도 사라졌다.

난간에서 조금 떨어진 곳에서 운동장에 나란히 줄 서 있는 전교생을 묘한 기분으로 내려다보았다.

"예로부터 재난은 우리가 방심할 때 닥친다고 했어요. 요즘 해마다 전국적으로, 아니 세계 여기저기에서 대규모 재난이 일어나고 있죠? 자연재해에다가……."

10년 전에는 나도 저곳에 있었다. 교장의 이야기가 길다고 투덜대면서 방과 후에 뭘 할지 고민했다. 좋아하는 노래 가사를 머릿속으로 흥얼거리면서 시간을 보냈다.

"훈화는 여전히 기네."

15분 정도가 지났나 보다. 아무도 듣지 않는다는 사실은 학생들 얼굴만 봐도 알 수 있을 텐데 교장은 꿋꿋하게 이야기를 계속했다.

"다들 어디 있지?"

왼쪽에서 일곱 번째 줄인가?

얼마 전까지 나도 저곳에 서 있었다. 이제 그럴 수 없다고 생각하니 서글픔이 솟구쳤다. 하지만 돌아갈 길은 없다. 이제는 나아갈 수밖에 없다.

슬슬 교장의 이야기가 끝날 모양이다. 말하는 속도가 조금 빨라졌다. 자기 말에 취하는지 교장은 늘 이야기가 끝날 무렵에 말이 빨라지는 버릇이 있었다.

학생들이 움직이기 시작하면 자칫 다칠 수도 있다. 그것만큼은 피해야 한다.

난간을 넘어 옥상 가장자리에 섰다.

아래를 내려다보니 다리가 얼어붙을 것 같았다. 하지만 먼 곳을 바라보자 점점 마음이 편안해졌다.

"저기 좀 봐. ……누가 있는 거 아니야?"

그런 소리가 들린 듯했다.

그 목소리를 신호로 정수리밖에 보이지 않았던 머리가 일제히 움직였다. 이천 개의 눈동자가 나를 바라봤다.

"미안하다."

누구에게 사과하는 건지 알 수 없었다.

학생들에게? 아니면 남겨질 어머니와 동생에게?

그 답을 찾을 일은 없다. 어디로 가는지도 생각하지 않는다.

계단 쪽에서 발소리가 들렸다. 벌써 운동장에서 뛰어 올라온 사람이 있는 모양이다.

  나는 돌아보지 않았다.

  그저 지금까지 걸어온 길이 거짓이 아니었다고 생각하면서 앞으로 나아갈 뿐이었다.

에필로그

교실로 뛰어 들어온 아이하라가 숨을 헐떡이며 말했다.
"고미나토! 축하한다!"
"아슬아슬했네."
웃으며 놀리는 군지의 말에 아이하라는 가슴을 내밀며 뻐겼다.
"아슬아슬하다니! 오늘은 3분이나 일찍 왔어."
"오늘 같은 날은 좀 일찍 다녀라."
"맨날 간당간당했는데 오늘이라고 별수 있겠냐?"
"하기야."
"내 이야기는 됐어. 고미나토, 왜 한밤중에 연락했냐? 한창 자고 있었는데!"
"미안, 미안. 발표 나고 엄마랑 아버지한테 따로따로 알려줘야 했거든. 이야기가 좀 길어지는 바람에 늦었어."
"아……."

경사스러운 보고였지만 잠시 차가운 공기가 흘렀다.

"걱정하지 마. 결국 아버지도 학비는 내준다고 했어."

"그걸 왜 이제 말해."

군지의 능청스러운 말투에 분위기가 풀렸다.

교실에서는 아이들이 끼리끼리 모여 엇비슷한 이야기를 나누고 있었다.

"구로다, 진짜 대단해! 나, 완전 감동해서 울 뻔했잖아."

"울 뻔했다니, 벌써 울고 있으면서."

"정말 장해. 그런 일이 있었는데 네가 원하는 대로 다 이뤘잖아. 하나도 빠짐없이."

훌쩍거리는 메이에게 축하를 받는 구로다는 정작 평온했다.

"열심히 했으니까. 그리고 그 일은 얼른 잊어버리고 싶었어."

'잊을 수 없겠지만'이라는 구로다의 혼잣말은 교실 소음 속에 바로 묻혔지만, 메이에게는 들렸던 모양이다. 메이는 또다시 눈물을 흘리며 연신 고개를 끄덕였다.

떠들썩한 아이들과 달리 도베는 혼자 스마트폰을 만지작거리고 있었다. 전에는 하루가 멀다 하고 올려대던 SNS 활동을 멈췄다. 지금은 좋아하는 아이돌 그룹의 동영상을 보고 있다. 아무에게도 관심이 없다는 태도였지만 몇 번이고 흘깃거리며 주변을 엿보고 있었다.

"다들 시간 됐으니까 체육관으로 이동해."

가와마타 선생이 열린 교실 문으로 얼굴을 내밀며 말했다. 근처에 있던 아야노가 "네" 하고 대답하며 말했다.

"가와마타 선생님, 오늘 엄청 예뻐요."

"오늘만?"

온몸을 감싸는 검은색 원피스 차림의 가와마타 선생은 커다란 진주 목걸이와 귀걸이를 하고 있었다.

아야노는 당황해서 말했다.

"그럴 리가요. 항상 예쁘시죠."

가와마타는 '나도 알아'라고 말하듯 생긋 웃었다. 하지만 이내 어두워진 표정으로 말했다.

"오늘 정도는……."

짧은 말에 숨겨진 의미를 알아차린 아야노는 밝은 목소리로 말했다.

"모모세한테서 연락 왔어요. 어제 자기네 학교도 끝났다고요."

4월에는 40명이었던 학생이 10월에 한 명이 전학을 가서 모두 39명이 되었다.

한 학교에서 다 같이 졸업하지는 못하지만 각자 앞날을 향해 한 발 내디뎠다는 사실을 알게 된 가와마타 선생의 얼굴에 옅은 미소가 번졌다.

"애들아, 어서 복도에 가서 줄 서. 너희 반이 늦게 나가면 다음 반도 늦어져."

가와마타가 소리치자 그때까지 시끄러웠던 교실 안이 순식간에 조용해졌다.

벽면을 둘러싼 붉은 색과 흰색의 장막이 체육관을 한층 환하게 밝혔다. 바깥은 아직 쌀쌀했지만, 창문으로 쏟아지는 햇살 덕분에 실내는 훈훈했다.

마이크 너머로 울리는 이타가키 교장의 목소리는 차분했지만, 때가 때이니만큼 평소보다 힘이 들어갔다.

"오늘 이곳 사이카 고등학교 제41회 졸업식을 하게 되어 진심으로 기쁩니다. 또 참석해 주신 많은 여러분께 진심으로 감사드립니다. 지금 이름을 부른 317명의 졸업생 여러분, 다시 한번 축하합니다. 여러분의 졸업을 교직원 일동, 진심으로 기쁘게 생각하고 있습니다. 또 본교의 교육 활동에 깊은 이해와 협력을 아끼지 않으신 학부모님들께도 진심으로 감사드립니다."

참석자들은 손에 쥔 원고를 읽어 내려가는 교장의 이야기를 굳은 표정으로 집중해서 듣고 있었다. 형식적인 졸업식 축사였지만 평범하지 않은 학교생활을 보낸 졸업생들로서는 감격스러운 심정이었는지도 모른다.

교장은 원고 덕분에 막힘없이 이야기를 이어나갔다.

하지만 이미 졸업장 수여에만 30분도 넘게 소요되는 중이었다. 그 뒤에는 내빈 인사도 기다리고 있어서 벌써 고개를 꾸벅거리는 재학생도 있었다.

"마지막으로 오늘 이 학교를 졸업하고 떠나는 여러분에게 부탁드릴 것이 있습니다. 여러분이 졸업하고 나서의 일이겠지요."

슬슬 끝이 보이기 시작하자 재학생들의 굽은 등이 다시 꼿꼿해졌다.

학생들은 다섯 달 전까지 교감이었던 이타가키 교장의 이야기가 이쯤이면 끝난다는 사실을 알고 있었다.

"여러분은 이제부터 지금까지와는 다른 환경으로 나아가게 됩니다. 다양한 사람과 관계를 맺고 우정을 만들어 나가겠죠. 새로운 환경에서 부디 자신의 세계를 넓히고 발전시킬 가능성을 찾아내길 바랍니다. 하지만 개중에는 불순한 의도를 가지고 접근하는 사람이 있을 수 있습니다. 그때 여러분은 의연한 태도를 보일 수 있어야 합니다. 물론 자신의 의견을 말하려면 용기가 필요합니다. 그것은 자신을 지키기 위한 용기입니다. 누군가를 상처 입히는 것이 아닙니다. 그 용기를 잊지 말아 주세요."

지금 이곳에 있는 사람들 중에 교장의 이야기와 그 사건이 머릿속에서 겹치지 않는 이는 없었다. 언론에 대서특필된 두 교사의 죽음과 그에 얽힌 사건을 과거의 기억으로 만들기에는 아직 시간이 너무 짧았다.

많은 이들의 상처가 아물지 않은 채 오늘을 맞이한 것이다.

"하지만 우리는 그렇게 강하지 않습니다. 때로는 주변에 휩쓸리고 잘못된 길로 나아가는 일도 있을 겁니다. 그러니 잘못을 저질렀을 때는, 멈추세요. 스스로 잘못을 깨달았을 때 멈추어야 합니다. 그리고 되돌아가는 겁니다. 이 점을 꼭 기억하세요. 물론 잃는 것도 있을 겁니다. 하지만 잘못된 길을 계속 걸어갔을 때보다는 훨씬 많은 것을 얻을 수 있을 겁니다. 아시겠지요? 잘못을 깨달았을 때는 멈추는 겁니다. 그리고 뒤를 돌아보세요. 그러면 여러분이 혼자가 아니라는 사실을 반드시 깨닫게 될 겁니다. 저희의 부탁은 여기까지입니다."

마지막에는 교장의 목소리가 살짝 떨렸다. 여기저기에서 훌쩍이는 소리가 들려왔다.
모두가 이 자리에 없는 한 명의 교사를 떠올렸다.

내가 선생님을 죽였다

초판 1쇄 인쇄	2024년 9월 19일
초판 1쇄 발행	2024년 9월 27일
지은이	사쿠라이 미나
옮긴이	박선영
책임편집	이원지
디자인	studio forb
책임마케팅	김서연, 김예진, 김소희, 김찬빈, 박상은, 이서윤, 최혜연, 노진현, 최지현, 최정연, 조형한, 김가현, 황정아
마케팅	유인철
경영지원	백선희, 권영환, 이기경
제작	제이오
펴낸이	서현동
펴낸곳	㈜오팬하우스
출판등록	2024년 5월 16일 제2024-000141호
주소	서울특별시 강남구 테헤란로 419, 11층 (삼성동, 강남파이낸스플라자)
이메일	info@ofh.co.kr

ⓒ 사쿠라이 미나

ISBN 979-11-94293-08-8 (03830)

시옷북스는 ㈜오팬하우스의 출판브랜드입니다.

- 이 책은 저작권법에 따라 보호받는 저작물이므로 무단전재와 무단복제를 금지하며, 이 책 내용의 전부 또는 일부를 이용하려면 반드시 저작권자와 ㈜오팬하우스의 서면동의를 받아야 합니다.
- 책값은 뒤표지에 표시되어 있습니다.
- 잘못된 책은 구입하신 서점에서 바꿔드립니다.